DIANA SCOTT

TRAUE NIEMALS EINEM VAMPIR

Diana Scott

Traue niemals einem Vampir

Roman

AAVAA Verlag UG (haftungsbeschränkt)
Quickborner Str. 78 – 80, 13439 Berlin

www.aavaa-verlag.de

1. Auflage 2010

Coverbild:
darkness © Cédric Muller

Printed in Germany
ISBN 978-3-86254-285-7

Alle Personen und Namen sind frei erfunden.
Ähnlichkeiten mit lebenden Personen
sind zufällig und nicht beabsichtigt.

Das schrille Geräusch des Telefons erschreckte mich fast zu Tode – es war doch noch mitten in der Nacht! So dachte ich jedenfalls. Und verdammt, es war Samstag – Wochenende! So versuchte ich, das aufdringliche Geräusch einfach zu ignorieren. Irgendwann würde der Anrufer aufgeben, davon war ich überzeugt.

Leider zu Unrecht, denn das unangenehme Geräusch wollte nicht enden.

Dummerweise hatte ich vergessen, das Telefon ins Schlafzimmer zu nehmen. Daher musste ich, wohl oder übel, in schlaftrunkenem Zustand, in Richtung Hausflur marschieren. Der Winter stand vor der Tür. Unverkennbar, denn ich fror, als ich in einem dünnen Nachthemd bekleidet, mein Bett verließ. Egal, weil ich nicht vorhatte, aufzubleiben. Ich war fest davon überzeugt, den lästigen Anrufer schnellstens abzuwimmeln, um meinen wohl verdienten Wochenendschlaf zu genießen.

„Hallo?", meldete ich mich mürrisch – in der Hoffnung, das würde den Störenfried sofort veranlassen, einfach aufzulegen. Mir wäre das durchaus willkommen gewesen.

„Kimberly? Habe ich dich gestört? Schläfst du etwa noch?"

Alleine diese Frage brachte mich fast zur Weißglut, aber als ich die Stimme meiner Freundin Angela erkannte, konnte ich fast nicht mehr böse sein. Sie war mit Abstand der herzlichste Mensch, der mir jemals begegnet war, und ich verzieh ihr fast alles.

Wir kannten uns schon aus Kindergartenzeiten. Vor 2 Jahren hatten wir uns einen lang ersehnten Traum erfüllt: Wir eröffneten unsere eigene kleine Immobilienfirma. Ein reiner Zweimannbetrieb, der nicht wirklich so gut lief, wie wir uns das erträumt hatten. Doch wir konnten von den Einnahmen leben, und das war die Hauptsache.

Da wir in einem kleinen, unscheinbaren Ort in Südengland lebten, gab es nur selten Interessenten für die Objekte, die wir betreuten. Hauptsächlich handelte es sich dabei um sehr große alte Häuser – überwiegend im viktorianischen Stil erbaut.

Leider gab es immer weniger Menschen, die es sich leisten konnten, solche Prachtbauten zu bezahlen. Das bekamen wir täglich deutlich zu spüren.

„Angela, meine Süße. Ich habe geschlafen, ja! Jetzt bin ich wach, ich danke dir! Aber ich nehme an, du hast einen wichtigen Grund, wenn du mitten in der Nacht bei mir anrufst? Und das an einem Samstag. Du lernst es einfach nie …"

Am anderen Ende der Leitung war ein leises Kichern zu vernehmen.

Das war ja wohl die Höhe! Nun machte sich diese freche Person auch noch lustig über mich.

„Kim weißt du überhaupt, wie spät es ist? Mitten in der Nacht? Nun ja, es ist fast zwölf Uhr mittags! Wie kann man nur den ganzen Tag verschlafen? Ich fasse es nicht."

Nun erschrak ich doch ein wenig: So spät war es schon? Wann, um Himmels willen, war ich denn letzte Nacht ins Bett gekommen? Ja, ich hatte noch einiges an Bürokram am Computer erledigt, und dann lief noch ein ausgesprochen spannender Spielfilm im Fernsehen. Ein paar Gläser Wein dazu - und ich fühlte mich fast wie im siebten Himmel.

Aber gut, ich hatte heute nichts mehr vor, daher störte mich die aktuelle Uhrzeit nicht wirklich.

„Kim, du musst allmählich munter werden. Und dann werfe dich mal ordentlich in Schale, ja? Ich bin in einigen Minuten bei dir!"

Angelas Stimme war anders als sonst – sie schien vollkommen aus dem Häuschen zu sein. Leider hatte sie mir bis jetzt verschwiegen, welchen Grund sie dafür hatte.

„Darf ich ganz indiskret anfragen, warum ich das tun soll? Hast du meinen Traummann gefunden oder wartet eine große Filmrolle auf mich?“

Sie bemerkte meinen sarkastischen Ton sofort – natürlich, sie kannte mich besser als jeder andere Mensch.

„Stell dir vor … ach Süße, besser, du setzt dich hin. Sitzt du? Naja, auch egal. Also, du kennst doch diese alte Bruchbude in der Morrison Avenue? Diese Hütte, von der wir dachten, man würde sie bald abreißen? Es gibt tatsächlich einen Käufer dafür. Und wir sollen ihn noch heute Abend treffen. Er reist aus London an. Himmel, ich bin so nervös. Weißt du, wie viel Geld uns das bringen wird? Ach Kim, es wäre traumhaft, wenn das klappen würde …“.

Jetzt war ich tatsächlich sprachlos – und ich verstand Angelas Aufregung. Dieses alte Gemäuer, das Angela so abfällig als „Bruchbude“ bezeichnet hatte, war seit Ewigkeiten unbewohnt. Es wurde von den Dorfbewohnern gemieden. Aber auch auswärtige Interessenten verschwanden meist sofort wieder, wenn sie von all den unheimlichen Geschichten hörten, die es um dieses Haus gab. Es wurde von Gespenstern gesprochen, von Werwölfen und gefährlichen Dämonen. Aber hauptsächlich galt der Aberglaube den Vampiren.

Ich musste sogar jetzt lächeln, wenn ich nur daran dachte. Ja, es gab auch heutzutage noch genug Menschen, die tatsächlich an deren Existenz glaubten. Unfassbar für mich.

Ich mochte das Anwesen auf irgendeine seltsame Art und Weise. Es war fast wie ein Schloss, alt und zugewachsen. Aber jedes Mal, wenn ich davor stand, hatte ich den Eindruck, das Haus wolle mir seine Geschichte erzählen – eine uralte und höchst aufregende Geschichte.

Ich hatte es schon mehrmals gewagt, alleine in den großen leeren Räumen zu verweilen – die Anziehung war einfach enorm. Aber trotz meiner hundertprozentigen Bodenständigkeit wagte ich es nie, nach Anbruch der Dunkelheit dort zu sein. Es war unheimlich, schon tagsüber. So sehr ich dieses scheinbar verwunschene Märchenschloss auch mochte. Aber nachts, ganz alleine? Nein, das wagte ich nicht, so ungern ich das auch zugab.

„Und du bist dir sicher, dass es einen ernst zu nehmenden Kaufinteressenten gibt? Kennt er die ganzen Spukgeschichten um dieses Haus, Angela? Ich habe keine Lust, wieder diesen ganzen Aufwand zu betreiben – für nichts!"

Ja, in den letzten Monaten gab es keine Nachfrage nach dem Haus mehr, aber die Zeit davor hatten wir oft Besichtigungen in der Morrison Avenue. Ein Kaufvertrag wurde nie unterzeichnet - leider.

„Ja, halte dich fest: Der Interessent rief mich vorhin an. Er meinte, ich solle bereits den Vertrag aufsetzen und die Schlüssel zur Übergabe bereithalten. Er würde das Objekt kaufen, so oder so. Muss man das verstehen? Und natürlich akzeptiert er auch unseren Preis. Inzwischen ärgere ich mich schon fast – man hätte garantiert noch mehr raus holen können." Angela seufzte auf.

Ich würde immer neugieriger. Was für ein Mensch war das, der ein uraltes Haus kaufte, das in keinem wirklich guten Zustand war? Und das, ohne zuvor einen Blick darauf geworfen zu haben? Sehr seltsam. Das Haus wurde im Auftrag der Stadt verkauft, da es keinen anderweitigen Anspruch darauf gab.

Ich war nun doch allmählich erleichtert, mich mit diesem Anwesen nicht mehr herumschlagen zu müssen.

„Angela, wie heißt denn der Käufer? Weißt du irgendwas über ihn? Was er beruflich macht zum Beispiel?"

„Nein, ich weiß auch nur wenig über ihn. Er heißt Nicolas Santos. Klingt sehr exotisch, nicht wahr? Er spricht auch mit leichtem Akzent. Ach Schatzi, seine Stimme, wow! So richtig sexy! Aber davon kannst du dich ja selbst bald überzeugen. Was er beruflich macht? Er sagte nur, er sei Geschäftsmann. Mehr leider nicht. Ich bin ja sooo gespannt. Ich komme jetzt mal rüber zu dir, einverstanden? Bis gleich!“

Ehe ich überhaupt eine Chance hatte, etwas zu erwidern, hatte meine Freundin aufgelegt.

Nun gut, das mit meinem Erholungsschlaf war wohl gestorben. Ich zog es also vor, allmählich unter die Dusche zu springen. In wenigen Minuten würde Angela vor der Türe stehen, und ein gewisser Nicolas Santos stand heute also auch noch auf dem Programm.

Allmählich machte mir die ganze Sache Spaß – zumal ich ein seltsames Kribbeln verspürte, wenn ich nur diesen Namen aussprach. Seltsam, plötzlich ging es mir unheimlich gut. Und meine innere Stimme sagte mir, dass dieser Abend irgendwie ganz anders verlaufen würde, als ich es mir zum gegenwärtigen Zeitpunkt vorstellen konnte … ich sollte recht behalten ...

Wenige Stunden später machten wir uns auf den Weg zum Treffpunkt: das Anwesen in der Morrison Avenue.

Es war schon relativ spät, aber wir wollten dem Wunsch des geheimnisvollen Nicolas Santos entsprechen – er würde schon seine Gründe dafür haben, warum der Kaufvertrag nun unbedingt an einem kalten Samstagabend abgeschlossen werden sollte.

Wir hatten uns viel Zeit genommen, unser Äußeres dem Anlass entsprechend zu präsentieren. Angela trug ein edles cremefarbenes Kostüm, das ihre schlanke Figur herrlich betonte. Der Rock war knielang, sodass mehr zu ahnen als zu sehen war. Der kalten Jahreszeit entsprechend hatte sie einen halblangen Wollmantel im selben Farbton darüber gezogen. Ihre hochhackigen Pumps betonten ihre Weiblichkeit in herrlich unaufdringlicher Form.

Ich hatte mich für einen Hosenanzug aus dunkelblauer Seide entschieden. Er war schlicht, aber durchaus wirkungsvoll. Passend dazu hatte ich ebenfalls Pumps gewählt, die meine langen Beine hervorragend zur Geltung brachten.

Die Kunst, möglichst damenhaft in diesen Schuhen zu spazieren, beherrschte ich noch nicht hundertprozentig. Doch ich bemühte mich, diesen Auftritt möglichst perfekt abzulegen.

Angela grinste mich an, als wir, am Ziel angekommen, aus dem Auto stiegen: „Ach Süße, du solltest auch in deiner Freizeit etwas weniger sportlich herumlaufen. Dann könntest du längst in solchen Mörderschuhen laufen – und außerdem siehst du als Business Frau einfach klasse aus!"

Mit einem Lächeln bedankte ich mich für das durchaus charmante Kompliment und musste feststellen, wie erleichtert ich war, dass wir diesen Termin gemeinsam wahrnehmen konnten. Nachts fühlte ich mich in dieser Gegend einfach nicht wirklich wohl.

Ich sah meine Freundin nochmals an, ehe wir die letzten Schritte zum Schloss zu Fuß hinter uns bringen wollten. Sie hatte ihre blonden langen Haare zu einem lockeren Zopf gebunden, was ihr ein wunderbar mädchenhaftes Aussehen verlieh. Sie war nur sehr dezent geschminkt.

Ich hatte mich dafür entschieden, meine rote Haarpracht zu bändigen, indem ich eine recht komplizierte Hochsteckfrisur trug. Ein knallroter Lippenstift rundete das Bild ab. Angela hatte recht, ich sah wirklich wie eine Vollblutgeschäftsfrau aus. Kühl und unnahbar – so wollte ich das!

Es war unmöglich, die gesamte Strecke zu fahren, wenn man nicht gerade das Glück besaß, einen Geländewagen zu besitzen. Ab hier wurde der Weg etwas ungemütlich – besonders wenn man Pumps trug.

Ich fluchte leise vor mich hin, als meine teuren Schuhe immer tiefer im Matsch versanken. „Super, dass es heute auch noch geregnet hat. Das passt."

Auch Angela verlor allmählich ihre gute Laune. Als wir endlich vor der Eingangstüre des alten Hauses standen, waren wir mehr als erleichtert. „Ich hoffe, wir werden nicht versetzt. Der ganze Weg umsonst, das wäre mehr als ärgerlich“, meinte Angela, die allmählich ungeduldig wurde.

Da ich keine Lust hatte, in der Kälte auf den Kaufinteressenten zu warten, holte ich den Hausschlüssel aus meiner Handtasche.

„Lass uns im Inneren des Hauses warten. Ich habe keine Lust, wegen der Unpünktlichkeit dieses Herrn eine Erkältung zu bekommen.“ Ich war inzwischen leicht verärgert, weil ich Unzuverlässigkeit verabscheute. Ganz besonders, wenn dabei mein Wochenende in Mitleidenschaft gezogen wurde. Was bildete sich dieser wahrscheinlich reiche Schnösel eigentlich ein?

Als wir das Anwesen betraten, bemerkten wir sofort, dass wir nicht alleine waren. Einige Kerzen brannten, da es im Moment, keinen Strom im Hause gab.

Wir zuckten zusammen, was hatte das nun zu bedeuten? „Sag mal, hat sonst noch jemand einen Schlüssel zum Haus?“, fragte mich Angela beunruhigt. Ich schüttelte energisch den Kopf – jedenfalls war mir nichts dergleichen bekannt.

„Entschuldigen Sie bitte, dass wir einfach hier eingedrungen sind. Aber wir sind ein wenig zu früh angekommen, und unsere Neugier war nicht mehr zu besänftigen.“

Ein großer schlanker Mann trat aus der Dunkelheit und reichte mir die Hand zum Gruß. Er war eine durchaus beeindruckende Erscheinung: Schulterlanges, blondes Haar, und herrlich unergründlich blaue Augen. Ja, diese Augen – ich hatte so etwas noch nie gesehen. Sie schienen uns zu fixieren, ganz besonders meine Freundin Angela. Der Mann trug einen langen schwarzen Mantel, was seine imposante Größe zusätzlich betonte.

„Darf ich mich Ihnen verstellen, meine Damen? Ich heiße Vasco Santos. Sie haben sicherlich schon mit meinem Bruder gesprochen? Wir wollen gemeinsam hier einziehen. Ich nehme an, Sie sind Miss Jones und Miss Banes?“ Ich nahm seine Hand und stellte fest, dass diese eiskalt war. Schnell zog sich sie wieder zurück, was mir dann doch ein wenig peinlich war. „Bitte nennen Sie uns einfach Angela und Kimberly. Das ist hier üblich.“ Vasco nickte zustimmend und widmete nun seine ganze Aufmerksamkeit meiner Freundin, die ihn anstarrte, als sei er eines der Sieben Weltwunder. Ich kicherte leise in mich hinein.

„Vasco, warum gibst du mir nicht Bescheid, dass unsere beiden Geschäftspartnerinnen eingetroffen sind? Willst du sie für dich alleine behalten?“

Eine sehr männlich klingende Stimme erweckte meine ganze Aufmerksamkeit, und ich drehe mich unverzüglich um. Ich blickte in ein wunderschönes Augenpaar, das mich sofort gefangen nahm. Himmel, dieser Mann war der Traum einer jeden einigermaßen normal veranlagten Frau! Noch ein Stück größer als Vasco, und die Augen waren smaragdgrün. Diese Augen - sie schien mich nicht nur einfach anzusehen, nein. Ich hatte viel eher das Gefühl, sie drangen in mich ein ... tief in mein Innerstes. Mir wurde fast schwindelig.

„Ich bin Nicolas Santos. Der große Bruder des Casanovas, den Sie schon kennenlernen durften.“ Nicolas nahm meine Hand, und ehe ich mich versah, hauchte er einen zarten Kuss darauf.

Mein Schwindelgefühl nahm unaufhörlich zu, und ich fühlte mich ziemlich albern dabei. Nicolas war für meinen Geschmack, noch schöner als sein Bruder. Ebenfalls von schlanker Gestalt, aber seine Haare waren tiefschwarz und lang. Er hatte sie zu einem Zopf gebunden, was hervorragend zu seiner eleganten Erscheinung passte. Auch er trug ausschließlich schwarze Kleidung – wie sein

Bruder. Ich wollte schon nachfragen, ob die Brüder einen Trauerfall zu beklagen hatten, konnte mich aber gerade noch zurückhalten.

Nachdem das allgemeine Vorstellungsritual beendet war, konnte ich meine Neugier nicht mehr zügeln:" darf ich die Herren fragen, wie sie es geschafft haben, dieses Haus zu betreten? Ich wusste nicht, dass es noch weitere Schlüssel gibt. Sie waren übrigens nicht berechtigt, das zu tun."

Angela sah mich wütend an – kein Zweifel, sie hatte einen Narren an Vasco gefressen und empfand meine Zurechtweisung mehr als unpassend. Nicolas hingegen konnte ein lautes Lachen nicht zurückhalten:" Kimberly – ich darf Sie doch so nennen? Ich schätze Ihre Offenheit und ihre Prinzipien. Aber Sie können ganz beruhigt sein. Das Haus gehört praktisch schon uns – vorausgesetzt, sie haben die nötigen Papiere dabei. Wir kaufen, und zwar sofort!"

Ich sah Angela fassungslos an - die beiden Männer meinten es definitiv ernst. So schnell hatten wir noch nie ein Haus verkauft. Und das, ohne dass einer von beiden überhaupt Wert auf eine Besichtigung legte. „Ja ... natürlich, äh ... hier ist der Vertrag. Sie müssen nur noch unterzeichnen. Ich denke, Sie hatten ja vorhin schon Gelegenheit, das Haus ausführlich zu begutachten." Ich lächelte Nicolas an. Er erwiderte mein Lächeln, obwohl er die Spitze meiner Bemerkung durchaus verstanden hatte. Er nahm den Kugelschreiber, den ich ihm reichte, um zu unterzeichnen. Ich stellte fest, dass ausschließlich Nicolas als Käufer vermerkt war – er hatte wohl alle Fäden in der Hand. Überhaupt bemerkte ich schnell, dass Nicolas eine unglaubliche Dominanz ausstrahlte. Eines aber hatten beide Männer gemeinsam: Sie strahlten eine seltsame Art von Gefahr aus, die mich ermahnte, vorsichtig zu sein.

Nach der beidseitigen Vertragsunterzeichnung, hatte das Gemäuer also einen neuen Besitzer ... und verflucht noch mal, anstatt froh und erleichtert zu sein, überfiel mich eine große Traurigkeit, die ich nicht erklären konnte.

Während sich die anderen unterhielten, fast schon in Feierlaune waren, hatte ich mich abgewandt. Ich lief unbemerkt durch die Räumlichkeiten, die mir inzwischen schon fast vertraut waren. Ein feuchter, modriger Geruch erfüllte das Haus – doch auch das hatte mich nie wirklich gestört. Wie würde es hier wohl aussehen, wenn die neuen Bewohner Einzug hielten?

„Dieses Anwesen liegt Ihnen sehr am Herzen, nicht wahr?" Ich vernahm die Stimme von Nicolas und drehte mich um. Ich nickte wortlos. Er trat näher an mich heran ... fast schon zu nahe. Ich spürte, wie mir seine Anwesenheit fast die Luft zum Atmen nahm. „Das Haus hat Sie in Ihren Bann gezogen. Sehr ungewöhnlich für eine Sterbliche." Ich horchte auf – was sollte denn diese Bemerkung bedeuten? Plötzlich wollte ich nur noch seiner Nähe entfliehen. Ich machte Anstalten, das Zimmer zu verlassen, als ich diese Stimme in mir hörte:" Du hast Angst vor mir, Kimberly! Warum? Ich will dir nichts Böses tun. Bleib hier, lauf nicht davon ..."

Oh Gott, was war denn das? War der Wein vom Vorabend noch immer so deutlich zu spüren? Oder litt ich allmählich an Halluzinationen? Dieses alte Haus schien keinen guten Einfluss auf mich zu haben. Ich tat so, als sei nichts geschehen und wagte einen erneuten Versuch, zu Angela und Vasco zurückzukehren- Nicolas stand dicht bei mir, doch er berührte mich nicht. Trotzdem schien mich irgendetwas oder irgendjemand festzuhalten. Aber es kam noch schlimmer ... plötzlich spürte ich eine Hand, die anfing, meinen Körper zu erforschen. Langsam strich sie über meine Brüste, über meinen Bauch, bis hin zu meiner Scham. Ich war wie erstarrt. Das war doch unmöglich! Und bei Gott, es erregte mich in einer Form, die mir völlig unbekannt war. Die Hand hatte sich inzwischen in mein Höschen geschoben, das von meiner Lust getränkt war.

Schnell und heftig rieb sie mich an meiner empfindlichsten Stelle, und ich spürte, dass mein Höhepunkt unmittelbar bevorstand. Nicolas sah mich nur an – doch seine Augen signalisierten klar und deutlich, dass er genau wusste, was mit mir geschah. Verdammt, wer war dieser Mann?

Als sich plötzlich zwei Finger in meine Feuchtigkeit schoben, konnte ich ein Aufstöhnen nicht mehr unterdrücken. Der schwarzhaarige Mann fixierte mich noch immer, doch er blieb auf Abstand. Wieder hörte ich die Stimme in meinem Kopf:" lass es geschehen, süße Kimberly. Lass dich fallen ... gib dich mir hin-- ..."

Ich wollte gehen, jetzt sofort – hoffte, dass Angela oder Vasco plötzlich in der Türe stehen würden. Doch nichts geschah. Die fordernden Finger, die mich zum Wahnsinn trieben, hatten ihr Ziel fast erreicht. Ich schloss die Augen, spürte die Wellen der Erlösung immer näher kommen ... bis zu dem Moment, der meine Erregung jäh beendete.

Ich spürte einen heißen Atem an meinem Hals ... dann sah ich furchterregend lange Fangzähne, die ihr Ziel bereits gefunden hatten. Begleitet von einem leisen Keuchen, das nicht wirklich menschlich klang, sprach die Stimme erneut zu mir:" gib mir dein Blut, Kimberly. Ich brauche es so sehr. Nur ein kurzer Moment des Schmerzes, dann wirst du vor Lust schreien ... dann gehörst du mir ...

Ich schrie auf, als wäre ich aus einer endlos langen Trance erwacht. Panisch starrte ich Nicolas an. „Kimberly, was ist denn los? Haben Sie geträumt? Ich habe Sie mehrmals angesprochen, doch Sie haben nicht reagiert." Er kam näher, umfasste meine Schultern. Aber ich riss mich unverzüglich los, und rannte aus dem Zimmer. Ich wusste nicht, was eben geschehen war. Doch eines stand für mich ganz klar fest: Irgendetwas stimmte nicht mit Nicolas Santos, seinem Bruder und diesem Haus. Und ich wurde das Gefühl nicht los, dass ich von nun an, eine ganze Menge Probleme hatte ...

Panikgeladen erreichte ich die Halle, in der sich noch immer Angela und Vasco befanden. Sie zuckten zusammen, als ich herein gestürmt kam, als würde mich der Teufel persönlich verfolgen. Ich schien sie eindeutig gestört zu haben – in welcher Form auch immer. Obwohl ich noch immer das Gefühl hatte, nicht wirklich Herrin meiner Sinne zu sein, war mir nicht entgangen, dass Vasco Angelas Hand hielt. Ihre Wangen glühten, und ihre Augen strahlten. Nach so vielen gemeinsamen Jahren mit meiner Freundin erkannte ich sofort, dass sie sich verliebt hatte – und zwar richtig heftig.

„Kimberly, was ist denn los mit dir? Was ist geschehen?“ Angela hatte sich von Vasco gelöst und trat an mich heran. Verdammt, ich konnte nicht einmal antworten. Was hätte ich auch sagen sollen? Dass mich eine Vision fast zum sexuellen Höhepunkt gebracht hatte? Dass ich sicher war, Nicolas zu spüren, obwohl er mich offensichtlich nicht berührt hatte? Und dass ich glaubte, dass er ein Vampir war? Himmel, sollte ich DAS jetzt sagen?

„Angela, ich möchte gehen – bitte sei mir nicht böse. Es geht mir nicht wirklich gut.“ Sie sah mich besorgt an, dann blickte sie erneut zu Vasco. Konnte ich da ein wenig Enttäuschung erkennen? Vasco lächelte verständnisvoll, und ich musste zugeben, dass ich Angelas Begeisterung verstehen konnte. Dieser Mann sah wirklich unverschämt gut aus ... und auf eine subtile Art und Weise, strahlte er sogar Wärme aus.

Während Angela noch beruhigend meine Wange tätschelte, kam nun auch Vasco näher. Doch ehe er etwas sagen konnte, betrat Nicolas den Raum. Ich zitterte unweigerlich und schämte mich schon fast dafür. Himmel, ich war so blöd – da stand ein Bild von einem Mann, ein schwarzhaariger Traum. Ein Mann, dem ich eigentlich sofort die Kleider vom Leib reißen wollte, so verführerisch wirkte er auf mich. Und was tat ich? Ich rannte ihm davon, ohne dass ich ihm wirklich etwas vorwerfen konnte. Wurde ich nun wirklich verrückt?

„Kimberly, warum sind Sie einfach davon gelaufen? Habe ich Sie irgendwie erschreckt? Das würde mir sehr leidtun, wirklich. Was kann ich tun, um Sie zu versöhnen?“ Nein, diese Stimme – ich bekam weiche Knie und war froh, dass ich mich an Angela anlehnen konnte. Sie spürte, wie angespannt ich war. Leise flüsterte sie in mein Ohr:“ Süße, es gibt zwei Möglichkeiten. Entweder du bist total verrückt nach dem Mann oder du hast furchtbare Angst vor ihm. Ich tendiere dazu, dass es eine Mischung aus beidem ist. Hat er dich bedrängt?“

Ich blieb ihr die Antwort schuldig, da ich damit beschäftigt war, in die Augen dieser unvorstellbar gut aussehenden Versuchung zu schauen – und je länger ich durchhielt, umso wackeliger fühlte ich mich auf den Beinen. „Entschuldigen Sie mich bitte – ich fahre jetzt nach Hause. Ich fühle mich irgendwie krank. Angela kommst du mit?“ Ich sah sie flehend an. Vasco antwortete an ihrer Stelle:“ ich bringe Sie gerne nach Hause, liebste Kimberly. Wären Sie uns sehr böse, wenn ihre Freundin noch ein wenig Zeit mit mir verbringen würde? Ich habe sie gerade zum Essen eingeladen.“

Voll Schreck sah ich Angela an – ich sollte jetzt alleine zu Hause sitzen? Warum stieg schon wieder Panik in mir auf? Und was, wenn diese Visionen echt waren? In welcher Gefahr schwebte Angela? Zum Essen einladen, wie wunderbar – sollte Angela der Hauptgang sein?

Verdammt Kimberly, komm wieder runter, was soll denn das Theater. Vampire, Visionen – Schluss damit!

„Nein, geht nur, das ist vollkommen in Ordnung. Und danke für das freundliche Angebot, Vasco – aber ich kann selbst nach Hause fahren."

Nicolas stand noch immer an der Türe und starrte mich unaufhörlich an. Es schien ihm absolut nicht zu gefallen, dass ich gehen wollte. „Wir feiern hier morgen eine kleine Party – zur Einweihung sozusagen. Und wir würden uns sehr freuen, wenn Sie beide unsere Gäste wären. Darf ich mit Ihrem Erscheinen rechnen?" Nicolas hatte das Wort an mich gerichtet, und erneut sog ich diese herrlich tiefe Stimme in mich ein. Der Mann trieb mich zum Wahnsinn – ich musste hier sofort raus!

Ohne ein weiteres Wort lief ich zum Ausgang. Mein unhöfliches Verhalten interessierte mich in diesem Moment nicht wirklich. Ich handelte aus reinem Selbstschutz. Doch ich hörte Angela laut und deutlich antworten:" sehr gerne, Nicolas. Das geht ja schnell, schon morgen findet die Einweihung statt? Vielen Dank für die freundliche Einladung."

Auch das noch! Egal, bis dahin würde mir sicherlich noch eine Ausrede einfallen. Hauptsache raus aus dem Haus – das Haus, das mir doch inzwischen soviel bedeutete. Und das ich nun nie mehr betreten konnte, ohne Nicolas Santos zu begegnen. Der Mann, der mit seinem Bruder in ein Vampirschloss einziehen wollte ... ob es doch stimmte? Waren sie Vampire? Gab es diese Wesen? Nein, es gab sie nicht!

Doch Angela, es gibt uns. Und du fühlst es. Du weißt es. Aber warum hast du soviel Angst? Bitte laufe nicht davon, verstecke dich nicht vor mir ...

Nicht schon wieder, das durfte einfach nicht wahr sein. Ich bildete mir diese Stimme nicht ein! Es klang sehr leise, einschmeichelnd ... fast hypnotisch. Es klang wie Nicolas!

Ich rannte zum Auto, durch Dreck und Matsch – es war unwichtig. Ich wollte dieses Anwesen verlassen, ehe ich keine Kraft mehr dazu hatte. Ich hatte noch nie eine solche Erfahrung gemacht, und fühlte mich hoffnungslos überfordert. Ich war doch Realist, durch und durch. Oder nicht?

Mit zittrigen Händen schloss ich eiligst die Autotür auf. Ich hatte auch jetzt das Gefühl, permanent beobachtet zu werden. Ich wollte eben einsteigen, als ich diesen Duft vernahm – diesen herrlichen Geruch, den ich schon im Haus genießen durfte, als Nicolas bei mir war ... Nicolas – NEIN! „Du hast es aber wirklich eilig, von hier weg zu kommen, meine schöne Kimberly.“ Oh, nun waren wir also schon per du – aber die Stimme in meinem Kopf kannte ja auch keine Benimmregeln. Es kam also nicht wirklich darauf an.

Ich tat so, als hätte ich ihn nicht gehört – und stieg in mein Auto. Als ich die Türe schließen wollte, hielt er sie fest. Aber noch immer vermied ich jeglichen Blickkontakt. Ich konnte das jetzt einfach nicht ertragen. Nicolas war gefährlich, ich wusste es, ich spürte es. Zumindest gefährlich für mich. Dass ich jetzt gerade alleine mit ihm war, machte die ganze Situation nicht wirklich besser.

„Verdammt, lass mich in Ruhe. Ich will einfach weg von hier, okay?“ Zugegeben, ich war recht barsch zu ihm, und auch das „Du“ hatte ich wesentlich schneller angenommen, als eigentlich geplant.

Ich machte keine Bewegung, blieb im Auto sitzen und hoffte, er würde mich nun endlich fahren lassen. Irrtum – stattdessen packte er meinen Arm und zog mich schneller heraus, als ich reagieren konnte.

Als ich die Schrecksekunde überwunden hatte, wagte ich es endlich, in seine Augen zu schauen. Er war wütend – sehr wütend sogar. Man musste nun wirklich keine außergewöhnlichen Fähigkeiten besitzen, um das sofort zu erkennen.

„Du wagst es, in solch einem Ton mit mir zu sprechen? Weißt du eigentlich, wer ich bin? Und was ich dir antun könnte?" Seine Augen funkelten zornig.

„Ich habe bereits gespürt, was du gerne mit mir machen möchtest, vielen Dank! Auf weitere Demonstrationen kann ich getrost verzichten! Ob ich weiß, wer du bist? Ein Vampir, oder?" Mist – das wollte ich nicht sagen! Aber nun war es geschehen.

Plötzlich schien seine Wut verflogen zu sein, und er lächelte. Er zog mich an sich. Oh Gott, das fühlte sich so wunderbar an ... ich bekam erneut weiche Knie und das Kribbeln in meinem Unterleib war nicht zu unterdrücken. Nicolas presste seinen Körper an meinen, und ich stöhnte auf. Ich konnte nicht anders. Dieser Mann war einfach Sünde pur! Dass er genauso erregt war wie ich, war deutlich zu spüren – und ich musste mich sehr zurückhalten, seine Härte nicht zu berühren.

„Du willst mich, meine süße Kimberly. Hör auf dich dagegen zu wehren. Es ist sinnlos – ich will dich und ich werde dich auch bekommen." Dann spürte ich seine weichen Lippen auf meinen ... seine Zunge streichelte mich zärtlich, ehe sie versuchte, in meinen Mund einzudringen. Bockig wie ein kleines Kind presste ich die Lippen zusammen – ein letztes verzweifeltes Aufbäumen. Dieser Kerl war dermaßen arrogant und selbstverliebt, dass ich ihm diesen Triumph einfach nicht gönnen wollte.

Doch mein Widerstand hielt nicht wirklich lange an. Nicolas wusste genau was er tat – und er tat es verdammt gut! Als sich unsere Zungen fanden, war es wie ein Stromstoß, der durch meinen Körper fuhr. Immer schneller, immer leidenschaftlicher erforschten wir einander, und Nicolas ließ seine Hände über meinen Körper wandern. Seine Berührungen waren eindeutig und sehr fordernd. Sie zeigten mir ohne Umschweife, was er begehrte. Als ich meine

Lippen von seinen löste, streifte er mit diesen erneut meinen Hals – genau wie in der Vision, die ich kurz zuvor hatte.

Er leckte und knabberte – erst sehr vorsichtig. Aber dann spürte ich wieder seine Zähne und machte mich sofort von ihm los. Oder besser gesagt, ich versuchte es! Leider war er dieses Mal darauf gefasst und hielt mich fest. „Ich habe nicht vor dich zu beißen, falls es das ist, was du fürchtest. Obwohl ich mich nur sehr schwer zurückhalten kann, das muss ich zugeben." Toll, sollte mich das nun beruhigen? Sicherlich nicht.

„Nicolas, du bist also ein Vampir ... ja? Himmel, aber es gibt doch gar keine Vampire! Und..ja, was willst du von mir? Warum ich? Es gibt so viele andere Frauen, die unter Umständen ganz wild darauf sind, unsterblich zu werden. Ich gehöre nicht dazu. Tut mir sehr leid." Ich spürte genau, dass meine Stimme unsicher klang. Ich hatte Angst vor dem, was er mir sagen würde. Und ich hatte noch mehr Angst davor, ihm das zu gewähren, was er so sehr haben wollte. Und das schien weit über den Blutdurst hinauszugehen.

„Du bist es, Kimberly. Ich habe es sofort gespürt, als du das Haus betreten hast. Deine Liebe zu dem Anwesen war ein weiterer Beweis. Meine Welt, die du so sehr fürchtest, ist auch deine Welt. Sie wird es zumindest sehr bald sein. Es macht also keinen Sinn sich zu wehren, mein schönes Kind. Gib auf !"

Pah, ich dachte nicht daran: Stattdessen fing ich nun an, wie eine hysterische Furie, lauthals zu schreien. Warum auch immer, denn hier war die wohl einsamste Gegend der Welt. Aber mehr konnte ich gerade nicht tun – Nicolas hielt mich so fest, dass ich keine Chance hatte, zu entfliehen. Ehe er mir die Hand auf den Mund pressen konnte, um das ohrenbetäubende Gekreische zu beenden, vernahm ich die Stimme meiner lieben Freundin Angela:" Kim! Kim! Bist du das? Hey, wo steckst du denn? Kim?" Gott, es war einfach herrlich, sie zu hören! Sie war so etwas wie mein rettender Engel. Zumindest empfand ich es so.

Dann stand sie endlich vor uns – gemeinsam mit Vasco. Und wie die beiden aussahen! Sie waren wohl in schnellen Schritten durch den Morast gehetzt, und ihre Kleidung hatte stark gelitten. Sie erinnerten mich sehr auffällig an zwei Schulkinder nach einer Schlammschlacht. Aber Angela schien andere Probleme zu haben. Sie starrte uns beide an, vor allem Nicolas. Kein Wunder, er hatte mich noch immer fest an sich gepresst, und seine Hand lag auf meinem Mund. Sie registrierte, dass dies wohl wenig mit einer liebevollen Umarmung zu tun hatte.

„Vasco, was treibt dein Bruder da? Sag ihm bitte, er soll sofort meine Freundin los lassen. Ich finde das nicht witzig, verdammt noch mal!" Wow, so hatte ich meine Angela noch nie sprechen hören – sie beeindruckte mich ohne Ende! Ohne die Reaktion von Vasco abzuwarten, lief sie auf mich zu. Ihre Augen funkelten böse. Und das galt eindeutig Nicolas! Er lockerte seinen Griff und ich konnte mich endlich von ihm lösen.

Schnell nahm ich Angelas Hand und zerrte sie weg von den beiden Männern. Vasco stand inzwischen bei seinem Bruder und redete leise auf ihn ein. Man konnte aber deutlich merken, dass sich die Brüder stritten – um was auch immer. Ich wollte die Gelegenheit nutzen, um mit Angela zu sprechen. Ich musste sie warnen, egal wie sehr sie diesen Vasco auch mochte. „Wir müssen hier weg, meine Süße. Und zwar verdammt schnell. Angela, Nicolas und Vasco sind Vampire. Und lach mich jetzt bitte nicht aus, okay? Ich meine das ernst!"

Angela lachte nicht – stattdessen schenkte sie mir einen Blick, der soviel sagte wie Du bist wohl komplett verrückt! „Nimmst du irgendwelche Drogen, Kimberly? Oder hast du in letzter Zeit einfach zu viel gearbeitet? Oder ist Nicolas pervers? Wollte er irgendwas total Schmutziges von dir?“ Nun grinste sie. Ich kniff sie in den Arm “Hältst du mich für verrückt, Angela? Hattest Du jemals den Eindruck, ich sei weltfremd oder Ähnliches? Denkst Du wirklich, ich hätte solche Angst, wenn es keinen Grund dafür gäbe?“

Wortlos schüttelte sie den Kopf und blickte zu Vasco. Sie schien zu überlegen. Oh je, sie tat mir so leid – dieser Mann schien wirklich ihr Herz erobert zu haben. Im Sturm sozusagen. Aber hätte ich deswegen lügen sollen? Vasco war genauso gefährlich wie sein Bruder, wenn auch viel sympathischer. Zumindest auf den ersten Blick. Die Brüder drehten sich wieder zu uns. Vasco erkannte sofort, dass Angela ihn anstarrte – voll Missgunst und Zweifel. „Ist es wahr, Vasco – seid ihr Vampire?“ Ich war erstaunt – dass sie ihn so direkt darauf anspricht, hätte ich nie gedacht.

Vasco wollte antworten, doch Nicolas winkte gelassen ab:“ Vasco, sie wissen es bereits. Ich habe eine sehr gute Verbindung zu Kimberly. Dadurch konnte sie bereits mehr sehen und erfahren, als geplant. Nicht wahr, mein hübscher Engel? Und manches hat dir sehr gut gefallen ..." Ich hätte ihn umbringen können – wenn er nicht schon tot gewesen wäre. Er grinste mich dermaßen unverschämt an, dass die blanke Wut in mir hochstieg.

Ich schnappte Angela und schubste sie in Richtung Auto. Sie verstand, und öffnete sofort ihre Türe – um sie gleich wieder zu verschließen. Ich nahm auf der Fahrerseite Platz. Und natürlich verriegelte auch ich augenblicklich die Türe. So wollten wir ihnen jede Chance verbauen, unsere Flucht zu verhindern.

„Fahr los, Kimberly. Um Gottes Willen, fahr′ schnell los! Sonst kommen wir hier nie wieder weg. Das spüre ich einfach!“ Angela klang nun fast panisch. Das kannte ich gar nicht von ihr.

Ich drehte den Zündschlüssel, die Männer waren inzwischen näher gekommen. Und Angelas Panik steckte mich an. Jetzt oder nie!

Aber es tat sich nichts, das Auto sprang nicht an! „Das gibt es doch nicht! Was ist denn nun los? Verfluchtes Auto!"

Ich wurde immer unruhiger und dementsprechend auch hektischer. Mit zittrigen Fingern versuchte ich es immer wieder, aber ohne Erfolg.

Angela rutschte unruhig auf dem Sitz hin und her. „Was machen wir denn jetzt? Oh Gott ..."

Ehe wir über weitere Schritte überhaupt nachdenken können, wurden plötzlich die Autotüren aufgerissen. Es sah schon fast grotesk aus: Vasco stand an Angelas Seite, Nicolas bei mir. Wir starrten sie mit offenem Mund an. Wie hatten sie es nur geschafft, sowohl das Auto lahmzulegen, als auch die verriegelten Türen zu öffnen? Und das ohne jeglichen Kraftaufwand?

„Nun, da die Damen wohl keine Möglichkeit haben, heute Nacht nach Hause zu kommen, dürfen wir euch eventuell Unterschlupf gewähren? In unserem bescheidenen neuen Heim?" Nicolas strahlte siegessicher. Vasco reichte Angela die Hand, um ihr beim Aussteigen behilflich zu sein. Man könnte auch sagen, er signalisierte ihr, dass sie gar keine andere Wahl hatte.

Ich wollte eigentlich trotzig sitzen bleiben, doch das konnte ich Angela nicht antun. Sie hatte das vermeintlich sichere Auto bereits verlassen.

„Ihr werdet sicherlich verstehen, dass wir euch nicht einfach gehen lassen können. Ihr wisst, wer wir sind – was wir sind. Und falls es euch entgangen sein sollte, wir finden euch einfach zauberhaft, ganz unwiderstehlich ... ihr werdet hier bleiben." Vascos Blick ließ keinen Zweifel daran, dass er es todernst meinte.

„Und wie lange, Vasco? Wie lange wollt ihr uns festhalten? Was habt ihr mit uns vor, verdammt noch mal?“ Angelas Stimme überschlug sich fast. Vasco zog sie an sich und streichelte sanft über ihr Gesicht.

„Solange es nötig ist.“, er lächelte. „Solange wir es wollen!“, fügte Nicolas hinzu. Gewohnt arrogant und selbstsicher.

Mein Blick traf den von Angela – und aus ihren Augen sprach die blanke Verzweiflung. Aber uns beiden war klar, dass wir im Moment keine Chance hatten zu fliehen. „Aber, ich schlafe mit Angela in einem Zimmer, ist das klar?“ Ich sah Nicolas zornig an. „Wo sollen wir überhaupt übernachten? Ihr habt das Haus doch noch gar nicht eingerichtet! Ihr habt es vorhin erst gekauft. Schon vergessen?“ Gott, was war ich sauer! Nur noch ein falsches Wort, und ich würde dem Vampir an den Hals gehen – ohne dabei an die Konsequenzen zu denken.

„Lasst das mal unsere Sorge sein. Es ist schon alles bereit für unsere wunderschönen Gäste. Folgt mir einfach. Ach ja, und noch eine Kleinigkeit – versucht nicht uns zu hintergehen. Keine Fluchtversuche oder Ähnliches. Das gilt vor allem für Dich, Du störrisches Weib.“ Nicolas funkelte mich spöttisch an. „Wenn Du es dennoch wagst, wirst Du meine Zähne erneut an Deinem Hals spüren. Und diesmal wird es real geschehen, das schwöre ich Dir.“ Das Timbre in seiner Stimme ließ keinen Zweifel daran, dass er es genauso meinte, wie er es sagte.

Ich zuckte zusammen, denn die Vision erschien erneut ... seine langen Fangzähne an meinem Hals. Seine Hand, die meinen Kopf nach hinten biegt. Sein Keuchen, sein Verlangen, sein unstillbarer Hunger. Und dann der Schmerz, dieser unerträgliche Schmerz. Er bohrt sich in meine Haut, ignoriert meinen Schmerz und meine Schreie ... dann trinkt er von mir, in schnellen harten Zügen ...

Als die Vision vorbei war, starrte ich Nicolas entsetzt an. Er hatte mir gezeigt, was geschehen würde, wenn ich ihm nicht gehorchen würde. Und es war so verdammt echt gewesen.

Instinktiv fasste ich an meinen Hals, sogar den Schmerz konnte ich noch fühlen. Aber fast noch schlimmer war die Tatsache, wie er es schaffte, in mein Bewusstsein einzudringen. Gott, wie mächtig war dieser Mann wirklich?

Angela hatte sich von Vasco abgewandt und kam schnell zu mir. Sie nahm meine Hand und wir liefen gemeinsam zum Haus zurück. Wir sprachen kein einziges Wort – zu geschockt waren wir über das, was hier geschah. Und über das, was wohl noch geschehen würde.

Wir wussten nichts – was die Männer von uns wollten, was sie uns antun würden und ob wir diese Nacht überhaupt überleben würden. Wir hatten nur uns beide, wir mussten zusammenbleiben. Und das um jeden Preis.

Denn eines war uns klar: Sobald die Vampire es schaffen, würden uns zu trennen, hätten sie leichtes Spiel mit uns, denn da war noch etwas, was Angela und ich genau wussten: Egal wie gefährlich Nicolas und Vasco waren, sie faszinierten uns ... viel mehr, als wir es zugeben mochten.

Schon ein Blick von ihnen genügte, um unsere Widerstandskraft ganz enorm ins Wanken zu bringen. Und nun stand uns mindestens eine Nacht mit diesen beiden verführerischen Wesen bevor ...

Wir hatten uns fest vorgenommen, stark zu bleiben ... aber unsere Angst wurde größer, mit jedem Schritt, der uns dem Schloss näher brachte – als Gefangene! Angst vor den Blutsaugern, die stumm hinter uns liefen. Aber fast noch mehr Angst vor uns selbst – davor, dass wir nicht genug Kraft haben könnten, uns zu wehren. Angst davor, der Leidenschaft zu erliegen und alles zu verlieren. Im schlimmsten Fall unser Leben ...

Unsicher und voller Angst betraten wir erneut das Anwesen.

Vasco und Nicolas hatten uns nicht einen Moment aus den Augen gelassen – sie schienen jeden Schritt, den wir machten, genau zu beobachten.

Ich konnte nicht anders, in mir brannte die Wut. Diese Wesen behandelten uns, als seien wir bereits ihr Eigentum. Ich muss gestehen, dass ich dazu eine ganz andere Meinung hatte.

„Bitte Kimberly, halte dich zurück, okay? Ich bin schon relativ zufrieden, wenn wir unser Zimmer betreten dürfen – und zwar gesund." Angela hatte mich nahe an sich herangezogen, damit die Männer unser Gespräch nicht hören konnten. Wir hofften es zumindest. „Wie gut du mich kennst, meine liebe Freundin. Ist es so deutlich, dass ich Nicolas am liebsten umgehend pfählen würde?" Plötzlich kicherte sie, was meine Wut nur noch steigerte. „Hey, was habe ich denn gesagt, was so komisch ist? Ich bitte um Aufklärung."

Mir wurde langsam heiß, Schweißtropfen bildeten sich auf meiner Stirn. Typisch für mich, wenn ich meinen Zorn zügeln musste.

„Naja, ich stelle mir gerade vor, wie du versuchst, dem guten Nicolas einen Pfahl ins Herz zu stoßen. Ich vermute, dass er dich viel lieber pfählen würde. Wenn auch in etwas anderer Form." Sie kicherte erneut. „Pfui, Angela! Was hast du nur für unanständige Gedanken. Hast du das von mir?" Nun schmunzelten wir beide, was in der momentanen Situation eher grotesk war.

Die beiden Vampire, immer dicht auf unseren Fersen, schienen verwirrt. „Darf ich fragen, was die Damen so sehr amüsiert? Wir möchten eure Freude gerne teilen." Nicolas Stimme klang diesmal eher ärgerlich – was in mir einen leichten Anflug von Freude auslöste.

„Das war nicht für deine Ohren bestimmt, Herr Obervampir! Tut mir sehr leid, dass wir nicht ständig vor Angst und Ehrfurcht erzittern, weil DU in unserer Nähe bist."

Verdammt, ich hatte mir diesen Giftpfeil doch nicht verkneifen können, und dementsprechend sah mich Angela wütend an. Ich bemerkte gerade noch, wie sich Nicolas auf mich stürzen wollte, aber Vasco hielt ihn zurück. „Freches Miststück! Ich werde Dir noch Manieren beibringen, das ist ein Versprechen!“ Ich wollte schnurstracks auf ihn zugehen, hatte schon den passenden Kommentar auf der Zunge liegen, aber Angela packte mich am Arm. „Oh nein, Schluss jetzt! Du bringst uns in Teufels Küche. Sieh dir bitte mal Nicolas an, der kocht vor Wut. Noch ein Wort, und er vergisst sich. Sei dir sicher.“

Ich musste zugeben, dass Angela recht hatte – seine böse funkelnden Augen geboten mir Einhalt. Diese Nacht zu überleben, war unser Ziel. Und jeder weitere Schlagabtausch hätte diesen innigen Wunsch wohl eindeutig gefährdet.

Wir liefen die beinahe stockdunklen Gänge des Schlosses entlang. Es brannten nur wenige Kerzen, was den Weg nicht wirklich erleichterte. Doch Vasco und Nicolas schienen genau zu wissen, wo sie lang gehen mussten.

Unglaublich, dass sie das große Haus eigentlich noch gar nicht wirklich kennen konnten.

Nach einer halben Ewigkeit blieben die Brüder stehen und deuteten auf eine Türe, die ich fast übersehen hätte. Ich hatte wirklich jede Orientierung verloren und wusste nicht, wo wir uns genau befanden. Es war anzunehmen, dass genau das der Sinn und Zweck der Sache war. „Ihr seid angekommen. Das ist eure Räumlichkeit für die Dauer eures Aufenthaltes bei uns.“Vasco lächelte uns an.

Im Gegensatz zu seinem Bruder schien er eher ein sanftes Wesen zu haben. Er war mir sympathisch, das musste ich zugeben. Seine Augen wirkten ebenfalls hypnotisch, kalt – und doch meinte ich, Ehrlichkeit und Zuneigung darin zu erkennen.

Trotzdem hütete ich mich davor, diesen Mann zu unterschätzen. Er war ein Vampir, genau wie sein Bruder. Er trank Menschenblut, um zu überleben. Und er hatte ein Auge auf Angela geworfen – das beunruhigte mich am meisten.

Vasco öffnete die Türe und bat uns einzutreten. Zu unserem Erstaunen war der Raum wunderschön eingerichtet. Die Möbel sahen aus, als seien sie aus dem vorherigen Jahrhundert. Herrlich gearbeitet und in einwandfreiem Zustand. Das dunkle Holz stand in einem sehr interessanten Kontrast zu dem eher modern wirkenden großen Himmelbett, das sich in der Mitte des Zimmers befand. Unzählige Kissen in hellen Pastellfarben lagen darauf, sodass es fast schon ein wenig kitschig wirkte.

„Das sieht eher aus wie eine herrliche Spielwiese, nicht wahr?" Angela grinste mich an. Ich konnte es nicht fassen! „Ich will aber gar nicht spielen, falls du das vergessen haben solltest."

Nun war es Nicolas, der mich spöttisch anlächelte. Er hatte unsere Unterhaltung dummerweise mitbekommen. Erleichtert stellte ich fest, dass er aber keinen Kommentar dazu abgab.

Ich entdeckte noch etwas in unserer Behausung, was ich schon immer sehr geliebt hatte: einen offenen Kamin! Dieser gab dem Ganzen eine sehr persönliche und vor allem gemütliche Note.

Das leise Prasseln des Feuers schien meine Nerven ein wenig zu beruhigen. Ich spürte, dass ich mich allmählich etwas entspannte. Wie es überhaupt möglich war, ein bisher unbewohntes Haus, so schnell herzurichten, wollte ich in diesem Augenblick gar nicht wissen. Die ganze Situation war sowieso dermaßen verrückt, dass ich daran nicht wirklich einen Gedanken verschwenden wollte.

„Wie habt ihr das alles in so kurzer Zeit so wunderbar eingerichtet?" Angela war eindeutig neugieriger als ich.

Vasco trat an sie heran, streichelte zärtlich ihren Arm … und die Art, wie er sie ansah, sprach Bände. Sie wich nicht zurück, im

Gegenteil: Sie schien diese Berührung zu genießen. Ihre Augen glänzten und wenn mich nicht alles täuschte, ging ihr Atem ein wenig schneller als zuvor.

Das konnte ja heiter werden! Sie hatte sich tatsächlich Hals über Kopf in dieses Wesen der Nacht verliebt. Ich musste unbedingt auf sie aufpassen. Vasco würde ganz sicher probieren, uns beide zu trennen … irgendwie. Und die Nacht war noch lang, verdammt lang!

Eine Antwort auf Angelas Frage erhielten wir nicht. Stattdessen erklärte uns Vasco, dass alles vorhanden sei, was wir benötigen würden. Angefangen von Nachtkleidung bis hin zu Körperpflegeprodukten. Wir sahen uns verblüfft an, sagten aber kein Wort. Als die Männer Anstalten machten zu gehen, fühlte ich mich endlich ein bisschen wohler. Ein letzter Blick in die Augen von Nicolas signalisierte mir allerdings ganz klar, dass wir keinen Grund hatten, aufzuatmen. Ich konnte nicht wirklich deuten, was er gerade fühlte. Es war wohl eine Mischung aus vielem: Wut, Besitzgier, Hunger und Traurigkeit. Er verwirrte mich – aber das hatte er ja eigentlich bereits von Anfang an getan.

Ich seufzte erleichtert auf, als Vasco und Nicolas endlich verschwunden waren. Sie hatten kein weiteres Wort mehr gesagt, ehe sie die Türe hinter sich schlossen. Erstaunt stellten wir fest, dass diese nicht verriegelt war. Angela wagte es, für einen Moment den Kopf raus zu strecken. „Sie sind weg – jedenfalls kann ich sie nicht mehr sehen. Die Türe ist offen, wir können uns also frei bewegen." Ich musste laut lachen, als sie das sagte. „Schatz, das glaubst du ja wohl selbst nicht. Die Herren Dracula wissen ganz genau, dass wir nirgendwo hingehen können. Sie haben uns im Visier, glaube mir. Wir werden dieses Zimmer, solange es dunkel ist, nicht verlassen. Bitte versprich mir, dass du dich daran hältst. Bitte, Angela!" Ich sah sie flehend an.

Sie setzte sich zu mir auf das große Himmelbett und nickte lächelnd. Wir sahen uns an, dann fielen wir uns plötzlich in die Arme. Ich weiß nicht warum, aber für einen Moment konnte ich meine Tränen nicht zurückhalten. Die ganze Spannung fiel von mir ab und entlud sich auf diese Weise. Angela schien zu verstehen, auch ohne Worte. Sie hielt mich einfach, und das tat mir unsagbar gut.

Nach einigen Minuten, die wir schweigend zugebracht hatten, standen wir auf, um das Zimmer genauer zu inspizieren.

„Erkläre mir bitte, woher die unsere Konfektionsgrößen kennen! Hier liegen zwei Bademäntel, zwei Nachthemden - und … äh, Unterwäsche! Ich glaube es nicht!“ Angela hielt die Kleidungsstücke in die Höhe. Ihrem Gesichtsausdruck nach stand sie kurz davor, den Verstand zu verlieren.

Ich sah mir die Sachen genauer an, und schüttelte den Kopf. „Abgesehen davon, dass ich das Wort Unterwäsche gegen die Bezeichnung Reizwäsche austauschen würde, ist eines ganz glasklar.“ Erwartungsvoll sah mich Angela an – und ich wunderte mich, dass sie nicht selbst darauf kam – schob es aber auf den etwas verwirrten Zustand, in dem sie sich gerade befand.

„Das war alles geplant! Und zwar von Anfang an. Als wir uns heute hier trafen, um den Verkauf abzuschließen, wussten die beiden schon, dass sie uns nicht einfach gehen lassen würden. Das ist doch irre, oder?“ Ich schüttelte ratlos den Kopf. Was sollte das alles? Was hatten sie tatsächlich mit uns vor? Das alles war etwas zu aufwendig gestaltet, wenn sie uns doch nur aussaugen wollten. Das hätten sie viel leichter haben können.

Uns beiden war klar, dass wir keine Chance gegen die Vampire hatten. Jedenfalls nicht dann, wenn es um Leben und Tod gehen würde. Zumal ich inzwischen ahnte, dass Nicolas ein sehr mächtiger Blutsauger sein musste und Vasco war immerhin sein Bruder …

„Was also wollen die beiden von uns? Verdammt Kim, ich habe Angst! Obwohl ich Vasco mehr als anziehend finde … aber ich möchte gerne eine Antwort auf diese Frage haben." Angela hatte sich vor den offenen Kamin gesetzt und starrte in das Feuer.

Ich wollte ihr diese Antworten so gerne geben – aber ich konnte es einfach nicht. Ich wusste ja selbst nicht, welches Spiel die Vampire mit uns spielten. Und es gab etwas, dass ich mehr hasste, als alles andere auf der Welt: Ungewissheit ...

„Vielleicht kann ich Ihnen beiden helfen – wenn es Ihr Wunsch ist.".

Wir zuckten zusammen, als plötzlich eine fremde Stimme zu uns sprach. Sofort drehten wir beide unsere Köpfe in die Richtung, aus der wir die Worte vernommen hatten.

An der Türe stand eine Frau, deren Erscheinung wohl jedem Mann augenblicklich den Atem verschlagen hätte. Sie war mittelgroß und schlank – fast schon zierlich. Das bodenlange schwarze Kleid betonte hauteng ihre hübsche Figur. Ihr Gesicht war blass, genauso wie ich es bereits bei Nicolas und Vasco bemerkt hatte. Im faszinierenden Kontrast dazu, umrahmten lange schwarze Locken das schöne Gesicht. Ihre Augen leuchteten in einem Smaragdgrün, das ich so noch nie gesehen hatte. Und da war es wieder ... dieses seltsame Funkeln darin ... der stechende Blick ...

„Bitte entschuldigen Sie mein Eindringen. Ich wollte Sie keinesfalls erschrecken. Darf ich mich vorstellen? Ich heiße Atheka." Die Frau, die noch sehr jung wirkte, kam langsam näher. Als hätten wir uns abgesprochen, machten Angela und ich gleichzeitig einen Schritt zurück. Wo kam denn diese Person plötzlich her? Wir hatten nicht gehört, dass sie das Zimmer betreten hatte. Es war, als ob sie unsere Gedanken lesen konnte:" Die Tür war offen, daher habe ich es gewagt einzutreten. Ich denke, auf ein Klopfen, hätten Sie im

Moment bestimmt nicht reagiert. Sie sind voller Sorge und Angst. Nun, ich gehöre zu Nicolas und Vasco."

Angela sah mich fragend an – und ich bemerkte, wie sich meine Miene verfinsterte. Himmel, warum spürte ich plötzlich einen Stich in der Brust? Sie gehörte zu Nicolas und Vasco? Warum gefiel mir das irgendwie überhaupt nicht? Angela schien meine Gedanken zu teilen. Im Gegensatz zu mir sprach sie diese deutlich aus: „Sie gehören zu den beiden Männern? Wie dürfen wir das denn verstehen?"

Inzwischen waren wir ein wenig mutiger geworden, und wichen der schwarzhaarigen Schönheit nicht mehr aus. Ich bat Atheka, Platz zu nehmen. Dankbar lächelnd nahm sie an, und setzte sich auf den großen brauen Ledersessel neben dem Kamin.

„Ich kenne die Brüder schon sehr lange – wir haben vieles gemeinsam erlebt. Gute wie auch schlechte Ereignisse." Nun, das war keinesfalls die Antwort, die Angela und ich erhofft hatten. Aber für den Moment wollten wir es dabei belassen. Die Frau machte einen freundlichen Eindruck, und vielleicht war es ganz gut, eine Vertraute in diesem Hause zu haben. Aber da war noch etwas, was ich unbedingt wissen musste, und zwar sofort: "Atheka[Sophie3] sind Sie ... nun ... sind Sie auch ein Vampir?" Ich blickte direkt in ihre schönen Augen und befürchtete eine eher unangenehme Reaktion auf meine Offenheit.

„Ja, das bin ich. Aber bitte fürchten Sie sich nicht vor mir. Ich werde Ihnen nichts tun. Ich mag Sie beide sehr gerne, obwohl ich Sie eben erst kennengelernt habe. Und außerdem würden mich Nicolas und Vasco grausam bestrafen, sollte ich von Ihrem Blut trinken."

Ich bekam eine Gänsehaut, als sie das sagte – der Gedanke daran, dass sie uns aussagen könnte oder wollte, hob meine Laune nicht wirklich an. Ein Blick zu Angela verriet mir, dass sie ebenso empfand. Ich kannte meine Freundin lange genug, um auch ohne

Worte in ihren Augen lesen zu können. Das machte unsere Freundschaft so einzigartig.

„Bitte Atheka, helfen Sie uns! Wir wissen nicht, was die beiden Männer mit uns vorhaben. Was geschieht hier? Und können Sie uns retten?"

Angela hatte sich neben Atheka gesetzt, worauf diese lächelnd ihre Hand ergriff. Ich hatte den Eindruck, sie konnte unsere Verwirrung sehr gut verstehen, spürte unsere Angst ganz genau. Sie strich Angela liebevoll eine Haarsträhne aus dem Gesicht, dann sah sie in meine Richtung.

Ich stand noch immer vor dem Kamin. Ich war viel zu aufgewühlt, um Platz zu nehmen. Als Atheka mich ansah, meinte ich eine Spur von Hilflosigkeit in ihren Augen zu erkennen.

„Ich kann und darf Ihnen nicht helfen zu fliehen – wenn es das ist, was Sie meinen. Aber ich werde Ihnen erklären, was hier geschieht, warum Sie hier sind – vor allem Sie, Kimberly. Die Prophezeiung hat uns gesagt, dass wir Sie finden würden. Nicolas hatte nie wirklich daran geglaubt. Und Sie, Angela – nun ich hätte nie gedacht, dass Vasco einmal sein Herz verlieren würde. Auch Sie spielen eine wichtige Rolle. Glauben Sie mir. Seine Gefühle machen ihn weicher ... und menschlicher. So war er nicht immer."

Ich hatte das Gefühl, überhaupt nichts von dem zu verstehen, was Atheka eben gesagt hatte. Prophezeiung? Was hatte das mit mir zu tun? Und warum durften wir auf keinen Fall hier weg? Ich fand das alles überhaupt nicht lustig. Angela hingegen lächelte glücklich – wohl in der Hoffnung, ich würde es nicht bemerken.

Es gab für mich wirklich keinen Zweifel mehr – Vasco hatte sie um den Finger gewickelt. Oder auch umgekehrt, das war am Ende egal. Aber sie stand kurz davor, seinem Charme zu erliegen, sich ihm hinzugeben. Und wenn das geschehen würde, wäre sie verloren. Dann hatte ich keine Chance mehr, ihr Leben zu retten. Ich musste also auf uns beide aufpassen – und diese Vorstellung gefiel mir nicht wirklich. War ich denn diesen Vampiren überhaupt gewachsen? Nein, sicherlich nicht so ehrlich musste ich zu mir selbst sein.

„Ich bin also Teil einer Prophezeiung? Können Sie uns das bitte genauer erklären? Was habe ich mit Nicolas zu tun? Ich dachte bis vor Kurzem, ich sei nichts weiter als eine der beiden Frauen, die ihm sein Traumhaus verkaufen. Mehr will ich nicht von ihm!“ Zugegeben, das war ein klein bisschen gelogen – ich fühlte mich durchaus von Nicolas angezogen, obwohl er ein arroganter Macho war.

Atheka durchschaute meine Lüge sofort, das verriet mir ihr Lächeln. Sie reichte mir die Hand und deutete damit an, neben ihr Platz zu nehmen. Ich zögerte einen Augenblick, wollte aber nicht unfreundlich erscheinen. Ich setzte mich neben die Angela und die Vampirin. Ich hoffte, sie würde Licht in das Dunkel bringen – und hatte gleichzeitig Angst davor.

Als sie anfing zu sprechen, sah sie keine von uns beiden an – stattdessen schien ihr Blick in die Ferne zu schweifen. Ihre Stimme war leise, und ihre Worte klangen ernst: “Wie Sie beide wohl schon ahnen, ist Nicolas ein mächtiger Vampir – ein sehr mächtiger sogar. Er wacht über die anderen Geschöpfe der Nacht, regiert sie sozusagen. Diese Verantwortung hat ihn sehr hart gemacht, oft auch grausam. Doch er ist kein verrückter Blutsauger, der Menschen töten will. Er nimmt sich ihr Blut, wenn er Nahrung benötigt, ja, doch er vermeidet es, seine Opfer umzubringen. Vasco ist genauso. Sie gehören zu den „guten“ Vampiren, wenn ich es so nennen darf.“

Guter Vampir, schlechter Vampir? Auch das noch! Ich verdrehte die Augen, lauschte aber weiterhin den Worten der Frau, die ich so hemmungslos um ihr blendendes Aussehen beneidete.

„Wir sind unsterblich ... fast. Das heißt, es gibt Möglichkeiten, uns zu töten. Das betrifft auch Nicolas. Er hat Feinde, auch viele

Neider. Und man darf die Vampirjäger nicht vergessen, die es überall auf der Welt gibt. Er hat seinen Tod ständig vor Augen. Sollte das tatsächlich geschehen, hätten die Vampire keinen Anführer mehr. Sie würden wieder zu dem werden, was sie einmal waren: blutrünstige Wesen, die aus Spaß und Blutgier töten. Das wäre das Ende der Menschheit."

Ich sah sie entsetzt an: So etwas konnte geschehen? Das war einfach zu unglaublich für mich – bis vor Kurzem hatte ich nicht einmal an die Existenz von Vampiren geglaubt.

Angela stand der Schock über Athekas Worte ins Gesicht geschrieben. Es war so, als ob ihr erst jetzt wirklich klar wurde, in wen sie sich verliebt hatte. Und wie gefährlich diese Gefühle waren ... wie gebannt lauschten wir erneut, als Atheka ihre Ausführungen fortsetzte. Unsere Reaktionen darauf nahm sie nicht wahr – fast als wäre sie in einer Art Trance.

„Vasco wäre sicherlich bereit, seinen Bruder würdig zu vertreten, sollte er tatsächlich einmal sterben. Doch leider gibt es auch bei uns Vampiren Regeln und Gesetze. Diese sind alt, sehr alt – und es ist keinem von uns gestattet, sie zu verändern oder gar zu brechen. Vasco kann niemals der Nachfolger von Nicolas sein, so sagt es das Gesetz. Dazu ist nur ein Wesen berechtigt: der leibliche Sohn von Nicolas Santos."

„Was, er hat einen Sohn?", Angela sah mich erstaunt an. „Nein! Seit Jahrhunderten versuchen sich Vampire in der Paarung innerhalb ihrer Rasse. Aber bis jetzt ohne Erfolg. Einmal schien das Ziel fast erreicht: Ein mächtiger Vampir vereinigte sich mit einer Vampirin. Es kam zur Schwangerschaft und auch zur Geburt. Das Baby, das sehr außergewöhnlich aussah, kam tot auf die Welt. Mit allerlei technischen Tricks erweckte man es tatsächlich zum Leben. Doch dieses Glück währte nur wenige Minuten – dann starb es unwiderruflich."

Bei diesen Worten senkte Atheka ihr Haupt, und mir schien, als konnte ich ein leises Schluchzen hören. Sofort kam mir ein Verdacht:“ Du warst diese Vampirin, nicht wahr? Und ... und wer war der Mann?“ Verflucht, ich ahnte schon fast, was sie antworten würde und mein Herz begann, wie wild zu schlagen. „Nicolas“, ihre Stimme war kaum hörbar, als sie mir nun direkt in die Augen sah.

Es hätte mir egal sein können, war es aber dummerweise nicht. Nicolas stand dieser Frau also nahe – näher als mir lieb war. Nun gut, das machte meine Entscheidung, schnellstens von hier zu verschwinden, umso leichter. Nur wie, das entzog sich momentan meiner Kenntnis.

Ich war aufgestanden, lief unruhig im Zimmer hin und her. Angela kam zu mir, legte ihren Arm um meine Schulter. „So ganz egal ist dir Nicolas eben doch nicht, stimmt`s?“ Aber ich fühlte, dass sie in diesem Augenblick keine Antwort von mir erwartete. Und ich war ihr unglaublich dankbar dafür.

Atheka war meine Reaktion keineswegs entgangen, denn fast schon entschuldigend fügte sie hinzu:“ Nicolas und ich ... wir lieben uns nicht, und haben das auch nie getan. Das sollten Sie wissen, Kimberly. Es war nur ein verzweifelter Versuch, seine Herrschaft zu stärken und zu erhalten. Wir haben inzwischen längst eingesehen, dass die Paarung zweier Vampire nie funktionieren wird. Es bedarf einer menschlichen Frau, seinen Samen zu empfangen und die Frucht in ihrem Leib reifen zu lassen.

Nun starrten wir beide die hübsche Frau an. Wir ahnten, dass die weiteren Ausführungen dieser obskuren Angelegenheit, nicht wirklich positiv ausfallen würden.

Mir wurde gleichzeitig heiß und kalt, als Atheka neben mich trat. Ihre Hand strich über meine Wange und sie lächelte mich fast schon liebevoll an. Völlig unerwartet griff sie in meine Haare und löste die Nadeln, die meine kunstvolle Hochsteckfrisur noch einigermaßen in

Form gehalten hatten. Mein langes rotes Haar fiel über die Schultern, und Atheka musterte mich von oben bis unten.

„Du bist wunderschön, weißt du das eigentlich? Hat dich Nicolas so gesehen, wie ich dich jetzt sehe?“ Mir war nicht bewusst, was ihr Handeln und diese Frage zu bedeuten hatte. Mir fiel lediglich auf, dass sie mich nun duzte. Das schien unter Vampiren eindeutig eine seltsame Angewohnheit zu sein. Aber ich hielt es nach allem, was wir soeben erfahren hatten, eher für nichtig. „Atheka, was soll das alles? Warum erzählen Sie uns diese Geschichte und was genau wollen Sie von mir?“ Ich hielt nun ihre Hand fest, die permanent über mein langes Haar strich.

„Kimberly, DU bist die Frau, von der die Prophezeiung spricht. Wir haben dich endlich gefunden. Nicolas wollte mir nicht glauben, ich erwähnte es bereits. Dann wurde das Haus seiner Ahnen zum Verkauf angeboten. Somit war bereits der erste Schritt getan. Denn es hieß, die auserwählte Frau lebe in England, der ursprünglichen Heimat von Nicolas Santos. Sie sei in der Nacht zum ersten Mai geboren, und ihr Haar sei rot wie Feuer.“

Für einen Moment unterbrach Atheka ihre Ausführungen, um Angela an zulächeln, dann fuhr sie fort, sprach mit sanfter Stimme: „Und sie habe eine Freundin mit hellblonden Haaren, die ihr alles bedeutet. Die beiden seien wie Schwestern.“

Ich hatte aufmerksam zugehört. Doch ich war keinesfalls bereit, daran zu glauben. Ja, ich war am ersten Mai geboren, und mein Haar war feuerrot. Na und? Es gab unzählige englische Frauen, auf die das alles zu traf. Und auch diese Frauen hatten sicherlich gute Freundinnen. Obwohl ich bezweifelte, dass es nochmals eine so liebe und treue Gefährtin gab, wie Angela. Atheka konnte meine Zweifel deutlich spüren, das sah ich ihr an. Überhaupt schien es fast unmöglich, dieser Frau etwas vorzumachen. Sie schien, genau wie

Nicolas, in mein Bewusstsein eindringen zu können. Es war mehr als unheimlich.

„Als Nicolas dir dann gegenüberstand, bei der Vertragsunterzeichnung, geschah etwas mit ihm ... er fühlte sich sofort zu dir hingezogen … als er dann noch spürte, wie sehr dich dieses Haus in seinen Bann gezogen hatte, fing er an zu glauben. Der endgültige Beweis war aber ein anderer ..."

Atheka trat nahe an mich heran, ich spürte ihren Atem an meinem Ohr: „Du hast Visionen, nicht wahr? Er kann dich Dinge sehen und fühlen lassen, er kann sogar zu dir sprechen ... streite es nicht ab, Kimberly. Nur die Frau, die als Mutter seines Kindes auserwählt wurde, ist dazu in der Lage."

Ich erstarrte – das war doch nur ein böser Traum. Ich wollte das alles nicht hören, und auf gar keinen Fall war ich bereit, dieses alberne Spiel mitzuspielen. „Tut mir leid, Atheka – aber egal was eure Prophezeiung sagen mag, ich habe nicht vor, als Gebärmaschine für einen Vampir herzuhalten, der sich unbedingt fortpflanzen will. Und ganz nebenbei erwähnt, ich kann gar keine Kinder bekommen. Das wurde vor Jahren festgestellt. Ich hatte eine schwere Infektion und bin seither unfruchtbar. Ich falle also aus. Punkt!"

Damit war die Sache für mich erledigt, und ich lief zur Türe. „Ich denke, es ist besser Sie gehen jetzt. Richten Sie ihrem Ex-Liebhaber aus, dass er sich anderweitig umsehen muss. Ich bin die falsche Frau. Und ich danke dem lieben Gott dafür."

Ich öffnete die Türe für Atheka und war inzwischen sehr genervt. Der Tag hatte wesentlich besser angefangen, als er nun endete. Ich hatte das Gefühl, nur noch Verrückte um mich zu haben. Aber Atheka ließ sich keineswegs so leicht verscheuchen. Sie lief zwar zur Türe, aber nur um diese wieder zu schließen.

„Du bist unfruchtbar Kimberly, ich weiß – aber nicht für Nicolas!“ Ihre Worte trafen mich wie ein Schlag. Was sollte denn das jetzt?

„Der Tag, der für die Zeugung vorher bestimmt ist, kommt näher ... und du wirst dich deinem Schicksal fügen. Ich denke, du hast keine Wahl.“ Sie lächelte mich gequält an. Es schien ihr nicht wirklich zu gefallen, dass sie mir nun drohen musste.

Angela hatte lange wortlos zugehört, doch allmählich wurde sie wütend. „Hey Atheka, genug jetzt! Sie haben Kimberly gehört, nicht wahr? Sie hat kein Interesse daran, sich befruchten zu lassen. Ob das nun medizinisch möglich ist oder nicht. Die Entscheidung darüber trifft sie ganz alleine. Sie sollten jetzt wirklich besser gehen.“ Ihre Augen funkelten böse. Himmel, sie war einfach klasse, wenn sie zornig war. Ich liebte sie dafür. Ich brauchte ihre Unterstützung wirklich, denn so langsam ließen meine Kräfte nach.

„Kimberly, bitte denke noch einmal darüber nach. Wenn du dich Nicolas verweigerst, werden viele Menschen sterben. Bedenke seine Macht. Er wird Rache üben, und dieser kleine Ort ist ideal dafür. Ein junges Mädchen befindet sich bereits in seiner Gewalt. Nur du alleine entscheidest darüber, ob sie leben oder sterben wird.“

Angela und ich sahen sie fassungslos an: Konnte Nicolas wirklich so grausam sein? Würde er unschuldige Menschen dafür töten, dass ich mich nicht ergab?

Plötzlich vernahmen wir den lauten und verzweifelten Schrei einer Frau – es schien weit weg und doch so nahe. Mir drehte sich fast der Magen um. Egal wer dieser Mensch war, er hatte Todesangst. Und mir war plötzlich klar, wer die Person war, die um ihr Leben bangte: das junge Mädchen, von dem Atheka eben sprach.

Ich legte meine Hände auf die Ohren, um die Schreie nicht länger ertragen zu müssen. Es traf mich bis ins Herz – und ich hasste Nicolas für das, was er mit dieser Frau wohl gerade machte. „Du kannst es beenden, Kimberly! Halte ihn auf! Ein einfaches „Ja" genügt, und das Mädchen wird leben. Sie wird sich an nichts mehr erinnern können, ich verspreche es dir!" Atheka sah mich herausfordernd an.

Ich ließ mich verzweifelt auf die Knie sinken, legte mein Gesicht in die Hände, und fing plötzlich an hemmungslos zu schluchzen. Angela berührte mich, doch diesmal wehrte ich sie ab. Ich wollte für einen Moment alleine sein – alleine mit meinen Gedanken. Ich musste entscheiden, ob diese Frau leben oder sterben würde. Und sicherlich betraf es nicht nur sie. Nicolas würde sicherlich auch unser Leben nicht verschonen ...

Inzwischen schrie die Frau nicht mehr, sie wimmerte jämmerlich. „Du hast keine Zeit mehr, liebste Kimberly – das Mädchen verliert langsam an Lebenskraft. Oh, erwähnte ich bereits, dass du sie kennst? Sie heißt Flora – und soweit ich weiß, ist sie deine Cousine." Das war nun eindeutig zu viel für mich ... ich nahm die Hände von meinem Gesicht und stand langsam auf. Ich sah zu Angela, die mit den Tränen rang.

Langsam lief ich zur Türe, an der Atheka noch immer stand. Für einen kurzen Moment sahen wir uns einfach nur an. Dann öffnete ich die Türe und sprach leise: „Geh zu Nicolas, sofort! Er soll damit aufhören, bitte! Ich werde tun, was er verlangt."

Atheka nickte stumm – und ehe sie das Zimmer nun wirklich verließ, sah sie mich mit traurigen Augen an. Die Rolle, die sie in der ganzen Sache einnahm, gefiel ihr nicht. Das war ganz offensichtlich. Aber es erging ihr wohl genau wie mir: Sie hatte sich dem Willen des Mannes zu fügen, der die Macht besaß, über unser Wohlergehen zu entscheiden. Er war stärker als wir alle zusammen, das musste ich mir eingestehen – ob es mir nun gefiel oder nicht.

Als sie gegangen war, wurde mir erst richtig bewusst, was ich eben getan hatte, welche Entscheidung ich getroffen hatte. Mir wurde übel, und ich merkte, wie mir schwarz vor Augen wurde. Wie aus der Ferne hörte ich Angela, die voll Entsetzen zu mir sprach: „Um Gottes willen Kim, was hast du getan? Ist dir wirklich bewusst, auf was du dich einlässt? Kim? Hörst du mir überhaupt zu?“

Nein, das konnte ich nicht mehr wirklich ... meine Beine gaben nach, und ich hörte gerade noch das dumpfe Geräusch, als ich auf dem Boden aufschlug.

„Kimberly? Süße, bist du wach? Kim?“

Angelas ruhige, eindeutig besorgte Stimme riss mich aus einem schier endlos langen Traum ... was war geschehen? Wo war ich überhaupt?

Ich versuchte die Augen zu öffnen – was ich aber sofort zutiefst bereute: Die Helligkeit im Zimmer verstärkte den stechenden Schmerz in meinem Kopf. Ich seufzte und kniff die Augen krampfhaft zusammen.

„Gott sei Dank, Kim – ich dachte schon, du wirst gar nicht mehr wach. Wir alle haben uns solche Sorgen um dich gemacht. Auch Nicolas ...“.

Nicolas? Hatte sie eben von Nicolas geredet? Nun war ich hellwach – und meine Erinnerungen an die Ereignisse der letzten Nacht ebenso. Ich versuchte mich aufzusetzen – was weitaus schwieriger war, als ich jemals gedacht hätte.

Mein Schädel brummte, als hätte ich erst vor wenigen Stunden, eine sehr feucht-fröhliche Party genossen.

Dann schaffte ich es aber doch, in eine aufrechte Position zu gelangen – und meine Augen gewöhnten sich allmählich an das Tageslicht. Tageslicht – ein wenig Freude und Erleichterung stieg in mir auf. Wir waren in Sicherheit, zumindest für eine kurze Weile. Angela saß bei mir am Bett und lächelte mich liebevoll an. Himmel, ich war so unsagbar glücklich, meine Freundin zu sehen. Und es machte den Eindruck, als ginge es ihr gut.

Ich nahm ihre Hand und blickte in ihre Augen. Ich konnte noch immer diesen faszinierenden Glanz darin erkennen. Dieser Glanz, der von ihr ausging, seit sie Vasco begegnet war.

„Sag mir Angela, was ist geschehen? Und wie ist es dir ergangen? Du warst ja praktisch ganz alleine, nicht wahr?"

Ein ungutes Gefühl überkam mich: Wie lange war ich ohnmächtig gewesen? Und was hatte Angela in dieser Zeit getan? Viel wichtiger aber, was hatte man mit ihr getan? Instinktiv starrte ich auf ihren Hals – auf der Suche nach verräterischen Spuren eines Vampirbisses.

Angela schmunzelte:" Keine Sorge, meine liebe Kim – ich wurde nicht gebissen. Obwohl ich es kaum noch abwarten kann, das zu erleben. Es soll umwerfend erotisch sein ... Atheka hat mir davon erzählt." Konnte das sein? Dass meine Freundin Angela errötete? Sie war an sich die Offenheit in Person. Es gab nichts, auch in Bezug auf ihr Liebesleben, was ich nicht wusste. Sie liebte es davon zu erzählen und dabei wurde kein Detail vergessen. Doch diesmal schien sie die versehentlich gemachte Bemerkung zu bereuen, und wechselte schnell das Thema.

„Als du umgefallen bist, bin ich zu Tode erschrocken. Dieser dumpfe Schlag, als du auf den Boden gestürzt bist. Ich dachte zuerst, du hättest vielleicht eine Gehirnerschütterung. Aber Atheka kennt sich mit solchen Dingen sehr gut aus. Sie versicherte mir, dass es -dir bald besser gehen würde. Du bräuchtest nur Ruhe und Schlaf. Zum Glück konnte sie auch Nicolas überzeugen, sonst wäre er wohl jetzt noch hier." Angela grinste.

„Sehr gut, dann wäre er zu Staub zerfallen oder so ähnlich. Ein durchaus verlockender Gedanke." Ich grollte innerlich, wenn ich nur an diesen Mann dachte. Ich hörte erneut die Schreie meiner

Cousine, ihre Todesangst. Und leider hatte ich nicht vergessen, welches Versprechen ich Nicolas Santos gegeben hatte. Ich hatte mich dazu bereit erklärt, diese mysteriöse Prophezeiung zu erfüllen … ich sollte ihm einen Sohn gebären.

Alleine der Gedanke daran ließ mir das Blut in den Adern gefrieren. Verflucht, worauf hatte ich mich nur eingelassen?

„Was hatte Nicolas überhaupt in unserem Zimmer verloren? Und was hast du getan, während ich bewusstlos war? Oder ich frage mal anders, was hat Vasco mit dir getan?“

Ich sah sie nun eindringlich an – was ihr keinesfalls entging. Daher zog sie es vor, den ersten Teil meiner Frage zu beantworten.

„Nicolas hatte wohl gespürt, dass es dir schlecht ging. Atheka konnte es ihm nicht gesagt haben. Er stand schon in unserem Zimmer, ehe sie überhaupt die Chance hatte, ihn zu benachrichtigen. Sehr seltsam, nicht wahr? Irgendwie scheint ihr beide miteinander verbunden zu sein. Wie romantisch!“ Angela verdrehte die Augen, worauf ich sie ärgerlich ansah.

„Romantisch? Was ist daran romantisch, dass dieser miese blutsaugende Erpresser in unserem Zimmer steht? Wäre ich wach gewesen, hätte ich ihn sofort umgebracht, so!“ Schmollend verschränkte ich die Arme vor der Brust. Nun musste Angela laut lachen:

“Oh Süße, du bist einfach göttlich! Zu deiner Erinnerung, Nicolas ist schon tot – mehr oder weniger. Du kannst ihn nicht mehr umbringen.“

Ich schnaubte verächtlich, denn sie hatte leider recht. Wie auch immer, er hatte unsere Räumlichkeiten wieder verlassen, dank Atheka. Das war die Hauptsache. Aber es stand noch eine andere offene Frage im Raum, und die betraf eindeutig Angela.

„Was ist dann passiert? Als Nicolas wieder fort war, und ich mich im Dornröschenschlaf befand? Ich denke, du hast mir noch nicht alles erzählt, liebste Freundin. Ich höre?“

Angela wich meinem direkten Blick aus, und war aufgestanden. Man musste kein Psychologe sein, um ganz klar zu erkennen, dass sie darüber nicht reden wollte.

„Nun sag doch endlich was, bitte! Was ist passiert ... was hat Vasco mit dir gemacht?“

Da sie noch immer keine Anstalten machte mir zu antworten, trat ich an sie heran. Als ich direkt vor ihr stand, und in ihre schönen Augen sah, verlor ich mich darin ... es war, als ob ein Film vor meinem inneren Auge ablief ...

Ich sehe unser Zimmer, die Dunkelheit ... Vasco tritt von hinten an Angela heran. Zärtlich und gleichzeitig besitzergreifend legen sich seine Arme um ihre Taille. Sie seufzt auf, lehnt sich zurück. Das Funkeln in seinen Augen zeigt deutlich, was er will: Angela!

„Komm, meine Schöne, lass uns woanders hingehen. Wir wollen doch deine Freundin nicht aufwecken.“ Seine Stimme klingt betörend, einschmeichelnd ...

Angela nickt wortlos, und die beiden verlassen den Raum.

Wie im Traum verfolge ich diese Szene, und ich spüre das Verlangen, einzuschreiten. Krampfhaft versuche ich, Angelas Namen zu rufen, sie zu warnen. Aber es ist, als hätte man mich betäubt. Ich kann einfach nichts tun. Stattdessen verfolge ich Vasco, der Angela im Arm hält, mit ihr ein anderes Zimmer aufsucht. Es ist klein aber gemütlich eingerichtet. Unzählige Kerzen schmücken die Räumlichkeit, die Vascos Unterkunft zu sein scheint. Sie ist erfüllt von einem herrlichen Duft: Rosen – frische Rosen. Sie sind überall verteilt, auch auf dem großen Bett ... es sind schwarze Rosen, was mich erschauern lässt ...

Vasco trägt Angela zum Bett, legt sie darauf ab. Ihre Augen sind geschlossen. Ich stehe als stumme Zuschauerin dabei, ohnmächtig etwas zu tun. Meine Freundin scheint wie in Trance zu sein, sie wirkt völlig benommen. Der Vampir betrachtet sie lüstern, und seine Hände beginnen, ihren schönen schlanken Körper zu erforschen. Angela beginnt leise zu stöhnen, als er ihre Brüste liebkost. Sie bäumt sich auf, als seine Lippen schließlich eine ihrer zarten Knospen umschließen ... seine Berührungen werden fordernder, seine Küsse härter – dann streift sein heißer Atem ihren Hals. Angela scheint immer mehr in Ekstase zu geraten, sie dreht ihren Kopf zur Seite – bereit ihm das zu geben, wonach er sich sehnt. „Sag mir, dass du es willst, Angela! Sag mir, dass ich von dir trinken soll. Ein Wort genügt, und du gehörst mir. Für jetzt und für alle Zeiten ... sage es!"

Während Vasco zu ihr spricht, wandern seine Hände zwischen ihre Schenkel ... spüren ihre Feuchtigkeit und ihre hemmungslose Bereitschaft. Angela biegt sich der streichelnden Hand entgegen, und ihr lustvolles Stöhnen wird lauter. „Vasco, bitte ... hör nicht auf! Mach weiter, ich brauche es ... ich brauche -dich ... bitte!" Ihre Augen sind weit aufgerissen, die pure Lust spiegelt sich darin wieder. Vasco drückt ihren Kopf weiter nach hinten ... er küsst sie ... knabbert an ihr.

„Angela, du hast mir noch immer nicht gesagt, was ich hören will. Willst du mir dein Blut geben? Möchtest du, dass ich von dir trinke?" Seine Frage klingt nun eindeutig ungeduldig, als könne er seinen Hunger nicht mehr lange zügeln. Vasco berührt Angelas empfindlichste Stelle, reibt heftig an ihr. Mit der anderen Hand fixiert er ihren Kopf, als wolle er unter allen Umständen verhindern, dass sie sich ihm entziehen konnte.

Ich stehe noch immer dabei, möchte Vasco von Angela weg zerren – aber wie? Ich kann nichts tun. Ich kann nur zusehen, wie

Angelas Bereitwilligkeit zunimmt, dem Blutsauger alles zu geben, was er begehrt ... seine Zähne werden sichtbar: lange blitzende Vampirzähne. Oh Gott – NEIN! Das durfte nicht geschehen, das war doch nur ein Traum! Oder nicht? Was konnte ich nur tun, wie konnte ich meiner besten Freundin zur Hilfe eilen?

Plötzlich hält Vasco inne – fast so, als habe er einen Stromstoß bekommen. Er löst sich von Angela, steht auf. „Du bist nicht wirklich bereit für mich, Angela. Ich spüre deine Angst. Und diese ist hundertmal größer und stärker als deine Hingabe." Traurig blickt er sie an.

Himmel, fast schon tut er mir leid, obwohl ich weiß, wie verrückt das ist.

Dann verändern sich seine Gesichtszüge – sie werden weich, und ein fast schon liebevolles Lächeln huscht über sein Gesicht.

„Nicht mehr lange, mein schöner Engel. Bald bist du soweit ... genau wie deine Freundin Kimberly. Ihr werdet uns gehören, für alle Ewigkeiten."

Genauso abrupt, wie der Traum angefangen hatte, war er wieder zu Ende. Ich starrte Angela an, die ihren Arm um meine Schulter gelegt hatte, und besorgt zu mir sprach: „Süße, was ist denn los mit dir? Du warst wie weggetreten, hast gejammert und Vascos Namen genannt. Hast du mit offenen Augen geträumt?" Ich legte meinen Kopf auf ihre Schulter, wollte ihr nicht zeigen, wie besorgt ich gerade war. Ich hatte wieder eine Vision, und diesmal hatte Nicolas wohl nichts damit zu tun. Aber sie hatte mir deutlich gezeigt, in welcher gefährlichen Situation wir uns befanden. Angela war dem Todeskuss nur ganz knapp entgangen. Ob ihr das überhaupt bewusst war?

„Angela, du bist Vasco letzte Nacht sehr nahe gekommen, nicht wahr? Du wolltest ihm sogar Dein Blut geben. Erinnerst du dich?"

Ihre Antwort kam zaghaft, kaum hörbar:

„Ich spüre noch immer seine Küsse, seine Berührungen, ja- ... auch die Worte, die er zu mir sprach, sind noch deutlich in meinem Kopf. Aber dass ich ihm mein Blut geben wollte ... woher weißt du das alles?"

Fragend sah sie mich an. Ich erzählte ihr von meiner Vision - von all den Visionen, die ich hatte, seit wir dieses Anwesen betreten hatten. Sie hörte mir aufmerksam zu, und ihre Augen schienen immer größer zu werden.

„Um Gottes willen Kim, was geht hier vor sich? Was passiert mit dir?" Für einen Moment sah ich sie belustigt an:

„Schatz, nach dem, was dir vor wenigen Stunden passiert ist, sollten wir wohl eher um dein Wohl besorgt sein, nicht wahr? Es dürfte wohl offensichtlich sein, dass Vasco dich besitzen will, um jeden Preis."

„Nicolas will DICH, vergiss das bitte nicht. Dummerweise hast du ihm ja dieses absurde Versprechen gegeben. Verdammt, wir müssen dich da irgendwie raus holen. Das kannst du ja nicht wirklich machen, ein Kind von ihm bekommen."

Angela war einfach süß: Wild entschlossen stand sie vor mir, mit der Bereitschaft einer furchtlosen Kriegerin, die zu allem bereit war.

„Nicolas will, dass ich seinen Sohn auf die Welt bringe, ja. Aber das ist sicherlich alles, was ihn an mir interessiert. Daher denke ich, dass ich nicht wirklich in Gefahr bin, mein Blut zu verlieren. Jedenfalls zum gegenwärtigen Zeitpunkt. Aber bei Euch beiden sieht das ganz anders aus. Glaube mir, Angela – ich habe Vascos Verlangen nach dir gesehen und gefühlt. Es war gewaltig!"

Angela ordnete ihre Kleidung und schlüpfte in ihre Schuhe. Dann lief sie zur Türe. Als ich wortlos am Fenster stehen blieb, drehte sie sich um:

„Worauf wartest du? Lass uns von hier verschwinden. Jetzt sofort! Es ist Tag, die Vampire können uns nichts tun. Sie schlafen ...

oder so ähnlich. Ich will mein Blut behalten, und du willst kein Kind bekommen, dass Blutgruppe A einem anständigen Schluck Muttermilch vorzieht. Das ist unsere Chance – komm endlich!"

Ich konnte nicht glauben, was ich da hörte: Angela wollte wirklich fliehen! Sie hatte allerdings eine Kleinigkeit vergessen, die uns eindeutig den Weg versperrte.

„Ich soll jetzt einfach gehen? Flora im Stich lassen? Wie stellst du dir das vor, Angela? Ich weiß nicht, wo sie ist und wie es ihr geht. Nein, tut mir leid. Du magst mich für verrückt halten, aber ich muss bleiben. Du solltest allerdings gehen, und zwar sofort. Noch hast du die Chance dazu."

Angela schloss für einen Moment die Augen – das tat sie gerne, wenn sie nachdenken wollte. Vor allem dann, wenn es sich um ein größeres Problem handelte. Langsam entfernte sie sich von der Türe und setzte sich stattdessen auf unser Bett.

Ich betrachtete sie und musste feststellen, dass sie in diesem Moment ratlos und verzweifelt aussah. Ohne mich wirklich zu registrieren, sprach sie in ernstem Ton:

„Nein, ich lasse dich doch nicht alleine zurück. Und Flora genauso wenig. Wie konnte ich so dumm sein, deine Cousine zu vergessen! Bitte verzeih mir! Ich war egoistisch und rücksichtslos."

Ich lächelte meine Freundin an, und setzte mich neben sie. So verharrten wir für eine kurze Weile, ohne dass ein Wort gesprochen wurde. Stattdessen lauschten wir der Stille um uns herum. Obwohl wir die Ruhe normalerweise sehr liebten, kam sie uns diesmal anders vor: Düster ... bedrohlich ... beherrschend. Genauso wie die Vampire, in deren Haus wir uns befanden.

„Angela, bitte sag mir die Wahrheit. Spürst du wirklich ein Verlangen danach, von Vasco gebissen zu werden? Eben sagtest du, du möchtest dein Blut behalten. Aber ich erinnere mich gut an eine andere Aussage. Nämlich die, dass du dich danach sehnst, den

Vampirkuss von ihm zu bekommen. Was willst du wirklich?" Angela drehte langsam ihren Kopf zu mir, und ich musste feststellen, dass sie mich unverfroren angrinste. „Ich möchte weder sterben, noch möchte ich ein Vampir werden. Wenn es das ist, was dir Kopfschmerzen bereitet. Aber ja, du hast recht: Ich möchte spüren, wie er von mir trinkt ... und ich will fühlen, wie sein Verlangen nach mir stetig wächst, mit jedem Schluck aus meiner Ader. Hältst du mich nun für komplett wahnsinnig?"

Ich konnte mir ein Grinsen ebenfalls nicht verkneifen – Angela hatte einfach eine fantastische Gabe, andere Menschen mit ihrer Unbekümmertheit anzustecken. Und das konnten wir in der augenblicklichen Situation wirklich gut gebrauchen.

Ich kniff sie freundschaftlich in den Arm und erwiderte:

„Ja, du bist komplett irre, wenn du mich fragst. Aber sind das nicht alle in diesem Haus? Die beiden Herren, denen wir dieses Chaos zu verdanken haben, an erster Stelle. Vielleicht hilft uns das, die ganze Sache einigermaßen gut zu überstehen. Mit klarem Menschenverstand ist das alles sowieso nicht zu erklären."

Nachdem wir eine kurze Weile ausgelassen geredet und ausgiebig gekichert hatten, wurde Angela plötzlich kreidebleich im Gesicht. Was war denn jetzt mit ihr los?

„Angela, ist dir übel? Brauchst du vielleicht etwas in den Magen? Unsere letzte anständige Mahlzeit scheint ja auch schon ewig her ..."

Doch sie schüttelte energisch den Kopf, packte mich stattdessen bei den Schultern.

„Wie konnte ich nur so sorglos sein, Kimberly! Eben fällt mir ein, in welcher Gefahr DU warst, als ich mit Vasco das Zimmer verlassen hatte. Nicolas hätte leichtes Spiel gehabt, während ich in Vascos Armen lag. Ich bin eine furchtbare Freundin."

Jetzt musste ICH lachen. Ihr Gesichtsausdruck war einfach zu köstlich.

„Blödsinn! Mache dir darüber ja keine Gedanken. Atheka war auch noch in der Nähe, seltsamerweise vertraue ich ihr. Und was hätte mir Nicolas tun wollen? Mich aussaugen? Wohl eher nicht, wenn er mich als Mutter seines künftigen Sohnes auserkoren hat. Denn eine schwangere Untote funktioniert ja scheinbar nicht wirklich. Das hat er ja bereits mit Atheka getestet."

Sofort spürte ich wieder diesen heftigen Stich im Herz. Warum nur wurde ich das Gefühl nicht los, dass Atheka für Nicolas mehr als eine Freundin war? Und viel schlimmer, warum störte mich das so ungemein?

Laute Geräusche, die eindeutig von draußen kamen, unterbrachen meine Gedanken. Wir liefen beide eiligst zum Fenster, um festzustellen, was diese genau zu bedeuten hatten.

„Huch, da stehen ja plötzlich Unmengen von LKWs und anderen Fahrzeugen!" Ich streckte meinen Kopf, um ebenfalls einen Blick zu erhaschen. Leider war das Fenster nicht zu öffnen, sodass unser Sichtfeld sehr eingeschränkt war.

„Es sieht fast so aus, als ob diverse Waren angeliefert werden. Möbel und Ähnliches."

Ich deutete mit dem Finger auf einen jungen kräftigen Mann, der einen großen schweren Sessel zum Haus transportierte.

„So, die Herren Dracula ziehen also nun „richtig" ein. Klar, dass sie es eilig haben. Soll nicht heute Abend dieses Fest stattfinden?"

Angela hatte recht – das hatte ich komplett vergessen.

Wir zuckten beide zusammen, als es plötzlich an der Türe klopfte. Wer konnte das sein? Einer der Lieferanten vielleicht? Da wir bei Tageslicht keinen Vampir fürchten mussten, riefen wir, fast gleichzeitig: „Herein!"

Hand in Hand näherten wir uns der Türe und waren auf so ziemlich alles gefasst, was gleich geschehen konnte.

Erleichtert atmeten wir auf, als ein freundlich aussehender, älterer Herr unser Zimmer betrat. Er verbeugte sich vor uns, dann lächelte er.

Die Wärme seiner Augen tat uns beiden unsagbar gut. Und die Tatsache, dass er ein Mensch sein musste, umso mehr.

Er war schätzungsweise sechzig Jahre alt und hatte volles weißes Haar. Da er von eher kleiner Gestalt war, empfanden wir keinerlei Gefahr, als er ein Stück näher kam.

„Entschuldigen Sie mein Eindringen, sehr geehrte Damen. Darf ich mich Ihnen vorstellen? Ich bin Arthur, der Butler von Mr Nicolas Santos und Mr Vasco Santos. Ich bin eben erst angekommen, habe aber bereits im Vorfeld meine Befehle erhalten. Ich soll Ihnen jeden Wunsch von den Augen ablesen, und diesen auch nach Möglichkeit erfüllen."

Wir sahen uns staunend an. Und ehe ich etwas erwidern konnte, sprudelte es aus Angela bereits heraus:

„Schön Sie kennenzulernen, Arthur. Sicherlich wissen Sie bereits, wer wir sind. Ich bin Angela, und das ist meine Freundin Kimberly. Sagen Sie Arthur, wissen Sie eigentlich, wer Ihre neuen Arbeitgeber sind? Vor allem aber, was sie sind?" Ich musste schlucken – Angelas offene Art hatte uns schon manches Mal in unangenehme Situationen gebracht.

Zu unserer Überraschung lächelte der alte Mann, und seine Augen funkelten fröhlich. Er nickte und antwortete mit tiefer fester Stimme:

„Oh ja, Miss Angela, ich weiß genau, für wen ich arbeite. Die beiden Herren sind keine Fremden für mich. Ich diente Ihnen bereits, als sie Sie beide wohl noch in den Windeln lagen." Nun, diese Frage war also geklärt. Nun blieb es noch zu ergründen, ob er uns wirklich jeden Wunsch erfüllen würde.

„Und wenn wir nun einfach gehen würden, Arthur? Was wäre dann? Würden Sie uns ziehen lassen?"

Ich musste nun doch Gewissheit haben, wie ergeben er seinen Herren war. Aber um ehrlich zu sein, wusste ich die Antwort bereits, ehe er sprach:

„Meine Damen, diese Frage steht sicherlich nicht zur Diskussion. Ich halte Sie beide für charmante und äußerst intelligente Wesen. Sie werden nicht gehen – Sie haben gar nicht die Absicht das zu tun."
Nun, diese Antwort war durchaus clever – und außerdem wahr.

„Sie werden mir verzeihen, dass ich nicht allzu lange bei Ihnen verweilen kann. Wie Sie sicherlich bemerkt haben, werden gerade die restlichen Möbel angeliefert. Und auch sonst ist noch vieles vorzubereiten. Heute Abend wird das große Fest stattfinden, von dem Sie bestimmt schon gehört haben. Auch Ihre Ballkleider müssten jede Minute hier eintreffen. Sobald das geschehen ist, werde ich Sie informieren. Darf ich Ihnen nun eine kleine Mahlzeit servieren? Sie müssen doch hungrig sein, so nehme ich an."

Er verließ das Zimmer, um kurz danach mit einem Servierwagen zurückzukommen. Darauf befanden sich die herrlichsten Speisen, klein aber fein.

Jetzt erst bemerkte ich, dass das Knurren meines Magens immer lauter und das leere Gefühl immer stärker wurde. Ohne abzuwarten, griff ich nach einem mit Schinken belegten Brötchen, und biss herzhaft hinein.

Arthur lächelte verständnisvoll.

„Ich bitte Sie, in nächster Zeit ihre Räumlichkeiten nicht zu verlassen. Sie würden den Arbeiten nur im Wege stehen. Aber wenn Sie mich brauchen, dürfen Sie jederzeit klingeln."

Er überreichte Angela, die der Fresslust noch nicht verfallen war, ein altmodisch aussehendes Glöckchen. Ich konnte mir ein Kichern kaum verkneifen – es sah einfach herrlich aus, wie sie dieses seltsame Teil in der Hand hielt und fast schon hilflos in meine Richtung blickte.

„Danke Arthur. Wir werden uns das Essen schmecken lassen. Wenn wir Sie brauchen, dann ... äh ja ... nun, dann klingeln wir."

Erneut sah Angela auf das Metallglöckchen und schüttelte den Kopf.

„Wann beginnt das Fest, Arthur? Und aus welchem Anlass findet es statt?"

Wenn er schon mal hier war, wollte ich möglichst viele Informationen haben. Er war schon am Gehen, als er sich nochmals umdrehte.

„Die Feierlichkeit beginnt bei Einbruch der Dunkelheit. Was zu dieser Jahreszeit doch schon recht bald der Fall sein wird. Und der Anlass?" Arthur schien zu zögern. Dann antwortete er aber doch:

"Es ist eine Art Einweihungsfeier. Anlässlich des Einzuges der Brüder in dieses schöne Haus. Was sie ja wohl eindeutig Ihnen zu verdanken haben." Erneut verneigte sich Arthur vor uns beiden. Allmählich wurde uns das schon peinlich.

„Ja, und der andere Grund ... nun, Sie werden es rechtzeitig erfahren. Aber soviel kann ich Ihnen verraten: Sie werden die Ehrengäste sein. Besonders Sie, Miss Kimberly."

Ich schluckte – war das nun gut oder schlecht? Da wir es mit Vampiren zu tun hatten, beschloss ich, dass die zweite Möglichkeit eher in Betracht kam. Noch einmal hinderte ich Arthur daran zu gehen: „Und die anderen Gäste? Sind sie ... nun ... ich meine, sind sie genauso wie Nicolas und Vasco?" Ich hoffte inständig, dass die Antwort so ausfiel, dass ich mein Essen noch etwas länger genießen konnte. Angela hatte sich inzwischen eine riesige Schüssel Obstsalat gegönnt.

„Ist bestimmt gut fürs Blut“, flüsterte sie mir ins Ohr und kicherte. Voll Schreck sah ich sie an – diese Frau war einfach unmöglich!

Arthur hatte bereits die Hand an der Tür, und diesmal drehte er sich nicht mehr um. Er öffnete diese, dann endlich antwortete er mir:“ Ja, Miss Kimberly – die anderen Gäste sind ebenfalls Vampire. Hauptsächlich Vampire, die sich in England niedergelassen haben. Aber auch einige andere der mächtigsten Geschöpfe der Nacht. Sie haben die Ankunft von Mr Santos sehnlichst erwartet. Aber sie kommen auch, um SIE endlich kennenzulernen. Warum, muss ich Ihnen wohl nicht näher erklären.“ Damit verließ Arthur den Raum – und zumindest MIR war der Appetit gründlich vergangen. Nun war mir klar, dass diese Veranstaltung keineswegs so harmlos war, wie ich einmal gedacht hatte.

Als ich einen letzten Versuch machte, das Stück Schinken zu schlucken, das sich noch in meinem Mund befand, überlegte ich mir angestrengt, welche Rolle wir am Abend spielen sollten. Obwohl ich kein gläubiger Mensch war, betete ich, dass wir nicht als Hauptgang für eine ganze Horde blutgieriger Vampire herhalten sollten ...

Die Zeit bis zum Sonnenuntergang verging leider wie im Fluge.

Handwerker, diverse Lieferanten und viele andere sehr geschäftig wirkende Personen, hatten das Anwesen längst verlassen. „Pünktlich zum Fest“, wie Angela sarkastisch bemerkte.

„Die haben echt Glück gehabt. Sonst hätte man einige von ihnen wohl auch angezapft.“

Sicherlich hatte meine Freundin das als Witz gemeint, aber aus irgendwelchen Gründen, war mein Sinn für Humor im Moment stark angekratzt.

„Angela, wir sollten uns wohl geehrt fühlen, aber ich bin nicht wirklich glücklich darüber, dass wir heute die Ehrengäste sind. Und warum wollen die gerade mich unbedingt kennenlernen?“

Ich sah sie fragend an. Doch die Antwort lag auf der Hand.

„Kim, meine Süße, das ist dir wirklich nicht klar? DU bist die Frau, die von Nicolas Santos befruchtet werden soll. DU bist diejenige, die sein Kind austragen und gebären soll. Er ist wohl so was wie ihr Herrscher. In unseren modernen Zeiten könnte man ihn wohl als Vorgesetzten bezeichnen. Seine Nachfolge zu sichern, ist seinen treu ergebenen Vampiren selbst ein großes Anliegen. Du kannst dich also geschmeichelt fühlen."

Für einen Moment grinste sie mich frech an.

Zum Dank schenkte ich ihr einen bösen Blick und gab ihr einen freundschaftlichen Klaps auf den Po.

Aber sie hatte ja recht – warum hatte ich eine so dämliche Frage gestellt? Komisch, erst allmählich wurde mir wirklich bewusst, was ich vor einigen Stunden versprochen hatte. Und ich fühlte mich ziemlich mies – man konnte auch getrost sagen, mir war übel vor Angst und Aufregung.

Ja, ich fühlte mich zu Nicolas hingezogen – aber sein Interesse an mir war ganz anderer Art. Alleine der Gedanke, mich ihm hinzugeben, und das nur zum Zwecke einer Kindeszeugung, war mir zuwider. Aber ich sah im Moment keine Möglichkeit, den Kopf aus der Schlinge zu ziehen. Ich hoffte zumindest, dass der „Tag der Zeugung" noch eine ganze Weile dauern würde. Eventuell gab es ja doch noch eine Möglichkeit, meinem Schicksal zu entfliehen ...

Arthur hatte uns zwischenzeitlich unsere Abendkleidung gebracht. Obwohl der alte Herr ein treuer Diener der Santos-Brüder war, hatte ich ihn unverzüglich ins Herz geschlossen. Er hatte eine so liebevolle Art, dazu noch ein Lächeln, das einfach ansteckend war. Als er meine finstere Miene sah, während der Übergabe der Bekleidung, legte er mir sanft die Hand auf die Schulter.

„Es wird alles gut, Miss Kimberly. Auch wenn es Ihnen schwerfällt, vertrauen Sie Nicolas Santos. Wenn Sie seine Befehle befolgen, wird Ihnen nichts geschehen. Ich denke auch nicht, dass er ernsthaft beabsichtigt, einen Vampir aus Ihnen zu machen. Nur für den Fall, dass Sie das beschäftigen sollte."

Er hatte mich noch einmal angelächelt, ehe er unser Zimmer wieder verließ.

„Himmel, was bin ich froh, wenn wir hier endlich mal raus kommen. Ich kann diesen Raum nicht mehr sehen."

Angela seufzte. Ich konnte mir eine kleine Bemerkung natürlich nicht verkneifen:

„Aber Schatz, warum so undankbar? Hast du nicht erst vor wenigen Stunden, die Räumlichkeiten des durchaus anziehenden Vasco Santos besuchen dürfen? Sein Bett eingeschlossen?"

Frech zwinkerte ich ihr zu, worauf sie spitzbübisch lächelnd abwinkte.

„Komm, meine liebe Freundin. Lass uns lieber mal nachsehen, was wir heute Abend tragen werden!"

Angelas Augen leuchteten. Und mir ging es ähnlich, meine Neugier war jetzt größer als alles andere.

„Hoffentlich sind es Kleider, die man uns nicht so einfach vom Leib reißen kann." Diesen Gedanken konnte ich in diesem Moment einfach nicht für mich behalten. Angela lachte:

„Ach Kimberly, ich liebe deinen Humor."

Nun gut, als Witz war diese Anmerkung nicht wirklich gedacht. Doch für den Augenblick wollte ich es dabei belassen.

Als wir die sorgsam verschnürten Päckchen öffneten, die uns Arthur zuvor überreicht hatte, blieb uns beiden der Mund offen: Die Kleider, die sich darin befanden, waren einfach traumhaft!

„Oh Kimberly, sieh doch – ein Kleid aus schwarzem Satin. Mit Korsage. Wow, das ist einfach toll!"

Sie hielt sich das Kleid vor, und lief damit zu dem großen Spiegel, der neben dem Kleiderschrank angebracht war. Strahlend betrachtete sie ihr Spiegelbild.

„Meinst du, Vasco wird es gefallen?"

Ich sah sie ernst an und meine Antwort kam laut und deutlich:

„Hoffentlich nicht!"

Doch Angela ignorierte diese Bemerkung, und ich ahnte, dass dieser Abend weitaus gefährlicher werden würde, als dies sowieso schon der Fall war.

„Nun zeig mal, was für dich ausgewählt wurde. Ich bin so neugierig!"

Angela hatte ihre Abendrobe auf das Bett gelegt und trat neben mich, als ich anfing auszupacken. Ich konnte es kaum glauben, welch ein Prachtstück ich da plötzlich in den Händen hielt. Ein bodenlanges Kleid aus weißer Spitze. Es war, im Gegensatz zu Angelas Kleid, hochgeschlossen. Der Blickfang war der tiefe Rückenausschnitt.

„Himmel Kimberly – denkst du das, was ich denke?"

Sie sah mich mit weit aufgerissenen Augen an.

„Was denkst du denn, was ich denke?"

Sie schüttelte den Kopf.

„So blind kannst du nicht wirklich sein, oder? Weiß – die Farbe der Unschuld. Weiß – die Farbe einer Braut. Das kannst du halten, wie du es willst. Aber ich denke, das Kleid wurde ganz bewusst ausgesucht. Es sieht aus wie ein Brautkleid!"

Sofort war meine Freude über dieses Traumkleid verflogen. Und ich hoffte inständig, dass diese Analyse ein Hirngespinst meiner romantisch veranlagten Freundin war. Doch sie bemerkte meine Nachdenklichkeit und versuchte mich abzulenken.

„Lass uns die Kleider mal anziehen, ja? Es ist sowieso an der Zeit. Schau mal, die Sonne ist nun endgültig weg."

Angela deutete aus dem Fenster. Sie hatte recht – und ich musste schlucken. Das klitzekleine Gefühl von Sicherheit, dass uns der Tag beschert hatte, war nun vorbei. Ich hatte das Gefühl, Nicolas überall zu sehen, zu hören … zu spüren.

Wie gerne wäre ich in diesem Moment einfach davon gelaufen. Weit weg von diesem Ort. Aber ich wusste, dass das nicht möglich war. Schon alleine meiner Cousine wegen. Irgendwie mussten wir diesen Abend durchstehen.

Es dauerte eine ganze Weile, bis wir tatsächlich so aussahen, wie wir aussehen wollten. Angela rannte hektisch durch die Gegend und fluchte, was das Zeug hielt: Sie war fest davon überzeugt, ihre Haare würden einfach grauenvoll aussehen. Sie kam mit der Hochsteckfrisur, die sie eigentlich ausgesucht hatte, nicht wirklich zurecht. Und meine Hilfe lehnte sie kategorisch ab.

Ich schob es auf ihre Nervosität und wandte mich meinen „Problemen" zu. Und ich hatte plötzlich das Gefühl, eine Unmenge davon mein Eigen nennen zu dürfen.

Ich stand vor dem Spiegel und war einfach nur unzufrieden.

Das Kleid war ein Traum – die Trägerin ein Trauerkloß. Ich hatte den Eindruck, unattraktiv und farblos auszusehen. Außerdem fand ich meine Figur zu dünn, und meinen Busen zu klein. Ich musste unwillkürlich daran denken, wie fantastisch Nicolas aussah – und welch wunderschöne Erscheinung Atheka war. Sie passte viel besser zu ihm, als ich es tat.

Ich spürte, wie ich mir auf die Lippe biss, ganz in Gedanken. War ich etwa wirklich eifersüchtig? Wie dumm von mir! Es konnte mir egal sein, was Nicolas von mir hielt – er hatte wahrscheinlich noch immer Flora in seiner Gewalt, er war ein Monster!

Als es an der Tür klopfte, schreckte ich zusammen: Nicolas? Doch als Angela die Türe öffnete, verlangsamte sich mein Puls sofort. Atheka trat ein, und begrüßte herzlich meine Freundin. Ich versuchte sie zu ignorieren, wohl aus mehreren Gründen. Doch sie hatte mein Verhalten bemerkt, und kam zu mir herüber.

Himmel, wie gut diese Frau schon wieder aussah! Sie trug ein dunkelrotes knielanges Stretchkleid, das üppig mit kleinen Strasssteinen verziert war. Ich beneidete sie um ihre herrlich weiblichen Formen, welche durch dieses Kleid perfekt zur Geltung kamen. Ihre Haare hatte sie zu einem langen Zopf geflochten, der von einer goldenen Spange gehalten wurde. Ihr knallroter Lippenstift bildete einen fast schon gruseligen Kontrast zu ihrer blassen Haut. Doch mir gefiel es – sie war für mich die Königin der Nacht.

Ebenso wie Angela, die inzwischen ebenfalls fertig bekleidet und geschminkt war.

„Ihr beide seht einfach großartig aus!", Atheka strahlte uns an.

Ich war fest davon überzeugt, dass sie uns nur schmeicheln wollte.

Als ich Angela ansah, musste ich ihr aber jedenfalls in diesem Punkt recht geben. Meine Freundin war einfach wunderschön! Sie hatte sich dafür entschieden, ihre langen blonden Haare offen zu tragen. Eine gute Entscheidung – sie sah aus wie eine Prinzessin. Das hautenge Kleid betonte ihre schlanke, aber trotzdem frauliche Figur. Sie war dezent geschminkt, was ihre Natürlichkeit hervorragend unterstrich.

Aber ICH stand noch immer unverrichteter Dinge vor dem Spiegel.

„Du solltest deine herrlichen roten Haare ebenfalls offen tragen. Das gibt dir so etwas ... ja ... Verruchtes. Was für ein reizvoller Kontrast zu dem eher brav wirkenden Kleid. Nicolas wird den Atem anhalten, wenn er dich so sieht. Kimberly...du bist eine außergewöhnliche Schönheit ...".

Ich sah sie erstaunt an – redete Atheka tatsächlich mit MIR? Sie nickte wortlos und strich eine Haarsträhne aus meinem Gesicht.

Ich lächelte sie an, und war mehr als dankbar, als mir die beiden Frauen ihre Hilfe anboten, was mein Abend Make-up betraf. Ich entschied mich für denselben knallroten Lippenstift, den Atheka trug. „Wenn schon verrucht, dann bitte richtig!“ Angela und Atheka fingen laut an zu lachen, als ich diese Bemerkung fallen ließ.

„Hey, wen willst du denn heute verführen, meine tugendhafte Freundin?“

Angela kniff mir in die Seite.

„Niemand! Jedenfalls nicht Nicolas. Solltest Du das meinen.“

Athekas Gesichtsausdruck hatte sich verändert. Fast schon glaubte ich, sie sei traurig. Ein Verdacht kam in mir auf, und ich wollte unbedingt Klärung.

Ich zog sie ein Stück zur Seite, und sprach leise zu ihr:

„Atheka, mag ja sein, dass ich mich irre. Aber du liebst Nicolas, nicht wahr? Siehst du mich als Konkurrenz? Das bin ich nicht, glaube mir. Nicolas will nicht mich – er will das Kind.“

Ich sah sie herausfordernd an. Es war mir sehr wichtig, die Wahrheit zu kennen.

Atheka nahm meine Hand und streichelte sie sanft. Dann sah sie mir tief in die Augen. Konnte ich darin eine Träne sehen?

„Ja, ich liebe Nicolas. Schon seit Ewigkeiten. Doch ich sehe dich nicht als Konkurrenz. Nicolas wird mich niemals lieben, das weiß ich. Um ehrlich zu sein, ich glaube nicht einmal, dass Nicolas überhaupt dazu fähig ist, jemanden aufrichtig zu lieben. Es ... es tut mir so leid, dass ich dich so bedrängen musste, wegen dieses Versprechens. Ich weiß, welch unangenehme Situation das für dich ist. Doch ich muss seinen Befehlen blind folgen. Widersetze ich mich, kann er mich jederzeit verstoßen – oder sogar töten.“

Ich war still geworden – ihre Worte nahmen mir jede Hoffnung, in Nicolas einmal die Seite zu entdecken, die es mir vielleicht möglich machen würde, mehr für ihn zu empfinden. Mehr als nur körperliches Begehren. Ich starrte sie an, und sie schien zu wissen, woran ich dachte.

„Bitte Kimberly, sei klug. Verliebe dich nicht in ihn, ja? Tu es für dich selbst. Und wenn du dich ihm hingeben musst, wenn es soweit ist, ja ... dann erwarte bitte keinen zärtlichen Mann. Er wird dich einfach nehmen – erbarmungslos und schnell. Er wird nur diese beiden Ziele vor Augen haben: seine Befriedigung und die Entstehung seines Sohnes. Ich sage es dir lieber jetzt, ehe du allzu romantische Vorstellungen entwickelst."

Sie ließ meine Hand los, und küsste mich zart auf die Stirn. Ich konnte die Ehrlichkeit in ihren Worten nicht nur ahnen, ich konnte sie fühlen. Und ich wusste nun, was ich von Nicolas zu erwarten hatte. Atheka hatte das alles wohl schon erlebt. Aber ich wollte mich dem selbstherrlichen Vampir nicht einfach so ergeben – meine Kampfbereitschaft war erwacht.

„Ich denke, es wird Zeit. Die ersten Gäste sind sicherlich längst eingetroffen. Und wir wollen doch den Begrüßung-Cocktail nicht verpassen." Angela sah Atheka fragend an:

„Was für einen Cocktail, bitte? Ich dachte, Vampire trinken nur Blut?" Die Vampirin schüttelte lachend den Kopf.

„Nein, wir essen zwar nicht, aber wir trinken ab und zu ganz gerne einen guten Schluck. Wein, Champagner ... ihr habt vielleicht ein etwas falsches Bild von uns."

Atheka hielt uns die Türe auf, und wir schritten hinaus.

Angela zitterte vor Aufregung, und ich hakte mich bei ihr unter.

„Vasco wird dich hinreißend finden, glaube mir! Du siehst so wundervoll aus, meine liebe Freundin."

Dankbar lächelte Angela mich an – wohl auch deswegen, weil ich endlich einmal keine warnenden Worte ausgesprochen hatte.

Ich hatte Angst um Angela, ja – aber sie musste selbst wissen, was sie wollte und was nicht. Wenn sie Vascos Nähe suchte, hatte ich weder die Möglichkeit, noch das Recht, ihr das zu verweigern. Ich konnte nur hoffen und beten, dass Vasco anders war – anders als sein offensichtlich gefühlskalter Bruder.

Als wir die Empfangshalle betraten, wurde es plötzlich still. Ich stellte fest, dass sehr viele Geschöpfe der Nacht zu Gast waren. Sie alle hatten sich um Nicolas und Vasco versammelt.

Ehe wir eintrafen, waren sie wohl in ein lebhaftes Gespräch verwickelt gewesen. Doch nun drehten sich alle Köpfe in unsere Richtung – was für ein seltsames Gefühl.

Ich nutze die Gelegenheit, um die Vampire zu betrachten. Himmel, diesen Anblick würde ich wohl nie mehr vergessen – nie mehr so lange ich lebte. Und im Moment war es noch unsicher, wie lange dieser Zustand weiterhin andauern würde.

Die Vampire, überwiegend männlich, sahen einfach höllisch gut aus. Einer der andere! Egal ob blond oder braunhaarig, ob mit grünen oder blauen Augen – sie hatten Charisma. Und was mir umgehend auffiel: Sie waren ausnahmslos groß und schlank, hatten alle diese ganz besonderen Augen ... diesen fast schon hypnotisch wirkenden Blick ...

Doch keiner sah so gut aus wie Nicolas – zumindest für mich. Und es war genau SEIN Blick, der mich in diesem Moment traf ... und der mich fixierte. Seine Augen wanderten über meinen Körper, was ich nicht nur sehen, sondern auch fühlen konnte. Es war unheimlich. Für einen Moment glaubte ich, seinem Blick nicht mehr standhalten zu können. Meine Knie wurden weich, und mein Herz raste wie verrückt. Ich hielt mich an Angela fest.

„Ist alles in Ordnung?“ flüsterte sie.

Es war ihr nicht entgangen, wie Nicolas mich anstarrte. Als sie mich besorgt ansah, nickte ich wortlos.

„Sieh nicht in seine Augen, Kimberly.“, diesmal war es Atheka, die mich warnte.

Ich befolgte ihren Rat und erholte mich allmählich. Verdammt, was für einen Einfluss hatte dieser Mann auf mich? Welche Macht steckte tatsächlich in ihm? Und was konnte ich ihm entgegensetzen?

Auch die anderen Vampire betrachteten uns ganz genau – konnte ich da in einzelnen Augenpaaren einen gefährlichen Glanz erkennen? Mussten wir doch damit rechnen, dass sie unser Blut begehrten - und eventuell auch davon trinken wollten?

Noch ehe ich mir vorzustellen wagte, wie es wohl wäre, wenn diese ganze Meute über uns herfallen würde, vernahm ich die Stimme von Nicolas.

„Meine lieben Freunde, ich begrüße euch herzlich in meinem Haus, meinem neuen Domizil. Ich habe dieses Anwesen, das einst meine Familie bewohnte, endlich in meinen Besitz bringen dürfen. Und das habe ich diesen beiden wunderschönen Damen zu verdanken. Bitte begrüßt mit mir die Ehrengäste des heutigen Abends: Kimberly und Angela."

Nicolas war nach vorne getreten und kam freudig lächelnd auf uns zu. Er nahm uns an den Händen und führte uns in die Mitte des Raumes, wo er zuvor gestanden hatte.

Die anderen Vampire klatschten begeistert Beifall, und ich fragte mich ernsthaft, warum! Angela schien den gleichen Gedanken zu haben, denn sie sah mich entgeistert an.

Vasco war inzwischen zu uns gestoßen, und legte besitzergreifend den Arm um meine Freundin. Sofort veränderte sich ihr Gesichtsausdruck. Glücklich strahlend schmiegte sie sich in seine starken Arme.

Obwohl ich keine Minute vergaß, dass er ein gefährlicher Vampir war, freute ich mich nun doch für sie. Dieser Mann schien Angela in einer Weise zu verzaubern, wie ich es zuvor nie bei ihr erlebt hatte. Himmel, ich beneidete sie sogar!

Nicolas, der an diesem Abend wie die zu fleischgewordene Sünde aussah, verkniff sich mir gegenüber eine körperliche Annäherung in dieser Art. Doch er nahm meine Hand und hauchte einen zarten Kuss darauf.

Voll Schreck musste ich feststellen, dass alleine diese Geste vollkommen genügte, um ein heißes Kribbeln zwischen meinen Beinen zu verursachen.

Das konnte ja heiter werden. Für einen kurzen Moment wünschte ich mir sogar, er würde seine Zähne in meinen Hals schlagen, und genüsslich von mir trinken.

Oh Gott, was war nur mit mir los?

Nicolas ließ meine Hand los und deutete an, seine Ansprache fortsetzen zu wollen.

Sofort verstummte die Menge, und ich stelle fasziniert fest, wie die Vampire ihren Anführer ehrfürchtig anblickten. Seine Augen funkelten gefährlich, und sein Lächeln offenbarte die spitzen Vampirzähne in seinem Mund.

„Es gibt noch einen Grund zur Freude und zum Feiern.", er sprach nun leise, fast schon andächtig. „Ich habe endlich die Frau gefunden, die mir den lang ersehnten Sohn schenken wird. Ihr wisst, dass es für uns alle sehr wichtig ist, meine Nachfolge zu sichern. Wir haben inzwischen zahlreiche Feinde – überall auf der Welt. Ich möchte euch sicher wissen, wenn ich eines Tages doch einem Angriff erliegen sollte."

Traurigkeit war in den Augen mancher Vampire zu sehen. Ja, sie schienen Nicolas nicht nur zu achten oder gar zu fürchten. Nein, sie verehrten ihn.

Ich spürte große Gefühle der Zuneigung, überall im Raum. Ich war durchaus beeindruckt. Denn Vampire und Gefühle, diese Kombination hätte ich nicht wirklich für möglich gehalten. Obwohl ich beim Anblick von Vasco und Angela, bereits meine Zweifel an der Gefühlsarmut der Vampire geltend machen musste. Im Falle von Nicolas allerdings sah ich es anders – spontan musste ich an Athekas Worte denken.

„Kimberly ist die Frau, die meinen Sohn empfangen, austragen und gebären wird."

Er hatte nun doch den Arm um mich gelegt, und zog mich nahe an sich heran.

„Ich bin sehr stolz, dass eine so schöne Frau die Mutter meines Erben sein wird."

Er sah mich an, und sein tiefer Blick steigerte das prickelnde Gefühl unterhalb meiner sogenannten Gürtellinie ganz enorm.

„Der Tag der Zeugung ist nicht mehr fern. Meine langjährige Freundin Atheka, die ihr alle kennt, wird mich darüber unterrichten. Wie ihr wisst, verfügt sie über besondere Fähigkeiten. Sie wir erkennen, wenn es soweit ist. Und bitte glaubt mir, ich kann es kaum noch erwarten."

Ich wagte es nicht, Nicolas anzusehen, als er das sagte. Ich fühlte aber mehr als deutlich, dass ich sehr gut warten konnte – und auch warten wollte! Noch immer hegte ich den Wunsch in mir, dieser unglücklichen Situation zu entkommen. Doch dafür brauchte ich Zeit ...

„Eines noch, meine lieben Freunde. Obwohl ich nicht wirklich denke, dass es nötig ist, so muss ich Euch darauf hinweisen, dass Angela und Kimberly nicht zu Eurer Verfügung stehen. Gelüste jeglicher Art befriedigt ihr bitte anderweitig. Ich denke, dass ich auch im Interesse meines Bruders spreche, der keineswegs bereit zu sein scheint, Angela mit jemandem zu teilen."

Er lächelte verschmitzt, und ich musste leider feststellen, dass ihn das unglaublich sexy aussehen ließ.

Die Vampire, die seinen Worten gelauscht hatten, lachten zustimmend. Erneut klatschten sie.

„Und nun viel Freude bei dem heutigen Fest. Für Musik, Getränke und Nahrung ist ausreichend gesorgt."

Er deutete nach hinten, in eine relativ dunkle Ecke des Saales. Dort saßen mehrere junge Frauen, alle sehr gutaussehend und freizügig gekleidet. Sie wirkten zum Teil ängstlich und abwesend – als würden sie das ganze Geschehen nicht wirklich verstehen.

Ich erschrak – sie waren ganz offensichtlich geladen worden, um die Blutgier der anwesenden Vampire zu stillen. Und ich wollte nicht wirklich wissen, was die Blutsauger darüber hinaus mit ihnen geplant hatten. Für einen kurzen Moment dachte ich daran, die Mädchen zu warnen, oder sogar zu retten.

Denke nicht einmal daran, Kimberly. Wage es nicht. Ihre Anwesenheit ist DEIN Schutz. Und der von Angela.

Verdammt, Nicolas hatte sich schon wieder in meinen Kopf gedrängt.

Ich sah ihn böse an, während er mit einem Glas in der Hand auf mich zu kam. Er reichte es mir mit einer tiefen Verbeugung.

„Für einen Mann, der mich auf gemeinste Weise erpresst, und mich mehr oder weniger zum Sex zwingt, hast du verdammt gute Manieren, Herr Dracula. Aber wenigstens hast du deine langatmige Rede beendet." Ich muss gestehen, dass es mir sehr gut tat, ihn zu provozieren. Ich fragte nicht, welches Getränk sich in dem Glas befand, mein Durst war zu heftig. Während ich einen tiefen Schluck nahm, bemerkte ich seinen Blick, der erneut meinen Körper streifte.

„Ich zwinge dich zu gar nichts, liebste Kimberly. Du wirst dich mir freiwillig hingeben. Und mach dir keine Sorgen um Flora – es geht ihr gut. Außerdem reden wir hier nicht über Sex, sondern über die Zeugung meines ... unseres Sohnes. Ich glaube nicht, dass du wirklich Ahnung von Sex hast. Dafür bist du viel zu kalt ... und zu prüde. Und noch ein Rat, den ich dir eben schon gab: Halte dich von den Mädchen fern. Solltest du versuchen sie zu warnen oder Ähnliches, schlage ich meine Zähne in eine Stelle Deines Körpers, wo es sicherlich sehr schmerzhaft sein wird."

Ich verschluckte mich an dem süßlich schmeckenden Getränk und begann zu husten.

Was hatte dieser Mistkerl gerade gesagt? Ich sei gefühlskalt und prüde? Das war doch wohl die Höhe! Na, dem würde ich es zeigen! Ich war außer mir, konnte meine Wut kaum noch zügeln. Und gedroht hatte er mir auch noch. Sofort entflammte meine vorhin entdeckte Kampfeslust erneut in mir. Ich nahm mein Glas und schüttete den verbliebenen Inhalt direkt in sein Gesicht. Ach, wie gut das tat! Das hatte ich jetzt mehr als nötig gebraucht!

Sämtliche Köpfe fuhren zu uns herum und einige Gespräche verstummten unverzüglich. Doch zu meinem Erstaunen reagierte Nicolas absolut gelassen darauf. Er funkelte mich zwar böse an, doch er nahm lediglich ein Tuch, das Arthur ihm sofort reichte, und wischte sein Gesicht trocken.

Ich wollte mich von ihm entfernen, doch er packte mich grob am Handgelenk, zog mich so nahe an sich heran, dass ich fast spüren konnte, wie sein Blut kochte.

„Dein Temperament setzt du zwar völlig falsch ein, liebster Kim, trotzdem schätze ich diesen Anflug von Gefühlsregung. Sollte sich dieser allerdings erneut gegen mich richten, wirst du meine Rache zu spüren bekommen. Spätestens dann, wenn ich dich nehmen werde. Du verstehst? Übrigens, habe ich schon erwähnt, dass du einfach hinreißend aussiehst? Zum Anbeißen."

Damit ließ er mich, spöttisch lächelnd stehen.

Verdammt- er hatte wieder gewonnen!

Ich ignorierte die Blicke der anderen Vampire und begab mich stattdessen auf die Suche nach Angela. Mir fiel eben erst auf, dass ich sie schon eine ganze Weile nicht mehr gesehen hatte. Meine

Freundin zu finden, würde sicherlich nicht einfach werden, denn der Saal war voller Vampire und Menschen. Im Moment hatte ich sogar große Mühe festzustellen, wer nun was war.

Da sah ich Arthur, der mit einem großen Tablett voller Getränke durch die Menge stolzierte. Ich fragte ihn nach Angela. Doch ihm schien es wie mir zu ergehen: Er hatte ein wenig den Überblick verloren, wer sich mit wem gerade wo befand. Ich musste mich also alleine auf die Suche machen.

Und da war sie wieder, diese Angst um meine Freundin, die ganz ohne Zweifel gerade mit Vasco zusammen war. Sie war einmal, ganz knapp, dem Vampirbiss entgangen. Doch ich war realistisch genug, um zu wissen, dass sie soviel Glück wohl kein weiteres Mal haben würde. Auf der anderen Seite wollte ich mich nicht permanent in ihre Liebesgeschichte einmischen.

Was also sollte ich tun? Angela beschützen, soweit mir das möglich war? Oder sollte ich einfach nur zur Stelle sein, wenn sie mich brauchte, wenn sie meine Hilfe verlangte?

Während ich konzentriert nach ihr Ausschau hielt, bemerkte ich dennoch die Blicke der Vampire, die meinen Weg kreuzten. Es war verrückt, aber ich genoss den Ausdruck in ihren unwiderstehlichen Augen. Und ich stellte fest, dass dieser bei jedem ganz anders zu sein schien: Bewunderung, Zuneigung, aber auch Hunger und Gier waren in den einzelnen Augenpaaren zu lesen.

Da ich wusste, dass es keiner wagen würde, mich anzurühren, schritt ich stolz erhobenen Hauptes voran. Dem einen oder anderen Geschöpf der Nacht schenkte ich ein verführerisches Lächeln, was die leicht erotische Stimmung in der ich mich befand, noch weiter beflügelte.

„Sie sind eine sehr mutige Frau, Kimberly. Und eine aufregende Schönheit dazu.“

Eine männliche Stimme, sehr leise und melodisch klingend, erweckte meine Aufmerksamkeit. Ich drehte mich in die Richtung, aus der sie scheinbar gekommen war, und blickte in ein Paar tiefblaue Augen. Sie strahlten mich fröhlich an, und meine Neugier war geweckt. Ich musste ehrlich zugeben, dass auch der Rest dieses prachtvollen Mannes durchaus anziehend war.

Er war groß, wie alle Vampire, die ich bisher gesehen hatte. Von schlanker und doch muskulöser Statur. Kurze blonde Locken umrahmten sein Gesicht, das mich spontan an das eines Engels erinnerte. Ein gefallener Engel, das war mein erster Gedanke.

Er machte eine tiefe Verbeugung vor mir und nahm meine Hand. Ohne zu zögern, hauchte er einen Kuss darauf.

Himmel, seine Lippen fühlten sich herrlich weich und warm an. Dieser Mann war die Versuchung selbst – und ich überlegte mir gerade, ob es nicht an der Zeit war, Nicolas Santos einen Denkzettel zu verpassen.

„Warum halten Sie mich für eine mutige Frau?“, fragte ich ihn, und schenkte ihm das strahlendste Lächeln, das ich so spontan auftreiben konnte.

Er hielt noch immer meine Hand, was ich keinesfalls als unangenehm empfand.

„Ich habe mit bekommen, dass Sie mit Nicolas eine kleine ... nun, eine kleine Auseinandersetzung hatten. Ich kann mich nicht erinnern, dass es jemals eine Frau gewagt hat, ihr Getränk in sein Gesicht zu schütten. Meine Hochachtung.“

Erneut verbeugte er sich vor mir. Mir wurde das allmählich etwas peinlich, zumal wir bereits im Mittelpunkt einiger neugieriger Vampire standen.

„Bitte hören Sie auf. Sie müssen sich nicht vor mir verbeugen. Ich bin keine besondere Persönlichkeit. Trotzdem danke ich Ihnen dafür. Wie heißen Sie überhaupt?“

Was immer der blonde Vampir auch war – schüchtern war er auf jeden Fall nicht. Er nutzte die Tatsache, dass er noch immer meine Hand hielt, um mich näher an sich heranzuziehen.

„Entschuldigen Sie bitte, liebste Kimberly. Ihre strahlende Schönheit lässt mich eindeutig meine guten Manieren vergessen. Ich heiße Jacques Mineux. Ich bin aus Paris angereist, um mit meinem alten Freund Nicolas sein neues Heim zu feiern. Und natürlich wollte ich die Frau kennenlernen, die sein Kind gebären wird."

Seine Nähe ließ meine Haut brennen und ich glaubte für einen Moment, fast den Verstand zu verlieren.

„Ich mache das nicht freiwillig, Jacques. Nicolas erpresst mich."

Ich hatte keine Ahnung, warum ich ihm das so offen erzählte. Irgendwie vertraute ich ihm ...

Jacques sah mich bestürzt an, und wollte gerade etwas erwidern, als ich das Rufen meiner Freundin Angela vernahm. „Kim! Süße, wo bist du? Kim?" Ich entschuldigte mich bei meinem blonden Engel, in der Hoffnung, ihm später noch einmal zu begegnen. Ein Blick in seine tiefblauen Augen bestätigte mir, dass er auf mich warten würde. Ich frohlockte innerlich – dieser Abend schien nun doch noch verdammt aufregend zu werden!

Endlich hatte ich mich durch die Menge gequält und stand nun vor Angela. Sie sah total verändert aus und war völlig aufgedreht. Ihre Augen funkelten, ihr Kleid saß längst nicht mehr so perfekt wie zuvor und ihre Haare wirkten zerzaust. Ohne dass sie etwas sagte, wusste ich sofort Bescheid. Ich nahm sie zur Seite, in der Hoffnung, dass wir ungestört reden konnten.

„Angela, bitte nur eine deutliche Antwort auf eine sehr einfache Frage: Hast du mit Vasco geschlafen?"

Ich blickte sie durchdringend an. Sie nickte und grinste wie ein Honigkuchenpferd. Ich war wenig erstaunt.

„Gut, das hätten wir ja schon mal geklärt. Die nächste Frage: Hat er dein Blut getrunken?"

Statt einer Antwort warf sie ihr langes Haar nach hinten und drehte den Kopf zur Seite.

Ich erstarrte: Zwei kleine rote Punkte waren auf ihrer rechten Halshälfte zu sehen. Bisswunden, ganz eindeutig.

„Oh Gott, Angela!" Aber sie winkte ab, als sie das Entsetzen in meinen Augen sah.

„Kimberly, es war ... Himmel, es war der pure Wahnsinn! Ich habe sowas noch nie erlebt. Als hätte man alle Drogen dieser Welt in einen Pott geworfen, und mir dieses Zeug verabreicht. Als Vasco seine Zähne in meinen Hals bohrte, habe ich fast den Verstand verloren. Dieses Gefühl, Kim – das ist wie ein Rausch. Ein total irrer Rausch! Danach wurde ich ... naja ... sehr lüstern, wenn ich das so sagen darf. Wir hatten nicht mal Zeit, uns richtig auszuziehen. Er hat einfach das Rockteil meines Kleides hochgeschoben. Und dann ... Gott Kimberly, ich glaube, ich bin innerhalb kürzester Zeit dreimal gekommen. Dieser Mann ist der Wahnsinn!"

Sie verdrehte die Augen.

Ich hörte ihr fassungslos zu, und bemerkte nicht, wie sich Atheka zu uns gesellte. Angela sprach ungehemmt weiter, und ihre Fröhlichkeit steckte mich immer mehr an.

„Ist es wirklich so toll, Angela? Sei ehrlich. Wie fühlt es sich an? Und, äh ... wie gut gebaut ist denn so ein Vampir? Ich meine, ist sein bester Freund größer, als bei normalen Männer?"

Angela bekam einen Lachanfall, und ich konnte nicht anders, ich tat es ihr gleich. Es war uns völlig egal, was die anderen dachten. Als Angela sich allmählich beruhigt hatte, konnte sie endlich antworten:

„Es fühlt sich ganz unbeschreiblich geil an. Und die Länge seines ... na, du weißt schon ... das ist der Hammer. Im wahrsten Sinne des

Wortes. Schatz, ich dachte zeitweise, Vasco würde mich zerreißen. Ooooh Kim, ich könnte schon wieder, was hat er nur mit mir gemacht? Du musst das erleben, glaube mir!"

Atheka machte sich nun bemerkbar, nachdem sie bisher unseren Ausführungen gelauscht hatte.

„Ich will Euch keinesfalls stören, aber ich muss mit Kimberly reden."

Sie sah ernst aus. Ich weiß nicht warum, aber ich ahnte nichts Gutes. Sie zog mich von Angela weg und lief schnellen Schrittes mit mir durch den großen Saal. Ich empfand es schon fast wie ein Zerren und sah sie erstaunt an.

„Atheka, was ist denn los? Brennt es irgendwo? Was ist denn passiert?"

Sie ignorierte mich, und seufzend ließ ich mich von ihr dahin führen, wo sie mich offensichtlich haben wollte – bei Nicolas! Tolle Idee, das war nun wahrhaftig genau der Mann, den ich im Moment nicht um mich haben wollte.

Nicolas hatte eines der jungen Mädchen im Arm, das ich vorhin noch in der dunklen Ecke gesehen hatte. Schon alleine dieser Anblick verursachte erneut einen Wutanfall in mir. Konnte dieser Mistkerl es gar nicht mehr abwarten? Hatte er nicht gerade erst verkündet, dass ich diese besondere Frau für ihn sei? Er hatte eine sehr charmante Art, das zu zeigen. Aber Atheka hatte mich ja gewarnt: Nicolas hatte keine Gefühle. Weder für mich noch für sonst jemanden auf der Welt.

Erstaunt blickte er uns an, und Athekas Unruhe übertrug sich sofort auf ihn. Er ließ das fremde Mädchen los, und schickte es weg. Dann trat er näher an uns beide heran. Es war fast so, als ob sich die beiden Vampire auch ohne Worte verstehen würden.

Sie beachteten mich überhaupt nicht mehr, bis Atheka plötzlich grob nach mir griff. Sie schob mich zwischen Nicolas und sich selbst, dann presste sie ihre Hand auf meinen Bauch.

„Autsch, was soll denn das? Kann mir bitte jemand sagen, was hier gespielt wird? Ich möchte gerne die Party weiter genießen – ohne euch beide, wenn es geht.“ Ich war nun langsam wirklich gereizt.

Athekas Hand streichelte nun immer wieder über meinen Bauch, und ihre darauf folgenden Worte waren das wohl Schlimmste, was ich mir hätte vorstellen können.

„Kimberly ist soweit, Nicolas. Sie ist reif – sogar überreif. Jetzt ist der richtige Zeitpunkt, um sie zu befruchten. Ich kann es spüren, ganz genau. Du darfst keinesfalls länger warten. Sie muss noch heute Nacht deinen Samen empfangen.“

Ich spürte, wie mir ihre Worte den Boden unter den Füßen entzogen. Das durfte doch nicht wahr sein! Nein, um Gottes willen, nicht heute Nacht! Wie sollte ich so schnell eine Lösung finden? Wie konnte ich mich Nicolas jetzt noch entziehen? Überall waren Vampire, die das Geschehen beobachteten. Keiner von ihnen würde zu lassen, dass ich mich ihrem Anführer verweigern würde.

Mein Blick traf den von Nicolas. Er war todernst. Seine Augen leuchteten, und mir war so, als würde er versuchen mich in eine Art Trance zu versetzen.

Er sprach kein Wort, und er berührte mich nicht. Doch ich hörte erneut seine Stimme in meinem Kopf.

Es ist soweit, meine schöne Kimberly. Viel schneller, als ich dachte.

Zumindest in diesem Punkt musste ich ihm recht geben. Er sah mich noch einmal an, dann lächelte er:

„Atheka, bringe sie in meine Gemächer. Und bereite sie vor. Ich werde in wenigen Augenblicken erscheinen.“

Zu mir gewandt fügte er hinzu:

„Und ich hoffe doch, du wirst ein braves Mädchen sein, meine süße Kimberly? Wenn du dich nicht sträubst, wird es schneller vorbei sein, als du ahnst."

Mit diesen Worten ließ er uns stehen.

Ich sah Atheka flehend an, und suchte Angela – doch sie war gerade nicht zu sehen.

„Es tut mir leid, Kimberly – aber ich muss seinem Befehl folgen. Komm mit mir und bringe es einfach schnell hinter dich. Ich werde dir beistehen, so gut ich es kann. Vertraue mir."

Sie nahm meine Hand und führte mich aus dem Saal – die Blicke aller Vampire folgten uns. Sie wussten längst, was geschehen würde. Ich aber fühlte mich wie auf dem Weg zur Schlachtbank.

Tränen liefen über meine Wange und ich war kaum noch fähig, einen Fuß vor den anderen zu setzen. Atheka stütze mich. Das Letzte, was ich hörte, ehe wir in den dunklen Gängen verschwanden, waren Angelas verzweifelte Rufe:

„Kimberly, Süße! Verdammt, wo bringt man dich hin? Ich werde auf dich warten, ich bin da! Mach einfach die Augen zu, ja?"

Was sie dann noch sagte, konnte ich nicht mehr hören ...

Atheka führte mich die schier endlos langen dunklen Gänge entlang. Die Stimmen, die Musik – bald war nichts mehr davon zu hören.

Noch immer hörte ich Angelas verzweifelte Rufe, als wir den Saal verlassen hatten und noch immer sah ich die Gesichter der anderen Vampire, ihre Blicke, die uns verfolgten. Doch was sich unvergesslich in mein Hirn eingebrannt hatte, waren die Augen von Nicolas ... der Ausdruck darin, als Atheka ihm die Botschaft überbrachte. So gerne wäre ich dazu fähig gewesen, dieses düstere Funkeln darin zu deuten – doch ich konnte es nicht. Nicolas war ein

Rätsel für mich – und ich musste mir eingestehen, dass ich allmählich Angst vor ihm bekam.

„Verdammt, Atheka, warum zerrst du mich wie verrückt durch die Gegend? Hast du Angst, meine plötzlich aufkeimende Fruchtbarkeit könnte sich in Windeseile wieder verflüchtigen? Oder hat Nicolas heute noch ein wichtiges Date und möchte daher die lästige Zeugung seines Stammhalters etwas beschleunigen?"

Ich konnte nicht anders, Atheka machte mich furchtbar nervös – noch nervöser als ich ohnehin schon war. Sie sah mich an, und meinte zaghaft lächelnd:

„Entschuldige bitte, Kim. Ich muss gestehen, dass ich die Befürchtung habe, du könntest mir davon laufen. Dass du doch noch einen Rückzieher machst. Ich möchte mir nur ungern vorstellen, was Nicolas dann mit mir macht …"

Ich sah die Angst in ihren Augen.

Ich wusste, was sie meinte – meine Panik schien sehr offensichtlich zu sein. Aber ich konnte sie beruhigen:

„Ich habe mein Wort gegeben. Nicht, dass ich ein Problem damit hätte, Nicolas gegenüber wortbrüchig zu werden. Es geht mir nur um Flora und auch um Angela. Würde ich jetzt kneifen, wären sie sicherlich in größter Gefahr. Ich mag Vasco – aber das heißt nicht, dass ich nur einem der Santos-Brüder wirklich traue. Ich hasse das, was ich gleich über mich ergehen lassen muss – aber ich werde es irgendwie hinter mich bringen. Sei also unbesorgt."

Ich schaffte es sogar, ein wenig zu lächeln, als ich zu ihr sprach …

Als ich schon allmählich alle Hoffnung aufgegeben hatte, jemals dort anzukommen, wohin mich Atheka bringen wollte, blieb die Vampirin plötzlich stehen. Sie starrte eine Weile auf die große Holztür, die mir das Blut in den Adern gefrieren ließ. Ein schaurigschönes Bild zierte sie: der Teufel persönlich, der sich zwischen den gespreizten Beinen einer jungen Schönheit niederließ. Ich fand nicht nur diese Szene sehr makaber, sondern fragte mich auch, warum mir dieser Raum niemals aufgefallen war?

Ich hatte dieses Haus früher öfter besucht, und war davon überzeugt, jede Räumlichkeit zu kennen. War DAS erst nachträglich angebracht worden? Ich wusste es nicht.

Atheka hielt meine Hand nun eisern fest – sie spürte, dass ich zu zittern begann.

Wir waren angekommen – und ich wusste, dass ich diesen Weg nun zu Ende gehen musste. Plötzlich sprang die Türe auf – von alleine und mit einem lauten Knarren.

Wir traten ein – oder besser gesagt, Atheka trat ein und zerrte mich mit.

Freiwillig hätte ich diesen Raum wohl tatsächlich nicht betreten. Jedenfalls nicht gleich.

Nur wenige Sekunden später schloss sich die Türe wieder. Und wenn mir meine Ohren keinen Streich gespielt hatten, wurde sogar ein Schlüssel umgedreht.

Na, toll! Da wollte wohl jemand ganz sicher sein, dass ich dort blieb, wo ich erwartet wurde.

Was mir allerdings dann endgültig den Atem raubte, war das Innere des Raumes, in dem wir uns nun befanden. Der Raum war düster und gespenstisch. Trotz unzähliger Kerzen wollte keine Wärme, keine Behaglichkeit aufkommen. Es war totenstill – bis auf das gelegentliche Rascheln, das wohl daher kam, dass sich hier Mäuse oder noch schlimmeres aufhielten. Kein Wunder – ich hatte das Gefühl, in einem Keller oder einer Art Kerker zu sein.

Ich betrachtete die Gemälde an der Wand: Es zeigte ausschließlich Männer von schöner Gestalt. Und sie alle hatten diese Augen, Vampiraugen. Trotz ihrer strahlenden Schönheit erkannte ich die Gefahr, die von ihnen allen ausging. Es war mir so, als würden sie mich anstarren … mich verspotten.

Dann sah ich endlich das, was den Raum wirklich ausmachte – und was mich fast erstarren ließ. In der Mitte dieses Kellers befand sich ein Altar. Er war mit rotem Samt überzogen, und mehrere große Fackeln umrahmten dieses Gebilde. Es sah aus wie ein Opferaltar und mir ging sofort ein Licht auf.

Neben dem Altar standen zwei Wesen in dunkle Roben gehüllt. Auch sie hielten jeweils eine Fackel in der Hand. Das war mir nun doch zu viel:

„Atheka, würdest du mir das bitte erklären? Dort soll ich liegen, nicht wahr? Und diese Typen, äh … die wollen dabei zusehen oder wie?"

Ich war fassungslos – Zuschauer konnte ich nun wirklich nicht gebrauchen.

Atheka nahm mich zur Seite, und versuchte mich zu beruhigen:

„Bitte Kimberly, sei ganz ruhig. Das alles ist neu und unheimlich für dich. Ich kann dich verstehen. Du musst mir vertrauen, ja? Gleich wird Nicolas hier sein, er wird dir deine Angst nehmen. Ganz bestimmt."

Ich musste nun laut lachen, worauf eine der seltsamen Gestalten, die den Altar „bewachten", seinen Kopf in meine Richtung drehte. Der andere der beiden war an uns herangetreten, und überreichte Atheka ein langes weißes Kleid. Auf den ersten Blick hielt ich es für eine Art Nachthemd.

Sie nickte stumm, und er verbeugte sich. Dann nahm er wieder seinen Platz neben dem Altar ein. Was für eine seltsame Szene.

„Irgendwie ist das wie ein schlechter Film – oder ein schlimmer Traum. Ich hoffe nur, ich wache bald wieder auf."

„Zieh das bitte an, Kimberly. Alles hier läuft nach einem alten Ritual der Vampire ab. Wir müssen es genau einhalten. Frage nicht – tu es einfach. Bitte!"

Sie gab mir das Kleid und ich blickte sie hilflos an. Ich sollte mich hier ausziehen? Vor diesen fremden Kreaturen? Niemals! Atheka spürte mein Zögern und musste lächeln.

„Keine Zeit für falsche Scheu, meine Liebe. Niemand wird Dich anstarren – zumal es den Wächtern verboten ist, das zu tun. Du bist etwas ganz Besonderes. Fast wie eine Heilige."

Ich schüttelte verständnislos den Kopf, merkte aber, dass es wenig Sinn machte, hier und jetzt zu streiten.

Langsam entledigte ich mich meiner Kleider – und als ich völlig nackt war, wurde mir erneut bewusst, auf was ich mich nun einlassen würde.

In diesem Moment war mir, als könnte ich Nicolas' Hände auf meinem Körper spüren. Meine Haut fing an zu brennen, und ich spürte ein heißes Kribbeln im Unterleib. Genau das, welches mir schon auf dem Fest ein wenig lästig war.

Nein, nur nicht das – ich wollte nicht, dass Nicolas mich erregte! Er würde es fühlen, es würde seine Arroganz zusätzlich nähren.

„Zieh nun das Kleid an, es wird Zeit."

Atheka klang ungeduldig – ich ahnte, dass Nicolas bereits auf dem Weg zu uns war. Ich bekam Panik!

„Ich..ich kann nicht, Atheka! Oh Gott, ich kann es einfach nicht. Mir ist ganz übel, ich glaube, ich werde gleich ohnmächtig."

Das war keinesfalls gelogen, ich fühlte mich wirklich so. Sie konnte mich gerade noch auffangen, ehe ich tatsächlich umkippte.

„Entspanne dich, Kimberly. Soll ich dir etwas geben, das dir hilft? Eine Art Beruhigungsmittel?"

Ich nickte und sah sie dankbar an.

Sie lief zu den Männern, die sie vorhin die Wächter genannt hatte. Was sie dort genau tat, konnte ich nicht sehen. Doch als sie zu mir zurückkam, hielt sie einen Kelch in der Hand.

„Trink das, meine schöne Kimberly. Es wird deinen Geist ein wenig vernebeln. Den Rest muss Nicolas erledigen. Er kann dich in Trance versetzen. Diese Macht ist mir leider nicht gegeben. Zumindest nicht in dieser Form."

Ich hatte inzwischen fast vergessen, dass ich völlig nackt in der kalten Umgebung stand. Aber ich registrierte durchaus Athekas Blicke, und mir war, als würde sie sich für einen Moment die Lippen lecken.

Ja, ich irrte mich nicht, sie starrte mich an – voller Gier.

„Komm, ich helfe dir mit dem Kleid, ehe du trinkst."

Dabei berührte sie wie zufällig meine Brüste und sofort wurden meine empfindlichen Knospen hart.

„Du bist wunderschön, Kimberly. Du wirst Nicolas viel Freude schenken, das weiß ich genau. So schön …".

Ihre Finger streiften meine Scham, und ich konnte nicht verhindern, dass meine Erregung stetig zunahm.

„Soll ich dich auf Nicolas vorbereiten, meine schöne Freundin? Ich möchte dich streicheln, bis du feucht und offen für ihn bist ... bitte, Kim …"

Aber ich schüttelte energisch den Kopf – nein, Sex mit einer Frau war nun gar nicht meine Welt. Was war nur mit Atheka los? Waren hier allmählich alle verrückt?

Als ich endlich dieses weiße Kleid angezogen hatte, und zwar ohne Athekas Hilfe, musste ich feststellen, dass es tatsächlich wie ein Nachthemd aussah. Es war komplett durchsichtig und hatte lange Fledermausärmel. Fledermausärmel – wie passend! Fast hätte ich gelacht.

„Atheka, darf ich mein Höschen wieder anziehen?"

Ich schämte mich schon fast, als ich sie das fragte. Sie lächelte:

„Nein, das ist nicht nötig. Wie du sicherlich weißt, findet der Geschlechtsakt normalerweise ohne Unterwäsche statt. Das würde Nicolas nur aufhalten."

Das war ja wohl die Höhe! Von Romantik hatten wohl weder Nicolas noch Atheka wirklich viel Ahnung.

Wütend nahm ich mir nun den Kelch und schüttete das Getränk in einem Zug runter – ein dummer Fehler! Das Zeug, was immer es auch war, brannte wie Feuer in meiner Kehle. Ich bekam einen Hustenanfall und konnte mich kaum beruhigen.

Doch so schnell, wie es angefangen hatte, war es wieder vorbei – und dann änderte sich alles ... schlagartig!

Ich hatte das Gefühl, meinen eigenen Körper zu verlassen, in eine andere Bewusstseinsebene zu gelangen ... alle um mich herum, begann sich zu drehen. Ich konnte Atheka und die Wächter nur noch schemenhaft erkennen. Wie im Traum erlebte ich, wie man mich zum Altar trug, mich dort ablegte. Ich fühlte mich völlig benommen. Ich wollte sprechen, doch ich konnte nicht – kein Laut kam über meine Lippen.

Verflucht, was für ein Teufelszeug hatte mir Atheka da verabreicht? Ich hörte ihre Stimme, ganz nahe an meinem Ohr:

„Süße Kimberly...ich bin bei dir ..."

Ich wollte mich wehren, als ihre Hand plötzlich unter mein Kleid glitt ... sie berührte meine Scham, dann wanderten ihre Finger zu meiner empfindlichsten Stelle. Zart rieb sie daran, und ich hörte ihr leises Keuchen. Sie erhöhte das Tempo, und ich konnte ein Stöhnen nicht unterdrücken.

„Das gefällt dir, nicht wahr?"

An ihrer Stimme erkannte ich, wie sehr sie dieses Spiel erregte. Hatte ich mich in Atheka völlig geirrt? Oder waren einfach alle Vampire etwas „anders" veranlagt?

Ich hörte auf zu denken, als sie ihren Finger tief in mich hinein schob – oh Gott, ich wollte nicht so empfinden, aber es war einfach heiß – total heiß. Ich bäumte mich auf, verlange nach mehr.

„Meine kleine süße Kim – du bist so wunderbar feucht und bereit."

Ich glaubte, ihre Liebkosungen kaum noch aushalten zu können, und spürte, dass mein Höhepunkt unaufhörlich näher kam. Ich hatte aufgehört, mich dagegen zu wehren, sehnte mich nur noch nach Erlösung – und nach Nicolas!

Erlebte ich das alles wirklich? Oder litt ich an Halluzinationen, hervorgerufen durch dieses seltsame Getränk, das mir Atheka gereicht hatte? Ich wusste es nicht – und irgendwie war es mir in diesem Moment auch völlig egal. Ich hatte das Gefühl eine Andere zu sein. Es war gespenstisch ...

In dem Augenblick, als ein lustvolles Zucken meinen Körper durchfuhr, als ich mich ganz den Wellen meines Höhepunktes hingab, öffnete sich die Türe. „Nicolas!", hörte ich Atheka freudig rufen. „Nicolas", wimmerte ich leise und öffnete die Augen. Noch immer zitterte mein Körper – wie ein Nachbeben auf den gerade erlebten Orgasmus. Ich hörte seine Schritte, spürte, wie er näher kam.

Atheka hatte sich von mir gelöst, und auch die Wächter verließen nun ihre Plätze. Ich konnte erkennen, dass sich alle verbeugten – vor dem Mann, den sie verehrten, und dem sie dienten. Der Vampir, der offensichtlich viel mehr Macht besaß, als ich es überhaupt ahnte.

Ich hörte Nicolas' Stimme – diese unglaublich ausdrucksvolle Stimme. Er sprach mit Atheka, und kurz darauf verließ sie den Kellerraum zusammen mit den beiden seltsamen Gestalten, den Wächtern.

Was er sagte, konnte ich leider nicht verstehen. Eigentlich hätte ich erleichtert sein sollen, dass sie gegangen waren. Doch ich empfand nun ganz anders. Denn ich war alleine – alleine mit Nicolas. Ich bekam erneut Angst, große Angst sogar!

Ich hatte es bisher nicht gewagt, ihn anzusehen. Doch nun stand er direkt bei mir und ich hörte seine Worte, die wie ein leises Flüstern klangen:

„Du bist so wunderschön ... komm ... sieh mich an, Kimberly. Sieh mir in die Augen."

Obwohl er sehr ruhig und leise sprach, erkannte ich den Befehl, der darin lag. Ich hielt es diesmal für besser, seinen Worten Folge zu leisten.

Ich öffnete die Augen – um fast verrückt zu werden, als ich Nicolas nun vor mir stehen sah. Von seiner festlichen Bekleidung, die er anlässlich der Feier getragen hatte, war nicht viel geblieben. Lediglich die schwarze Hose des Anzuges, und ein ebenfalls schwarzes Hemd, das komplett aufgeknöpft war.

Es verschlug mir fast den Atem, als ich seinen herrlich muskulösen, makellosen Oberkörper sah. Sein Haar trug er jetzt offen, tiefschwarz und seidig glänzend fiel es auf seine Schultern. Himmel, und seine Augen, diese unglaublichen Augen – was geschah mit ihnen? Ich war fest davon überzeugt, dass sie ständig ihre Farbe wechselten.

Nein, das konnte nicht sein! Ich litt wohl doch unter Wahnvorstellungen, anders konnte ich mir dieses Schauspiel nicht erklären ...

Kimberly...da war sie wieder, seine Stimme in meinem Kopf. Ich sah ihm tief in die Augen und glaubte daran zu vergehen. Instinktiv musste ich an Athekas Worte denken:

„Du darfst dich nicht in ihn verlieben", hatte sie das nicht gesagt?

Und Angela, meine liebe Freundin – was waren ihre letzten Worte, ehe ich das Fest verlassen musste?

„Mach einfach die Augen zu“, welch eine gute Idee!

Ich konnte nicht anders, denn der Anblick dieses Mannes schien mich zu verbrennen.

Da spürte ich seinen Atem an meinem Hals, konnte ihn riechen, fühlen ... seine Hände strichen durch mein langes Haar, und ich bekam eine Gänsehaut. Als er zärtlich meinen Hals küsste, konnte ich ein leises Stöhnen nicht mehr unterdrücken.

Davon ermutigt knabberte er nun zärtlich daran und für einen Moment glaubte ich, seine spitzen Vampirzähne zu spüren. Gott ja, genau das wollte ich jetzt, ich wollte es so sehr!

Ich drehte meinen Kopf zur Seite, bot mich ihm förmlich dar. Er musste einfach erkennen, was ich so sehr begehrte. War ich verrückt, total durchgedreht? Gut möglich, denn ich musste erneut an Angela denken, an ihr Erlebnis mit Vasco.

Ich wollte es fühlen, wollte wissen, wie es sein würde: seine Zähne in meinem Fleisch und sein durstiges, gieriges Saugen an meiner Vene. Dieser Gedanke gewann nun die Oberhand, und ich konnte es selbst nicht glauben, als ich mein Flehen hörte:

„Nicolas ... bitte ... tu es endlich! Du weißt, dass ich es so sehr will ..."

Ja, er wusste es ganz genau, ich offenbarte mich mehr als deutlich. Seine Zunge strich lüstern meinen Hals entlang, zog eine feuchte Spur. Kurz das Gefühl seiner Zähne an meiner Halsschlagader, ein sanfter Druck.

„Trink von mir ... jetzt. Ich flehe dich an.“

Waren das tatsächlich meine Worte? Ich bat Nicolas Santos, sich an mir zu nähren?

Ich konnte seinen großen Hunger deutlich spüren, hörte sein Keuchen, als er an meinem Hals verweilte.

„Du willst wirklich, dass ich von dir trinke? Weißt du überhaupt, worauf du dich einlässt? Welche Folgen das haben wird?“

Ich wusste nicht wirklich, wovon er gerade sprach, als er abrupt von mir ab ließ. Erstaunt öffnete ich die Augen.

Was war denn nun los? Ein Vampir, der kein Blut wollte? Oder war es nur so, dass er mein Blut nicht wollte? Ich spürte die Enttäuschung in mir, doch Nicolas gab mir nicht wirklich viel Zeit, über das Geschehene nachzudenken.

Er stand nun wieder vor mir und begann langsam sein Hemd auszuziehen. Himmel, was für ein Körper – was für ein Mann!

Er lächelte mich an, und entblößte damit seine gefährlich blitzenden Vampirzähne – doch es entstellte ihn keineswegs, ganz im Gegenteil. Es ließ ihn wunderbar wild und unberechenbar aussehen.

Nein, ich durfte nicht schwach werden, auf keinen Fall. Er nötigte mich dazu, ein Kind mit ihm zu zeugen, und er benutzte meine Cousine Flora als Druckmittel. Und wenn ich Atheka glauben durfte, war Nicolas ein eiskaltes Wesen, das niemals dazu fähig war, tiefe Gefühle zu empfinden. Außerdem war er arrogant und selbstverliebt. Ein echtes Scheusal ... das versuchte ich mir einzureden. Mehr oder weniger erfolgreich.

Die ganze Situation erreichte ihren Höhepunkt, als Nicolas nun den Reißverschluss seiner Hose öffnete.

Und er trug absolut nichts darunter! Als er diese lässig zu Boden gleiten ließ, erstarrte ich – und dann setzte ich mich auf. Ein schlimmes Schwindelgefühl überkam mich, doch ich wollte meine Schwäche nicht zeigen, nicht jetzt. Nicolas kam nun vollkommen nackt auf mich zu, und seine Augen signalisierten mir unmissverständlich, was er von mir wollte – was er sich genau jetzt von mir nehmen würde.

„Nein – um Gottes willen! Bitte nicht, Nicolas. Ich..ich kann nicht. Es geht nicht – es ist einfach nicht möglich!"

Ich wurde fast hysterisch und all meine verloren geglaubte Kraft war mit einem Schlag wieder da.

Meine Augen waren auf den wunderschönen Vampir gerichtet, der keinerlei Anstalten machten, meine Worte zu beachten. Stattdessen schob er mein Kleid nach oben und spreizte meine Beine.

Die pure Gier spiegelte sich nun in seinen Augen, deren Farbe sich noch immer ständig zu verändern schien.

Ich war voll und ganz damit beschäftigt, sein Geschlecht anzustarren. Und ich musste an die Unterhaltung denken, die ich erst vorhin mit Angela geführt hatte.

Wir hatten so gelacht, hatten uns amüsiert – doch mir war gerade absolut nicht nach Lachen zumute.

Sein bereits hartes Geschlecht war von enormer Größe – und viel zu groß für mich. Ich war mir absolut sicher. Das würde niemals funktionieren.

Gut möglich, dass es Frauen gab, die danach lechzen würden – ich persönlich wollte diese ohnehin groteske Situation zumindest ohne körperlichen Schaden überstehen. Nicolas schien meine Befürchtungen genau zu kennen.

„Ich werde dich nicht verletzten, liebste Kimberly. Obwohl du es ganz sicher verdient hättest. Ob du es willst oder nicht, du musst mir im Moment wohl einfach vertrauen."

Er lächelte mich überheblich an. Ihm vertrauen? Dieser Mann besaß ja tatsächlich Sinn für Humor!

Ich schüttelte energisch den Kopf und machte nun ernsthafte Anstalten, von dem Altar herunter zu steigen. Gar nicht so einfach, wenn man das Gefühl hatte, die ganze Welt um einen herum würde sich drehen.

„Oh, verdammt!", fluchte ich, als ich fast vom Altar herunter gefallen wäre.

Nicolas hielt mich fest, und das wesentlich energischer, als ich es für nötig hielt.

„Schuss jetzt, Kimberly – es reicht! Du scheinst dich nicht fügen zu wollen. Gut..dann muss ich eben zu anderen Mitteln greifen. Ich werde keineswegs zu lassen, dass du unser Vorhaben gefährdest."

Nicolas funkelte mich böse an – und ich spürte, dass etwas mit mir geschah, als ich seinen tiefen Blick erwiderte. Seine Augen nahmen einen hypnotischen Ausdruck an, dem ich mich nicht entziehen konnte.

Ich würde müde, furchtbar müde. Doch ich schaffte es nicht, meine Augen zu schließen. Ich war bei vollem Bewusstsein – und gleichzeitig wie in Trance. Als ich versuchte mich zu bewegen, stellte ich mit Schrecken fest, dass es mir nicht gelang. Was machte Nicolas mit mir?

Erneut spreizte er meine Beine, weiter als zuvor, und nicht wirklich liebevoll. Ich konnte seine Ungeduld spüren und seinen Drang, nun endlich das zu bekommen, wonach er sich verzehrte.

Verzweifelt versuchte ich, meine Beine zusammenzupressen, ohne Erfolg. Ich hatte meinen Körper nicht mehr unter Kontrolle.

„Ich hasse dich, Nicolas! Was tust du mir an?" Wenigstens war es mir noch möglich zu sprechen, wenn auch unter größter Anstrengung.

„Soso, tust du das? Liebste Kimberly, genieße einfach, was ich mit dir mache. Vielleicht wirst du mich danach innig lieben."

Er grinste mich höhnisch an. Ich zuckte zusammen, als seine Hand zwischen meine gespreizten Beine griff. Ich konnte ein Stöhnen nicht unterdrücken, als er einen Finger tief in meine Feuchtigkeit schob.

„Meine heiße Kimberly – du bist bereit für mich, mehr als bereit. Sag mir, hat dich Atheka so wild gemacht, oder liegt es an meiner Wenigkeit? Aber eigentlich ist das nicht wirklich wichtig. Entspanne dich, mein Herz – ich will -dich ... jetzt sofort."

Ehe ich etwas erwidern konnte, spürte ich schon sein Gewicht auf mir. Er fühlte sich so stark an, so verdammt gut, so männlich. Seine langen Haare, die einen frisch würzigen Geruch hatten, kitzelten mein Gesicht, als er sich meinem Mund näherte. In dem Moment, als seine Zunge meine Lippen liebkoste, spürte ich bereits die heiße Spitze seiner prallen Männlichkeit an meiner Öffnung.

Ich versuchte mich aus seinem Griff zu lösen, doch ohne Erfolg. Quälend langsam begann er, in mich einzudringen.

Ich hielt den Atem an, und mein ganzer Körper verspannte sich. Er war so groß, so unglaublich groß. Ich keuchte, und wusste nicht mehr, was nun stärker war, das unheimliche Lustgefühl, das seine Härte in mir verursachte, oder der brennende Schmerz.

Er dehnte mich auf so ungeheure Art und Weise, wie ich das noch nie zuvor erlebt hatte. Himmel, wenn er so weiter machte, würde er mich zerreißen. Davon war ich überzeugt.

„Du darfst dich nicht verkrampfen. Ich will dir nicht wehtun, glaube mir."

Seine Stimme klang heiser, und seine Erregung war deutlich zu hören.

„Zur Hölle …du bist so eng ... so wunderbar eng ... ich hatte noch nie eine Frau, die mich so fest umschlossen hat ... oh Kim, ich kann mich nicht mehr lange zurückhalten. Sag mir, bist du soweit?"

Das Sprechen fiel nun ihm extrem schwer.

„Soweit für was? Was meinst du?"

Mir war nicht klar, ob er meine Worte wirklich verstanden hatte. Denn ich war kaum noch fähig, zu reden.

Diese intensiven Gefühle überwältigten mich, was durch die Trance, in die mich Nicolas versetzt hatte, noch verstärkt wurde. Plötzlich schob er seine Hände unter mein Gesäß, um dieses anzuheben. „Bist du soweit, mich nun ganz und gar in dir zu spüren? Ich kann nicht mehr warten."

Himmel, er war noch nicht ganz in mich eingedrungen? Ich war mir aber sicher, nicht noch mehr ertragen zu können, und bäumte mich auf.

Nicolas schien das eindeutig falsch zu interpretieren: Mit einem einzigen tiefen Stoß versenkte er sich nun vollständig in mir.

Ich schrie laut auf – und Nicolas verschloss meinen Mund mit einem langen Kuss. Doch ich wollte das nicht – nicht in diesem Moment ...

Ich drehte meinen Kopf zur Seite, konzentrierte mich nur noch auf meinen Unterleib, der wie in Flammen stand. Dieser Mann füllte mich komplett aus, und ich wehrte mich gegen die aufkommende Lust, die von mir Besitz ergriff.

Nicolas schien inzwischen jegliche Kontrolle verloren zu haben. Er stieß hart und tief in mich hinein. Nie zuvor hatte ich erlebt, wie dicht Lust und Schmerz beieinanderlagen – bis zu diesem Moment in meinem Leben.

Immer wieder zog er sich fast komplett zurück, um dann erneut in mich einzudringen. Sein Stöhnen wurde lauter, hemmungsloser. Er hielt nun meine Handgelenke fest. Wohl um ganz sicher zu gehen, dass ich ihm nicht doch noch entwischen konnte. Wie lächerlich – ich hatte sowieso weder die Kraft noch den Hauch einer Chance dazu.

„Kimberly... ja ... gleich ... ja. Spürst du es? Spürst du mich? Endlich kann ich es vollenden. Bitte...öffne dich für mich. Nimm es – nimm meinen Samen in dir auf."

Nicolas stieß noch einmal unglaublich tief in mich hinein, was recht schmerzhaft war. Er bäumte sich auf, warf seinen Kopf mit dem langen schwarzen Haar nach hinten und stieß einen lauten Schrei aus. Es klang fast wie das Knurren eines Wolfes. Gleichzeitig spürte ich, wie seine harte Männlichkeit in mir zu pulsieren begann.

Das war der Moment, auf den Nicolas und all die anderen Vampire, so sehnlich gewartet hatten: Unter großem Druck entlud er sich, spritzte seinen heißen Samen tief in mich hinein, füllte meinen Leib damit. Ich glaubte fast, es würde nicht mehr enden – niemals zuvor hatte ich einen männlichen Orgasmus erlebt, der so lange andauerte. Allmählich entspannte sich sein Körper, worauf er seinen Griff lockerte, und sich unverzüglich aus mir zurückzog.

Was jetzt kam, schockierte mich noch mehr als alles, was ich zuvor erlebt hatte.

Wortlos stieg er von mir herunter und griff nach seinen Kleidern. Er sah mich nicht mal mehr an. Ich war fest davon überzeugt, dass er mich zumindest jetzt beißen würde, denn seinen Durst, seinen unglaublichen Durst, hatte ich die ganze Zeit gespürt. Er musste sehr hungrig sein, und sein Körper verlangte ganz sicher nach Nahrung. Doch nichts geschah – mein Blut schien er definitiv nicht zu wollen.

„Du solltest dich ausruhen, Kimberly. Es wäre mir lieber, du würdest dem Fest nicht mehr beiwohnen. Soll ich Atheka zu dir schicken? Oder deine Freundin Angela?"

Ohne eine Antwort abzuwarten, verließ er den Raum. Er drehte sich noch nicht einmal nach mir um, nichts.

Diese unmenschliche Kälte, die gerade von ihm ausging, war einfach zu viel für mich. Ich fing an zu schluchzen, dann schossen die Tränen einfach so aus mir heraus.

Ich lag noch immer in der Position, die mir Nicolas aufgezwungen hatte: Das Kleid weit hochgeschoben, die Beine gespreizt. Ich spürte noch immer die warme Flüssigkeit in meinem Unterleib, von der nun ein wenig aus mir herauslief. Es war in diesem Moment das Einzige, was mir von dem Vampir geblieben war, der mich so sehr verwirrte.

Ich hasste ihn und begehrte ihn. Ich fühlte, wie mein Herz schneller schlug, wenn ich an ihn dachte. Und das, obwohl er mich erst gerade so sehr erniedrigt hatte. Ich wollte ihn halten, und gleichzeitig töten. Ich wünschte mir dieses Kind von ihm und hoffte im selben Moment, es würde niemals das Licht der Welt erblicken. Ich war einfach verzweifelt und hilflos.

Obwohl die Trance längst aufgehoben war, konnte ich mich noch immer nicht bewegen. Aber das lag wohl eher daran, dass ich jetzt von Weinkrämpfen geschüttelt wurde.

Ich fühlte mich so verdammt einsam! Warum hatte ich mich nur auf diesen Blödsinn eingelassen? Was konnte ich nur tun, um Nicolas Santos aus meinem Kopf zu verbannen? Es musste doch eine Möglichkeit geben, ehe ich komplett verrückt wurde.

„Um Himmels willen, Kimberly! Süße, was hat dieser Bastard mit dir gemacht? Du bist ja völlig aufgelöst!"

Angela – ich war so glücklich ihre Stimme zu hören. Schnell schob ich mein Kleid hinunter und schloss meine Beine. Der Anblick war zu erbärmlich.

Sie stand noch an der Türe, kam jetzt aber eiligst zu mir gelaufen. Ich stieg von dem Altar, um ihr entgegen zu kommen. Ich brauchte ihre Freundschaft und Wärme jetzt dringender als je zuvor. Wir fielen uns in die Arme, und sie hielt mich fest. Ich weinte noch immer, laut und unbeherrscht.

Sehr untypisch für mich, ich war eigentlich ein recht beherrschter Mensch. Angela ließ es einfach zu, sagte kein Wort. Sie wusste, dass ich im Augenblick einfach nicht anders konnte.

Doch in mir kämpften plötzlich die verschiedensten Gefühle miteinander und ich hörte meine innere Stimme laut und deutlich fluchen: Nicolas Santos, das wirst du mir büßen. Ich will, dass du so leidest, wie ich heute leiden musste. Ich räche mich an dir, das schwöre ich!

Und dann versiegten meine Tränen – und ein triumphales Lächeln umspielte meine Lippen. Ich wusste, was zu tun war.

„Angela, meine liebe Freundin. Komm, hilf mir beim Anziehen."

Sie ließ mich los, und starrte mich an, als wäre ich komplett verrückt geworden. Ich streichelte liebevoll über ihr Gesicht und meinte:

„Ich möchte zurück zu der Feier – ich will Spaß haben. Viel Spaß sogar. Was meinst du, wird Nicolas sich freuen, mich zu sehen?"

Als ob Angela nun verstand, lächelte sie mich verschmitzt an. Sie nickte und antwortete fröhlich:

„Oh sicher, das wird er. Und wenn nicht, nun – es soll da noch andere, sehr attraktive Vampire geben. Man munkelt so etwas."

Nachdem ich mich angezogen hatte, die Haare gekämmt, und das Gesicht ein wenig aufgefrischt war, verließen wir das düstere Kellergewölbe. Ich schwor mir, diese Örtlichkeit niemals wieder zu betreten.

Ich hakte mich bei meiner Freundin unter, und gemeinsam liefen wir in die Richtung, aus der laute Musik zu kommen schien.

„Angela, diese Nacht ist noch lang – und für mich hat sie eben erst begonnen."

Dann betraten wir den großen Festsaal ...

Als wir die ersten Schritte in das Innere des Saales gemacht hatten, blieb Angela plötzlich stehen:

„Kim, bist du ganz sicher? Ich meine … -dein Tatendrang in allen Ehren, aber Nicolas könnte verdammt sauer werden, wenn du dich hier blicken lässt."

Ich wusste, dass sie recht hatte, aber mir waren Nicolas Gefühle und Gedanken, zumindest im Augenblick, vollkommen gleichgültig.

„Ja, er erwartet sicherlich von mir, dass ich brav liegen bleibe, um nichts von seinem kostbaren Samen zu verlieren. Pah, der kann mich mal!“

Damit war das letzte Wort für mich gesprochen. Und nachdem ich das freche Grinsen in Angelas Gesicht sah, nahm ich sie bei der Hand und zog sie weiter.

Kaum dass uns die ersten Vampire bemerkt hatten, flogen die Köpfe zu uns herum. Ich wusste nicht wirklich, ob ich das nun gut oder schlecht finden sollte.

Was dachten sie gerade? Und wie waren ihre Blicke zu deuten? In manchen Gesichtern meinte ich Bewunderung, in anderen hingegen Spott zu erkennen. Nicolas war mir noch nicht aufgefallen.

„Lass uns etwas trinken, Süße. Etwas, das nicht wie Blut aussieht, bitte.“

Ich bemerkte, dass Angela mich anstarrte – das Wort „Blut“ hatte wohl ihr Interesse geweckt.

„Sag mal, habe ich einen großen Pickel auf der Nase, oder was ist plötzlich los mit dir? Oder hat mich der miese Sex mit Herrn Obervampir so verändert? Nun sag schon!“

Es war mir schon sehr unangenehm, wie mich all die Geschöpfe der Nacht beäugten – aber wenn meine beste Freundin das tat, wurde ich unruhig.

„Kim, bitte verzeihe mir diese Frage, aber … ich sehe keine Bisswunde an Deinem Hals. Das fällt mir erst jetzt wirklich auf. Sag mal, hat Nicolas nicht von Dir getrunken?“

Bingo – genau diese Frage wollte ich definitiv NICHT hören. Aber da war sie nun gefallen. Und ich konnte ihr keine Antwort geben. Wortlos zuckte ich die Schultern. Und leider konnte ich nicht verhindern, dass Angela meine Traurigkeit erkannte.

„Du wolltest, dass er es tut, nicht wahr? Und er hat nicht …? Das ist nun mehr als ungewöhnlich.“

Ich musste ihr zustimmen, ging aber nicht näher auf das Thema ein. Er hatte wohl seinen Grund dafür gehabt.

„Nicolas hat dich nicht gebissen?“Atheka stand nun neben uns. Ich sah sie sichtlich genervt an – zumal mir ihre Anwesenheit ein flaues Magengefühl bescherte.

Zu frisch waren die Erinnerungen an das, was sie mit mir gemacht hatte. Und Himmel, es war so wunderbar gewesen. Trotzdem empfand ich es als einen einmaligen Ausrutscher, der in dieser Form niemals wieder geschehen sollte.

„Können wir eventuell über ein anderes Thema als über die Unversehrtheit meiner Halsschlagader reden? Mein Blut war dem feinen Herrn wohl nicht gut genug. Da darf ich ja fast von Glück reden, dass er mir seinen Samen gegeben hat, nicht wahr?“

Aus einer plötzlichen Laune heraus ließ ich die beiden Frauen stehen, wobei diese Abfuhr sicherlich mehr in Richtung Atheka ging. Trotzdem bemerkte ich Angelas Erstaunen über mein Verhalten. Aber ich wollte mich jetzt einfach amüsieren – und keinesfalls an Nicolas und seine seltsamen Angewohnheiten denken.

Mir fiel auf, dass die Feier inzwischen wesentlich lockerer geworden war.

Laute Musik, die eher in Richtung Pop angesiedelt war, tönte aus den großen Lautsprechern. Viele dieser schönen Kreaturen tanzten, andere hatten sich auf die verschiedenen Sitzgelegenheiten zurückgezogen. Es lag eine heiße, sehr erotische Stimmung in der Luft. Überall sah man Paare, deren Liebkosungen schon fast über das hinausgingen, was man eigentlich öffentlich zur Schau stellte. Aus der einen oder anderen Ecke vernahm ich lustvolles Stöhnen.

Bei näherem Hinsehen fiel mir auf, dass dies darauf zurückzuführen war, dass die eine oder andere Halsschlagader geöffnet wurde. Angela hatte recht gehabt – dieser blutige Vampirkuss schien äußerst erregend zu sein.

Ich sah in das Gesicht einer jungen Frau – wohl eines der Mädchen, das extra zum Fest geladen wurde, um die Gäste ausreichend mit frischem Blut zu versorgen. Sie hatte den Kopf nach hinten geworfen, ihre Augen waren geschlossen. Sie stöhnte hemmungslos, während ein äußerst attraktiver Vampir ihren Körper in den Sitz drückte, und gierig von ihr trank.

Verdammt, ich beneidete diese Frau so sehr! Es war komplett irre: Ich war als Mensch auf einem Vampirfest – überall war die grenzenlose Gier, der fast unstillbare Hunger zu spüren. Ich hätte mich fürchten sollen, das Weite suchen – aber ich tat ganz genau das Gegenteil. Ich sehnte mich danach, so begehrt zu werden, wie es diese Frauen gerade erleben durften. Ich wollte endlich dieses intensive Gefühl genießen, dass doch scheinbar eine viel größere Bedeutung hatte, als ich überhaupt ahnen konnte.

Ich seufzte und drehte mich um, damit ich mir endlich ein Getränk besorgen konnte.

Angela hatte ich gerade aus den Augen verloren. Doch ich ahnte, mit wem sie zusammen war: Vasco – der Mann, der ihr Herz schneller schlagen ließ. Ich war wohl zu sehr in Gedanken, um wirklich zu sehen, wohin ich lief.

„So eilig, liebste Kimberly? Wollen Sie mich deshalb so gerne umrennen?“, ich blickte in die wunderschönen Augen eines Mannes, der mir nicht zum ersten Mal auf diesem Fest begegnete. Mein gefallener Engel … mein Herz machte einen Sprung vor Freude.

Ja, er war genau das, was ich nun brauchte. Als ich tief in seine herrlich blauen Augen sah, stellte ich fest, wie sehr er sich von Nicolas unterschied. Nicht nur äußerlich: Nicolas war ein dunkler, sehr südländisch aussehender Typ – dieser Mann mit den hellen

Haaren und der noch helleren Haut, wirkte fast schon zerbrechlich. Aber nur auf den ersten Blick. Ich erkannte trotzdem die Macht und die Gefahr, die von jedem Vampir ausging, der sich hier in dem großen Festsaal aufhielt.

Trotzdem, er hatte einen wunderbaren Charme, und sein Lächeln wärmte mein Herz auf eine Art und Weise, wie ich es lange nicht mehr empfunden hatte. Jedenfalls nicht, seit ich Nicolas Santos begegnet war.

„Jacques! Schön, Sie zu sehen. Jacques - das war doch Ihr Name?"

Ich lächelte ihn an, und das Klopfen meines Herzens wurde zunehmend lauter. Er sah nun aber auch verflucht gut aus – und ich war erstaunt, dass er noch immer ohne weibliche Begleitung dieses Fest genoss.

„Ja, schön, dass Sie sich daran erinnern. Ich hatte Ihnen doch versprochen, dass wir uns wieder sehen. Aber um ehrlich zu sein, ich hatte nicht wirklich daran geglaubt, dass Sie noch einmal hier erscheinen. Nicolas hatte Sie bereits entschuldigt."

Ich spürte seinen bohrenden Blick, wie er mich von Kopf bis Fuß musterte. Fast war mir so, als wären es seine Hände, die meine Haut fast verbrannten.

„Nun, wie Sie sehen, bin ich hier. Und ich bleibe auch hier."

Er lächelte, als ich das mit Nachdruck sagte. Er verschwand für den Bruchteil einer Sekunde, um mir kurz danach ein Glas Wein zu reichen.

Wie konnte er nur so schnell sein? Wie hatte er das bloß gemacht?

Er hatte offensichtlich meine Verwunderung bemerkt, und während er liebevoll eine Haarsträhne aus meinem Gesicht strich, meinte er beiläufig:

„Ich bin ein Vampir, vergessen Sie das nicht. Wir bewegen uns ein wenig anders als Menschen. Vor allem wesentlich schneller."

Nun, da konnte ich ihm keinesfalls widersprechen. Dankbar nahm ich einen Schluck des Weines, und war mehr als froh, dass es sich um Weißwein handelte - Rotwein hätte, an diesem Abend, sicherlich nicht meine Zustimmung gefunden. Auch jetzt war ich mir der Anwesenheit dieses verführerischen Mannes bewusst – er war eine Sünde Wert, mehr als das! Die Art, wie er mich nun anlächelte, erweckte in mir den Verdacht, dass er meine Gedanken nur allzu gut kannte. Sollte er doch – ich hatte nichts zu verbergen ... und nichts zu verlieren ...

„Wollen wir uns setzen, liebste Kimberly?“, fragte er mich, als er vorsichtig seinen Arm um meine Taille legte.

Herrgott, diese Stimme – sie klang markant, einschmeichelnd und auch liebevoll.

Ich begann mich ernsthaft zu fragen, ob dieser Mann tatsächlich ein Vampir war. Dazu noch seine Berührung, die fast zaghaft war. Ganz anders als die fordernde, durchaus herrische Art, die Nicolas Santos an den Tag legte.

Ich fühlte mich wohl in der Nähe von Jacques und wünschte mir, diese Nacht würde niemals vergehen. Durch ihn gelang es mir tatsächlich, ein wenig von dem zu vergessen, was Nicolas getan hatte – wie sehr er mich verletzt hatte. Körperlich und seelisch: Das brennende Gefühl in meinem Unterleib war nach wie vor präsent.

Ich nickte zustimmend, als er auf eine gemütlich aussehende Sitzecke zeigte. Sie befand sich recht weit hinten, ein wenig abseits der feiernden Gäste und der lüsternen Pärchen.

Ein wenig Ruhe und Intimität – genau danach war mir in diesem Augenblick. Ich war unendlich dankbar, dass Jacques dies wohl bemerkt hatte. Als wir uns den Weg durch die tanzende Menge bahnten, fiel mein Blick in eine dunkle Ecke des festlichen Raumes. Stand dort Nicolas? Konnte das sein? Ich verrenkte mir fast den Hals, um mehr zu sehen. Wenn er es war, dann stand er dort nicht alleine. Eine Frau war bei ihm. Verdammt, ich musste es einfach genau wissen!

„Jacques, reservieren Sie schon mal diesen gemütlichen Sitzplatz für uns? Ich bin gleich bei Ihnen, versprochen. Ich habe nur kurz etwas zu erledigen."

Er sah mich überrascht an, doch dann nickte er lächelnd. Ich sah ihm nach, dann schlug ich eine andere Richtung ein – nämlich die, in der ich dieses Paar stehen sah. Ich wollte näher heran, wollte mit eigenen Augen sehen, ob es sich tatsächlich um Nicolas handelte. Und vor allem, was er dort tat.

Schon ärgerte ich mich, dass mich diese Sache überhaupt interessierte. Selbst wenn Nicolas dort mit einer Frau zusammen war, ging es mich etwas an? Warum regte es mich innerlich so sehr auf? Kimberly, Du bist ein Schaf – ein ziemlich dummes Exemplar sogar!

Mit klopfendem Herzen trat ich näher – äußerst vorsichtig dazu, denn ich wollte keinesfalls, dass mich die beiden bemerkten. Ob es nun Nicolas war, oder irgendjemand anderes. Dieses Paar sollte nicht denken, dass ich sie heimlich beobachtete, um mich letztendlich an ihrem Spiel zu ergötzen. Denn soviel war schon klar, die beiden vergnügten sich auf eindeutige Art und Weise. Das leise Keuchen des Mannes konnte ich bereits deutlich wahrnehmen. Endlich gelang es mir, so dicht heranzutreten, um das Gesicht des Mannes zu erkennen. Er hatte die Augen geschlossen, und genoss die Hingabe seiner Partnerin ...

NICOLAS – nun konnte ich es ganz deutlich erkennen. Lässig lehnte er mit dem Rücken an der Wand, und noch immer trug er seine Haare offen. Es raubte mir fast den Atem - warum nur sah dieser Kerl so verboten gut aus?

Er war vollkommen abwesend, und ich erkannte auch schnell warum. Vor ihm kniete eine junge Frau, kaum älter als zwanzig Jahre alt. Wohl eines der jungen Mädchen, die extra eingeladen wurden, um den Vampiren gefällig zu sein. Sie hatte ihren Kopf zwischen Nicolas Beinen, und ihre Bewegungen waren eindeutig.

Nicolas hatte eine Hand in ihren Nacken gelegt, und zeigte ihr unmissverständlich den Rhythmus, dem sie zu folgen hatte.

Als sein Keuchen lauter wurde, beschleunigte die junge Frau das Tempo merklich. Gleichzeitig sah es aus, als ob der Griff des schwarzhaarigen Vampires energischer und fester wurde. Ich konnte nicht glauben, was ich da sah: Kurz nachdem sich Nicolas Santos an mir befriedigt hatte, sollte nun diese Frau seine Gelüste stillen.

Ich musste schlucken, spürte den Stich in meinem Herzen. Und das ärgerte mich maßlos! Warum tat es so weh, die beiden zu beobachten? Warum lief ich nicht einfach weg? Nein, verdammt - ich konnte es einfach nicht.

Ein lautes, hemmungsloses Stöhnen riss mich aus meinen Gedanken. Nicolas Körper erzitterte, als er seinen Kopf nach hinten warf. Und noch immer hielt er die Frau fest – wohl um sicherzugehen, dass sie sich ihm nicht entziehen konnte. Nicht im Moment seines Höhepunktes.

Als er sich von ihr löste, und seine Kleidung ordnete, dachte ich daran zu gehen – ich hatte wahrlich genug gesehen. Und mein Verlangen, diesem Kerl einen festen Tritt dahin zu geben, wo es ihm wirklich wehtun würde, brannte tief in mir. Aber dann musste ich das miterleben, was mich am meisten schockierte ... das Mädchen stand auf, machte Anstalten zu gehen. Doch Nicolas hielt sie am Arm fest. Ich hörte seine tiefe Stimme und sah von der Ferne seine Augen: seine hungrigen Augen.

„Komm her, Caroline. Ich möchte von dir trinken. Jetzt sofort."

Ohne Widerspruch drehte die Frau ihren Kopf zur Seite, beugte ihn leicht nach hinten. Doch ich erkannte deutlich die Angst in ihren Augen. Es schien das erste Mal zu sein, dass sich ein Vampir an ihr nährte. Und verflucht – im Gegensatz zu mir, schien sie nicht wirklich heiß darauf zu sein, dieses Gefühl zu erleben.

Nicolas zögerte keinen Moment, er schlug seine spitzen Fangzähne in das weiße Fleisch des hübschen Mädchens. Sie zuckte zusammen, und mir war fast so, als könnte ich ihren Schmerz fühlen. Ihr Körper war angespannt, und ich meinte sogar, eine Träne in ihren Augen zu sehen. Doch Nicolas bemerkte scheinbar nichts davon. Gierig trank er ihren roten Lebenssaft, hielt sie dabei an den Schultern fest. Erst als die blonde Frau Anstalten machte in Ohnmacht zu fallen, gab er sie frei.

Himmel, ich konnte das nicht mehr mit ansehen. Warum nur? Was tat er da? Ich hatte ihm mein Blut förmlich aufgedrängt, war bereit ihm das zu geben, was er so sehr benötigte. Doch er hatte es nicht gewollt – er hatte mich nicht gewollt.

Verfluchter Bastard! Ich verabscheue dich! Ganz leise flüsterte ich diese Worte vor mich hin – unmöglich, dass sie irgendjemand hören konnte. So dachte ich zumindest. Doch genau in dem Moment, als ich sie ausgesprochen hatte, fuhr sein Kopf herum – in meine Richtung! Allerdings stand ich so, dass er mich nicht sehen konnte.

Und nun war es definitiv an der Zeit, dieses Versteck zu verlassen. Ich hatte sowieso genug gesehen – mehr als genug. Es gab nur noch eines, was ich nun wollte: zurück zu Jacques. Und da war sie plötzlich wieder, diese Stimme in meinem Kopf ... Kimberly, was machst du hier? Bleib, wo -du bist, hörst du? Ich werde gleich bei dir sein ...

Toll, das war nun genau das, was ich ganz sicher NICHT wollte: von Angesicht zu Angesicht mit Nicolas Santos. Der Mann, der mich erst benutzt hatte, der mir sowohl körperliche als auch seelische Schmerzen zugefügt hatte. Und der sich, kurz danach, mit einer anderen Frau vergnügte, sogar von ihrem Blut trank.

Ich war so wütend, so enttäuscht – und unsagbar verletzt. Ich musste fort von dieser Kreatur, das war mir jetzt eindeutig klar geworden. Bei aller Liebe und Sorge um Flora, aber ich konnte einfach nicht mehr.

Ich spürte, dass mir bereits die ersten Tränen die Wange herunter liefen. Suchend blickte ich mich um: Wo war Jacques? Wollte er nicht einen Sitzplatz für uns beide reservieren? Mehr oder weniger orientierungslos lief ich durch die feiernde Menge und wäre fast gestolpert. Doch gerade noch rechtzeitig spürte ich einen starken Arm, der sich um meine Taille legte, um mich daran zu hindern, auf den Boden zu fallen.

Himmel, die anderen Gäste hätten sich sicherlich köstlich amüsiert!

„Ich bin wohl heute dazu bestimmt, Ihr Retter in der Not zu sein?“, hörte ich Jacques ruhige Stimme und blickte verwirrt in sein schönes Gesicht. Ich war so froh und dankbar ihn zu sehen.

Zaghaft lächelte ich ihn an, doch als sich unsere Augen trafen, wurde er sehr ernst.

„Sie haben geweint, Kimberly. Es ist wegen Nicolas, nicht wahr? Ich habe ihn ebenfalls mit dieser Frau zusammen gesehen.“

Ich konnte darauf nicht antworten, ich wollte einfach nur raus aus diesem Haus.

Plötzlich schienen mich die Wände zu erdrücken, und ich fühlte mich wie eine Gefangene. Aber das war ich ja auch, gefangen in diesem Schloss – und ausgeliefert an den vielleicht gefährlichsten Vampir überhaupt.

Jacques hatte wohl gespürt, wie angespannt ich war. Und erneute fragte ich mich, ob dieser gefallene Engel Gedanken lesen konnte:

„Wollen wir ein wenig an die frische Luft gehen, liebste Kimberly? Ich habe den Eindruck, das würde Ihnen momentan sehr gut tun. Und wir sollten reden ... meinen Sie nicht?“

Ohne meine Antwort abzuwarten, nahm er meine Hand und führte mich aus dem Saal. Ich hatte keine Ahnung, was er wirklich vorhatte, doch das war mir auch egal.

Ich verspürte keine Angst vor Jacques, im Gegenteil. Ich wusste plötzlich ganz genau, was ich wollte. Und ich wollte es noch heute Nacht ...

„Kimberly! Verflucht, wo bist du? Komm sofort her zu mir, ich befehle es dir!“

Ich zuckte zusammen, als ich die aufgebrachte Stimme von Nicolas hörte.

Das hatte mir gerade noch gefehlt. Ich lief Hand in Hand mit einem absolut unwiderstehlichen Geschöpf der Dunkelheit aus dem Saal und war bereit alles zu geben ... an ihn ...

Und nun hatte mich Nicolas bemerkt, und war wohl in der perfekten Stimmung für eine handfeste Auseinandersetzung.

Ängstlich drehte ich den Kopf zur Seite, und sah Jacques an. Zu meiner Überraschung lächelte er und drückte meine Hand fester.

Ich spürte seinen Blick auf meinem Hals, als er mich eng an sich heranzog, ohne auch nur eine Sekunde stehen zu bleiben.

Nicolas Wut schien ihn in keiner Weise zu beeindrucken. Sein Selbstbewusstsein machte mir Mut, und endlich hatte ich das Gefühl wieder frei atmen zu können.

Erneut fixierte der blonde Vampir meinen Hals.

„Dieser Narr! Wie kann er nur so dumm sein? Er hat Sie nicht gebissen?“

Ich hatte den Eindruck, ein leichtes Grinsen in Jacques Gesicht zu erkennen. Trotzdem verstand ich nicht wirklich, was er da vor sich hinmurmelte.

„Komm Sie, Kimberly – und haben Sie keine Angst. Nicolas kann Sie nicht aufhalten. Vertrauen Sie mir ... dieser hoffnungslose Narr!“

Ohne zu begreifen, folgte ich Jacques nach draußen. Als die Tür hinter uns laut krachend ins Schloss fiel, fühlte ich mich frei – unendlich frei. Egal, was jetzt auch kommen würde – schlimmer als das, was mir Nicolas Santos angetan hatte, konnte es nicht sein. In diesem Punkt war ich mir hundertprozentig sicher ...

Der Himmel war klar, und es waren unzählige Sterne am Himmel zu sehen. Wie schön das aussah – ich blickte bewundernd empor.

Die eisige Kälte, die uns hier draußen umgab, nahm ich nicht wirklich wahr. Ich hatte Nicolas erst einmal hinter mir gelassen, und spürte die Nähe von Jacques – mehr brauchte ich im Moment nicht.

Angela – ich musste ganz plötzlich an meine Freundin denken. Ob es ihr gut ging? Ja, ich war mir sicher, das tat es. Denn Vasco war bei ihr – der Mann, der so ganz anders zu sein schien als sein „tiefgekühlter" Bruder.

Jacques und ich hatten eine ganze Weile geschwiegen. Obwohl ich fühlte, dass er viele Fragen hatte, bedrängte er mich in keiner Weise. Doch mir ging es ähnlich, es gab so vieles, was ich wissen wollte – Dinge, die ich einfach nicht verstand. Als er plötzlich von hinten die Arme um mich schlang, wurde mein ganzer Körper von einer wunderbaren Wärme durchflutet.

Erst jetzt bemerkte ich wirklich, dass mein Abendkleid viel zu dünn war, um mich damit im Freien aufzuhalten.

„Kimberly, Ihnen muss doch unsagbar kalt sein. Ich will nicht, dass Sie sich hier draußen den Tod holen."

Bei diesem Satz musste ich unwillkürlich lachen:

„Machen Sie sich keine Sorgen um mich, Jacques. Wenn es nicht die Kälte ist, dann sorgt gegebenenfalls Nicolas Santos dafür, dass ich diesen Aufenthalt nicht überlebe."

Jacques schmiegte sich enger an mich, und doch machte er keinerlei Anstalten mich zu verführen oder Ähnliches. Leise flüsterte seine Stimme in mein Ohr, während er liebevoll über mein Haar strich:

„Was hat Ihnen Nicolas heute Nacht angetan, Kimberly? Ich weiß von dem Akt, wie auch all die anderen Vampire im Saal. Doch ich spüre den Schmerz, der Sie fast verbrennt. Er hat Ihnen sehr weh getan, nicht wahr? Hat er Sie… vergewaltigt?"

Ich wagte es nicht, Jacques anzusehen, doch seine Sorge tat mir gut. Und ja – er hatte recht, noch immer hatte ich das Bild vor Augen, als ich auf dem Altar in dem Kerker lag. So sehr ich mich auch um Ablenkung bemühte, es war viel schwerer, als ich es mir vorgestellt hatte. Und Jacques wusste das – er fühlte es!

Ich antwortete nicht sofort, denn es fiel mir schwer, darüber zu reden. Aber ich vertraute Jacques und war doch erleichtert, meiner Seele Luft machen zu dürfen.

„Es war sicher keine Vergewaltigung im herkömmlichen Sinne. Und doch empfinde ich es so. Es war erniedrigend ... beschämend. Und auch der körperliche Schmerz ist noch gegenwärtig. Am liebsten würde ich das alles vergessen, Jacques. Verstehen Sie das?"

Er drehte mich zu sich herum, und ich blickte tief in seine herrlichen Augen. Jacques nickte stumm, doch voller Verständnis. Zärtlich streichelte seine Hand über mein Gesicht.

Himmel, wie konnte DIESER Mann ein Vampir sein? Er war so unbeschreiblich sanft und voller Gefühl...

Aber auch in mir brannte eine Frage, und ich konnte sie einfach nicht länger für mich behalten:

„Bitte sagen Sie mir ... warum stoße ich überall auf erstaunte Gesichter und eine Welle des Mitleides, weil Nicolas mich nicht gebissen hat? Bisher dachte ich, das Trinken des menschlichen Blutes dient hauptsächlich der Erhaltung Ihrer Art. Doch ... es steckt mehr dahinter, nicht wahr?"

Jacques fuhr sanft mit seinem Zeigefinger über meine Lippen, dann lächelte er. Himmel, und wie er lächelte – verführerisch glänzten seine Augen, als er mir meine Neugier stillte:

„Ja, Sie haben völlig recht, es steckt weitaus mehr dahinter, als Sie vielleicht ahnen. Zumindest in einigen Fällen – besonders in Ihrem Fall, liebste Kim. Ich darf Sie doch so nennen?"

Ich nickte ihm zu, wobei es mir im Augenblick nicht wirklich wichtig erschien, wie er mich ansprach. Ich wollte Klarheit- hier und jetzt. Und ich wusste, dass Jacques der Mann war, der sie mir geben konnte.

Als ich meinen Blick über seinen schlanken Körper wandern ließ, stellte ich mir vor, dass er wohl generell eine ganze Menge zu geben hatte – fast schämte ich mich dafür. Sicherlich hatte Jacques meinen schmachtenden Blick bemerkt, doch er war ganz Gentleman und ging nicht näher darauf ein.

„Dass Nicolas nicht von Ihnen getrunken hat, ist mehr als ungewöhnlich. Denn es ist einem Vampir fast gänzlich unmöglich, den Geschlechtsakt auszuüben, ohne das Blut des Partners zu genießen. Es ist beinahe so, als ob man ihm den sexuellen Höhepunkt verweigert. Sie verstehen? Wirklich befriedigt ist ein Geschöpf der Nacht nur dann, wenn er beides erlebt: Seinen Samen zu verströmen, und seinen Blutdurst zu stillen. Denn dieser wird während des Liebesspieles fast unerträglich. Das zu zügeln, erfordert sehr viel Willenskraft. Ich bin daher wenig überrascht, dass sich Nicolas vorhin an der jungen Frau genährt hat. Er war sicherlich schon sehr geschwächt. Ja, und dann ist da noch etwas ..."

Jacques ließ mich los und lief ein Stück von mir weg. Neugierig verfolgte ich seine Bewegungen, und die Ungeduld brannte in mir.

„Was denn noch, Jacques? Wobei mir das ja eigentlich schon mehr als genug ist. Der gute Nicolas ist also fast verhungert, als er mit mir zusammen war? Umso seltsamer – ich hatte ihm mein Blut sogar angeboten."

Verflucht, diese Blöße wollte ich mir eigentlich nicht geben. Das hatte ich Jacques nicht wirklich offenbaren wollen.

Kimberly, kannst du nicht einmal deinen vorlauten Mund halten? Ich ärgerte mich – und doch wollte ich mehr erfahren.

Jacques hatte sich wieder in meine Richtung gedreht und lief in langsamen Schritten auf mich zu. Das Geständnis, das ich soeben versehentlich gemacht hatte, schien ihn weitaus mehr zu überraschen, als ich gedacht hätte.

„Was haben Sie getan? Nun, das ist durchaus ungewöhnlich. Es ist zwar allgemein bekannt, dass viele Frauen große Lust empfinden, wenn sie den Blutkuss erfahren, aber ... dass eine Frau sich danach sehnt, sogar darum bittet ...? Höchst erstaunlich, liebste Kimberly. Sie sind wirklich eine ganz besondere Frau."

Wieder streifte sein Blick meinen Körper – aber diesmal war es anders. Noch immer liebevoll ... aber ich meinte nun denselben Hunger darin zu sehen, den ich heute schon einmal erlebt hatte ... als sich Nicolas meines Körpers bemächtigt hatte. Aber diesmal störte es mich nicht wirklich, im Gegenteil ... das Spiel gewann an Reiz ...

„Jacques, Sie schulden mir noch eine Antwort. Was wollten Sie mir gerade noch sagen, in Bezug auf den Vampirbiss? Ich bin ganz Ohr."

Ich genoss zwar das Begehren, das sich immer deutlicher in Jacques Augen wieder spiegelte, doch ich wollte nun alles wissen – und nach Möglichkeit auch verstehen.

Nicolas hatte sich mir gegenüber äußerst seltsam benommen, und ich wollte den Grund dafür erfahren.

Jacques löste seinen Blick von mir, jedoch nicht ohne ein letztes Mal sehnsüchtig auf meinen Hals zu starren. Und dieser Blick ging durch und durch. Ich wollte Antworten, ehe ich die Kontrolle über mich selbst endgültig verlor. Und ich spürte, dass Jacques genau auf diesen Moment zu warten schien. Nun, was konnte ich von ihm erwarten? Er war nun mal ein Vampir – und zwar einer der wirklich unwiderstehlichen Sorte ...

„Gut, die Frage, auf deren Antwort Sie noch warten, liebste Kim ... es ist so, dass Nicolas Sie nicht gezeichnet hat. Sicherlich eine etwas unglückliche Bezeichnung dafür. Um es in deutlichen Worten zu sagen: Sie sind nicht sein Besitz."

Warum nur hatte ich den ganz starken Verdacht, dass Jacques diese Tatsache ein wenig freute? Im Gegensatz zu mir, denn ich stand da – mit offenem Mund und sichtlich schockiert.

„Bitte was? Ich bin nicht sein Besitz? Das wäre ja auch nochmal schöner! Er hätte was tun müssen – mich „zeichnen", das klingt ja grauenvoll. Warum sagen Sie nicht einfach, er hätte sein Revier markieren sollen? Die Vorstellung ist durchaus interessant."

Jacques konnte sich nicht länger beherrschen, er hatte meine Reaktion auf seine Erläuterungen genau beobachtet. Er hielt sich die Hand vor den Mund, um nicht laut loszulachen. Als er aber sah, dass mich sein Verhalten noch zusätzlich provozierte, hielt er inne.

„Sehen Sie es doch positiv – Sie sind eine freie Frau. Nun ja, fast. Da ist ja noch dieses Kind, das Sie austragen sollen. Vorausgesetzt, die Befruchtung war erfolgreich."

Warum nur grinste Jacques noch immer? Ich fand das alles gar nicht lustig, und über diese sogenannte Befruchtung wollte ich schon gar nicht nachdenken – vom Reden ganz zu schweigen.

„Soweit so gut – was also würde es bedeuten, wenn Nicolas mein Blut getrunken hätte? Verraten Sie mir das auch?"

Noch immer war dieses fröhliche Funkeln in den Augen des blonden Vampires zu sehen. Seine Locken wehten im Abendwind, als er sich mir nun wieder näherte. Aber im Moment vermied ich den Augenkontakt – er lenkte mich einfach zu sehr ab. Und ich wollte das alles verstehen, ohne schon jetzt seinen Reizen zu erliegen.

Elegant wie eine Raubkatze trat er hinter mich ... ich spürte seinen heißen Atem auf meinem Hals, als er sich herunter beugte. Leise flüsterte er in mein Ohr, als wäre er gerade dabei, ein wohl gehütetes Geheimnis zu verraten:

„Dann würde ich jetzt nicht so nahe bei dir sein, mein schöner Engel. Dann wäre es keinem Vampir erlaubt, nur annähernd das zu begehren, was ICH mir sehnlichst wünsche. Dann dürfte nur EINER von dir trinken. Und zwar Nicolas Santos. Doch warum auch immer, er hat es nicht getan ... und du solltest nicht länger darüber nachdenken. Ich bin ihm sehr dankbar dafür."

Seine warmen Lippen streiften meinen Hals, und ich bemerkte, dass er schneller atmete. Ich schloss die Augen und spürte, wie es überall in meinem Körper zu kribbeln begann.

Wie von selbst lehnte ich mich an ihn, mein Kopf an seiner breiten Schulter. Als er anfing meinen Hals zu küssen, stöhne ich leise auf. Als ob er mir einen stummen Befehl geschickt hätte, drehte ich meinen Kopf zur Seite. Fordernd schlang er seinen Arm um meine Taille, während seine andere Hand meinen Kopf hielt. Himmel, ich wurde fast wahnsinnig vor Erwartung, Lust aber auch Angst.

Sein Griff war stark und fest, und in diesem Moment war es genau das, was ich so sehr brauchte. Ich wollte ihm gehören – zumindest für den Augenblick des Vampirkusses. Ich wollte seinen Durst stillen, und sein Begehren fühlen ... ich gewährte ihm die absolute Herrschaft über mich, weil ich ihm ganz und gar vertraute ... und ich betete, dass das kein großer Fehler war ...

„Ich will dich, Kimberly...vom ersten Moment an, als ich dich sah. Nicolas Schwäche wird nun meine Stärke sein. Ich begehre deinen Körper, dein Blut und deine Seele. Sag mir, dass du es willst ... sag mir, dass ich es tun soll, mein schöner Engel."

Als er seinen Leib an meinen presste, spürte ich deutlich seine Erregung. Ich fühlte mich wie eine Gefangene meiner Lust, nicht mehr fähig klar zu denken.

Als seine spitzen Zähne liebevoll und doch fordernd an meinem Hals knabberten, begann ich am ganzen Körper zu zittern. Seine Hand wanderte von meiner Taille hinauf zu meinen Brüsten, um diese zu liebkosen.

Ich verstand schon jetzt, was Angela gemeint hatte, als sie die Lust und Ekstase beschrieb, die der Blutkuss mit sich brachte. Ich bog meinen Kopf so weit nach hinten, wie es überhaupt möglich war.

Ohne zu wissen, worauf ich mich tatsächlich einließ, welche Folgen dieses gefährliche Spiel haben könnte, flehte ich ihn mit leiser Stimme an:

„Bitte Jacques ... bitte ... ich, halte es nicht mehr aus. Trink von mir – tu es jetzt. Nimm dir, soviel du willst, soviel du brauchst ... oh Gott, bitte ..."

Erneut spürte ich seine Zähne an meinem Hals, doch diesmal war es kein sanftes Knabbern mehr. Die scharfen Vampirzähne drückten an meine zarte Haut - darauf bedacht, diese jeden Moment zu durchbrechen. Noch fester wurde der Druck seines Körpers, und ein leises Knurren drang an mein Ohr.

Jetzt gibt es kein Zurück mehr, meine wunderschöne Kimberly. Gleich gehörst du mir – vergiss Nicolas. Vergiss ihn für immer und ewig ...Dein Blut wird mir gehören ...Lass dich fallen Kimberly...jetzt ...

Ich zuckte unwillkürlich zusammen, als ein tiefer, brennender Schmerz meinen Körper durchfuhr … Jacques hatte seine Fangzähne in meinen Hals geschlagen ... als wollte er mein Leiden damit ein wenig lindern, strich er sanft über mein Haar. Ich ergab mich ganz seiner innigen Umarmung und erwartete voll Sehnsucht sein verlangendes Saugen an meinem Hals.

Himmel ja – ich wollte tatsächlich, dass er sich an mir nährte! Und am liebsten wäre es mir gewesen, man hätte Nicolas dazu gezwungen, diese leidenschaftliche Szene zu beobachten. Natürlich, ohne dass er hätte eingreifen können … wehrlos, gefesselt und geknebelt. Ja, das wäre mir eine große Freude gewesen. Warum nur dachte ich schon wieder an diesen Kerl? Warum?

Von einem Moment zum anderen wurde Jacques grob von mir weggerissen. Es geschah so plötzlich, dass ich den Halt verlor und zu Boden fiel.

„Wie kannst du es wagen? Zur Hölle, lass deine Finger von ihr!“

Diese tiefe, beeindruckend markante Stimme, die sich im Augenblick fast überschlug, war mir keineswegs fremd: Nicolas!

Typisch, man musste nur für den Bruchteil einer Sekunde an diesen Macho-Vampir denken, und schon war er da. In dieser Situation allerdings völlig unpassend, wie ich fand …

Ich hatte zwischenzeitlich die Augen wieder geöffnet um die Szene, die sich mir bot, genauer zu betrachten.

Nicolas hatte Jacques am Hals gepackt, worauf dieser verzweifelt nach Luft rang. Vasco stand daneben, und hielt drohend eine Art Schwert in der Hand.

Kalte Wut stieg in mir hoch, als ich sah, was hier geschah. Zwei gegen Einen, das war eindeutig unfair! Außerdem hatten die beiden kein Recht uns zu stören. Verdammt, sie hatten alles kaputtgemacht, ehe es überhaupt angefangen hatte!

Als ich aufstand, bemerkte ich das Blut, das zu Boden tropfte. Instinktiv fasste ich an meinen Hals. Es war mein Blut! Jacques hatte zwar keine Gelegenheit erhalten von mir zu trinken, doch er hatte mich gebissen.

Während ich mir den Kopf darüber zerbrach, wie ich hier an Ort und Stelle die Blutung stoppen konnte, brüllte ich mir die Seele aus dem Leib:

„Nicolas Santos – es ist ja kein Geheimnis, dass du mir ganz gehörig auf die Nerven gehst, nicht wahr? Aber das hier geht eindeutig zu weit! Ich wollte, dass Jacques von mir trinkt, kapiert? Lass ihn endlich los! Wenn du unbedingt jemanden umbringen willst, dann vergreife dich an dir selbst. Oder an deinem Bruder. Verdammt Vasco, schäme dich!“

Ich konnte nicht fassen, dass er zu seinem Bruder hielt – was hatte Jacques denn getan? Wenn das stimmte, was er mir erzählt hatte, war ich keinesfalls der Besitz von Nicolas. Ich konnte also tun und lassen, was ich wollte.

„Kimberly! Süße, was ist hier los?“

Angela, meine liebe Freundin Angela! Sie rannte auf mich zu, blankes Entsetzen in ihren Augen.

„Oh je, du blutest aber heftig. Nimm das hier und drücke es auf die Wunde.“

Angela hatte mir einige Papiertaschentücher gereicht, dann packte sie mich am Arm und zerrte mich aus dem Zentrum des Geschehens. Mir wurde klar warum, als ich die Kampfszene der Vampire erneut betrachtete: Jacques hatte sich dem eisernen Griff von Nicolas entziehen können. Er hatte sich drohend vor den beiden Brüdern aufgebaut. Aber Herr im Himmel, das war es nicht, was uns schockierte …

Nicolas, Vasco und Jacques hatten sich äußerlich komplett verändert. Es war fast so, als ob sie keinerlei menschliche Züge besäßen. Ihre Augen waren nur noch kleine Schlitze, die goldfarben leuchteten. Ihre Hände hatten sich zu mächtigen Pranken entwickelt, die sicherlich alles und jeden töten konnten, der sich ihnen in den Weg stellte. Ihre Körper schienen noch größer, noch kräftiger zu sein. Wütend knurrten sie sich an – es klang, als würde eine Horde Wölfe im Kampf gegeneinander antreten.

Mich packte das kalte Grauen, genauso wie Angela. Ich bekam allmählich Angst, sie würde meine Hand zerquetschen, die sie zuvor schützend in ihre gelegt hatte.

„Kim, wir müssen hier weg, hörst du? Das … das ist grauenvoll! Wir dürfen nicht länger hier bleiben. Das sind reißende Bestien, schau sie dir an. Himmel, wie konnten wir nur in so eine furchtbare Situation geraten?"

Erstaunt blickte ich von den Vampiren zu meiner Freundin – hatte ich das eben richtig verstanden? Angela wollte fliehen? Sie wollte Vasco verlassen? Aber Himmel, ich konnte sie so gut verstehen: Das, was wir gerade miterleben mussten, übertraf alles was wir uns je hätten vorstellen können. Es war wie ein böser Albtraum ...

Ich konnte gerade noch sehen, wie Nicolas gegen einen Baum geschleudert wurde – ausgelöst durch den kräftigen Schlag von Jacques.

Ich hielt den Atem an, verspürte für einen kurzen Moment sogar Angst - Angst um Nicolas! Doch dann packte mich meine Freundin bereits an der Hand.

„Wir müssen hier weg, ehe sie uns auch noch angreifen."

Sie starrte auf meine Wunde am Hals.

„Bitte drücke weiterhin das Papiertaschentuch darauf, ja? Wir müssen eventuell an einer Horde Vampire vorbei. Und den Anblick einer frischen Wunde sollten wir ihnen keinesfalls gewähren."

Ich nickte zustimmend – wir konnten nicht sicher sein, dass sie uns auch jetzt noch verschonen würden.

Wir rannten gemeinsam zum Haus zurück, blieben aber an der Eingangstüre stehen. Keiner von uns traute sich hinein.

Es war ein Gefühl der Unsicherheit und Angst, das uns beide überkam. Diejenigen, die uns bisher beschützt hatten, waren nicht bei uns. Sie befanden sich im Kampf. Und rein äußerlich hatten sie nichts mehr mit den Vampiren gemeinsam, die wir gerade noch so anziehend fanden.

Während wir noch ratlos vor dem Eingang standen, legte sich plötzlich eine Hand auf meine Schulter. Ich erschrak fast zu Tode, als eine ruhige Stimme zu uns sprach:

„Kommen Sie mit mir. Es gibt auch einen Hintereingang. Das erspart Ihnen den Weg durch die feiernde Menge. Und eine schöne Frau, deren Blut überall zu riechen ist, sollte den direkten Kontakt mit Vampiren tunlichst vermeiden."

Arthur – was für ein Glück! Ich hatte keine Ahnung, wo er plötzlich hergekommen war, doch das war eigentlich auch egal. Er stand uns bei, wollte helfen. Und nur DAS zählte für uns.

Erst als wir unversehrt unsere Räumlichkeiten erreicht hatten, atmeten wir auf. Wir baten Arthur in unser Zimmer, worauf er eintrat, und umgehend die Türe verschloss.

Es war offensichtlich, dass auch er die große Gefahr erkannte, in der wir uns momentan befanden. Angela fiel erschöpft auf unser Bett, ich setzte mich neben sie. Konnte ich ein leises Schluchzen hören?

„Angela, meine Süße, weinst du? Das alles ist zu viel für dich, nicht wahr? Bald sind wir zu Hause, in Sicherheit. Das spüre ich."

Tröstend legte ich meinen Arm um ihre Schultern. Sie zitterte am ganzen Leib.

„Wir ... wir gehören nicht in diese Welt, Kim. Das ist mir gerade klar geworden. So sehr ich Vasco auch liebe, es geht einfach nicht. Und ich bin mir nicht mal mehr sicher, dass ich ihn liebe. Kenne ich dieses Wesen überhaupt? Die Kreatur, die wir gerade beim Kampf gesehen haben? Er war mir völlig fremd ...", flüsterte sie leise.

Ihr Blick war starr und leer. Ich hatte den Eindruck, dass sie noch immer unter Schock stand.

„Sie wollen das Anwesen verlassen, nicht wahr?", Arthur war näher gekommen. Er blickte ernst in meine Augen, dann sah er zu Angela.

Konnte er unseren Schmerz fühlen? Vor allem aber konnte er ihn verstehen und würde er uns helfen?

Er war der treue Diener der Gebrüder Santos – und wir mussten damit rechnen, dass er uns am Fortgehen hindern würde. Ich musste plötzlich wieder an Flora denken – was würde mit ihr geschehen? Und wo befand sie sich gerade?

„Ich werde mit Nicolas reden. Es ist sicherlich vernünftiger, mit seiner Erlaubnis das Haus zu verlassen. Sicherlich wollen Sie nicht, dass er Sie jagt. Oder täusche ich mich?"

Wir sahen uns überrascht an. Wie sollte das denn funktionieren?

„Arthur, vielen Dank für Ihre Hilfe, für Ihr freundliches Angebot. Aber ich denke nicht, dass man uns freiwillig gehen lassen wird. Wie stellen Sie sich das vor?"

Ich hatte noch immer das Bild der blutgierigen Bestie vor mir, das ich soeben gesehen hatte. Er würde uns niemals gehen lassen – schon seines Kindes wegen, das vielleicht gerade in meinem Körper heranreifte.

„Bitte lassen Sie das meine Sorge sein, Kimberly. Glauben Sie mir, Flucht ist keine Lösung. Für niemanden. Eine qualvolle, sinnlose Jagd würde beginnen, die Sie Ihr Leben kosten könnte. Wenn ein Vampir jagt, besonders ein so mächtiger Vampir wie

Nicolas Santos, gibt es keine Gewinner außer ihn."Wir hatten Arthur aufmerksam zugehört, und wussten, dass er recht hatte.

Unser Vertrauen in den alten Mann war groß, warum auch immer. Er strahlte diese Herzenswärme aus, unendlich viel Güte. Wie ein solcher Mann einer Familie von Blutsaugern dienen konnte, war mir persönlich ein absolutes Rätsel.

„Und wann sprechen Sie mit Nicolas ... und mit Vasco ...?"

Angelas Frage kam so leise über ihre Lippen, dass man sie kaum hören konnte. Ihr Schmerz war groß, ich konnte es so deutlich spüren, dass es mir schon selbst wehtat. Ich wollte ihr so gerne helfen, aber wie? Egal, was ich in den letzten Stunden durchgemacht hatte, das war gerade nicht mehr wichtig. Ein gebrochenes Herz war sicherlich tausendmal schlimmer. Sie würde den Mann aufgeben, der ihr Blut zum Kochen brachte – und der dieses zauberhafte Lächeln auf ihre Lippen zauberte.

Arthur lief langsam zur Türe, drehte sich noch einmal zu uns um:

„Ich werde das schnellstens tun. Sie haben mein Wort. Aber nun muss ich nachsehen, was aus den Kämpfern geworden ist. Ich bin mir sicher, es gab einige Verletzte. Ich werde die Türe verschließen – zu Ihrer eigenen Sicherheit. Ich hoffe, Sie akzeptieren das."

Er hatte den Raum gerade verlassen, als er noch einmal zurückkam:

„Es ... es tut mir unendlich leid. Gerade auch für Sie, liebe Kimberly. Ich weiß, was Sie ertragen mussten. Ich wünschte, ich könnte Ihnen beweisen, dass weder Nicolas noch Vasco bösartig sind. Aber ich befürchte, dafür ist es zu spät. Sie haben sich entschieden."

Mit einem lauten Krachen fiel die Türe ins Schloss. Angela und ich waren alleine.

Nach einem kurzen Moment regungslosen Schweigens stürzte Angela zum Fenster. Ich wusste warum, und tat es ihr gleich.

Da standen wir nun, die Nasen an die Scheibe gedrückt – und doch ohne Chance, irgendwas von dem zu sehen, was dort wohl passierte.

„Du machst dir große Sorgen um Vasco, nicht wahr? Denn trotz allem liebst du ihn."

Ich sah sie traurig an.

Sie so leiden zu sehen, tat mir unsagbar weh. Sie schaute wie gebannt aus dem Fenster und antwortete leise:

„Und um wen sorgst du dich, meine liebste Freundin? Um Jacques? Oder um ... Nicolas?", sie drehte den Kopf zu mir, sah mich fragend an.

Doch ich blieb ihr die Antwort schuldig, lief wortlos vom Fenster weg.

Verdammt, wie sollte ich überhaupt antworten? Ich wusste es nicht! Ich spürte eine sonderbare Leere in mir, als würde ich gerade alles verlieren, was mir wichtig war. Und gleichzeitig hatte ich keine Ahnung, wer oder was mir wichtig war. Abgesehen von Angela natürlich. Ich überging ihre Frage:

„Es ist nicht wirklich wichtig, um wen wir uns sorgen, nicht wahr? Wir müssen hier weg, nur das zählt jetzt. Wir haben mit eigenen Augen gesehen, was sich hinter den schönen Gesichtern von Vasco, Nicolas und Jacques tatsächlich verbirgt. Das sollte uns in unserem Vorhaben unbedingt bestärken."

Angela nickte mir zu, dann sah sie erneut aus dem Fenster. Ich wusste von dem Kampf, der tief in ihr tobte. Die Liebe zu Vasco, der sie sich nicht mehr sicher war. Der Schreck über das, was sie vorhin gesehen hatte. Und die Angst um uns beide – dass auch wir Opfer dieser Vampire werden könnten.

Ich wollte zu ihr, wollte sie trösten. Doch ich spürte genau, dass es nichts gab, was ihr wirklich helfen konnte. Erst dann, wenn wir diesen düsteren Ort verlassen würden, gäbe es wieder Hoffnung ...

Hoffnung, in unser altes Leben zurückzukehren..und alles zu vergessen, was wir hier erleben mussten ...

Wir schreckten beide auf, als unsere Zimmertüre energisch aufgerissen wurde.

Instinktiv stürmte Angela auf mich zu und legte den Arm um mich. Ob sie mich schützen wollte oder umgekehrt, war mir in diesem Augenblick nicht wirklich bewusst. Wir starrten zu den beiden Männern, die nun in der Mitte des Raumes standen: Nicolas und Vasco.

Sie sahen furchtbar aus: Ihre Kleidung war zerrissen, ihre Haare hingen schmutzig in ihre Gesichter. Und auch diese waren gezeichnet von einem sehr blutigen Kampf. Unzählige Schnittwunden und aufgesprungene Lippen waren der Preis für einen Streit, der mir so unsinnig erschien. Aber sie lebten – und ich fühlte eine große Erleichterung. Aber Jacques? Was war mit ihm,

Als hätte Nicolas meine Gedanken erneut gelesen, trat er einen Schritt auf uns zu. Instinktiv wichen Angela und ich ein Stück zurück.

„Jaques lebt, falls dich das beruhigt, Kimberly. DAS hat dich doch am meisten beschäftigt, nicht wahr?"

Seine Stimme klang kalt - eiskalt! Und das Lächeln, das nun seine Lippen umspielte, sah spöttisch aus.

Himmel, wie sehr schien mich dieser Mann zu hassen. Jedenfalls erweckte es diesen Eindruck. Ich wollte etwas sagen, wollte mich rechtfertigen, aber kein Wort kam über meine Lippen.

Ich sah nur diese Augen ... diese wunderschönen Augen, die mich traurig ansahen ... konnte das wirklich sein? Widersprach es nicht allem, was ich bisher von diesem gefühlskalten Blutsauger erfahren durfte?

Vasco, dessen Verletzungen noch zahlreicher erschienen, stand inzwischen ganz nahe bei Angela. Zuerst sah er sie nur an, stumm und voller Verzweiflung.

Ich drehte mich zu ihr und sah die Tränen in ihren Augen. Vasco nahm ihre Hand, voll Hoffnung ... panisch zog sie diese zurück und schrie ihn an:

„Lass mich, hörst du? Fass mich nie wieder an! Du ... was bist du überhaupt? Ihr habt nicht nur Kimberly in Gefahr gebracht, nein. Ich habe heute auch dein wahres Gesicht gesehen, Vasco Santos. Ich will deine Nähe nicht mehr, hast du gehört?“

So hatte ich Angela noch niemals erlebt – und ich musste sie in den Arm nehmen, damit sie sich ein wenig beruhigte. Dabei ließ ich Vasco nicht aus den Augen.

Gott, er tat mir wirklich leid. Was er auch immer getan hatte, wer er auch war, Angela bedeutete ihm alles ... ein Blick in seine Augen sagte mehr als tausend Worte.

Er entfernte sich von ihr und machte eine kurze, elegante Verbeugung. Erst vor Angela, dann vor mir. Ohne auch nur ein Wort zu sagen, verließ er das Zimmer.

Wir waren alleine mit Nicolas. Ich hielt Angela noch immer im Arm, vernahm ihr leises Schluchzen. Jegliche Angst war von mir gewichen – auch die Angst vor Nicolas. Stattdessen spürte ich nur noch Dunkelheit und Trauer. Alles schien plötzlich so anders zu sein – endgültig ...

Nicolas sah mich noch immer an, doch sein Blick war leer. Er hob seine Hand, und für einen Moment befürchtete ich, er wolle mich schlagen. Stattdessen streichelte er sanft über meine Wange, dann über die Wunde an meinem Hals. Ich fühlte eine angenehme Wärme, als sich diese unverzüglich schloss.

Ich griff an meinen Hals und stellte verwundert fest, dass meine Haut dort unversehrt war – als hätte mich Jacques niemals gebissen. Dann trat auch Nicolas zurück und sprach mit monotoner Stimme:

„Ihr seid frei – geht zurück in Eure Welt. Sobald es hell ist, seid ihr sicher. Arthur wird Euch nach Hause bringen."

Ich konnte nicht glauben, was ich eben gehört hatte.

„Und..und das Kind? Ich meine, wenn ich überhaupt schwanger bin ..."Er ließ mich nicht ausreden:

„Du BIST schwanger, Kimberly. Ich weiß es, ich fühle es. Du wirst meinen Sohn zur Welt bringen, und danach triffst du deine Entscheidung. Du kannst mit ihm bei uns leben, oder du übergibst ihn an mich. Ich würde dir die zweite Variante empfehlen. Wir passen nicht zusammen – das hat sich heute wohl mehr als deutlich gezeigt."

Obwohl ich sehr erleichtert war, dieses Anwesen verlassen zu dürfen, stieg erneut kalte Wut in mir hoch. Die Arroganz, die er gerade wieder an den Tag legte, war unfassbar.

„Du hast Recht, Nicolas. Ich möchte keinesfalls mit dem Mann unter einem Dach leben, der mich vergewaltigt hat – körperlich und seelisch."

Ich konnte selbst kaum glauben, dass ich das gerade gesagt hatte. Und noch erstaunlicher war, dass er mich nun anstarrte, als habe ich ihm mit der Faust direkt in das Gesicht geschlagen. Er öffnete den Mund, als wollte er etwas erwidern. Ich erwischte mich dabei, dass ich sehnsüchtig darauf wartete. Doch er überlegte es sich im letzten Moment anders und schwieg.

Verdammter Idiot! Ich grollte innerlich und wollte nur noch, dass er verschwindet. Aus diesem Raum und aus meinem Leben – für immer!

Und genau das tat er in diesem Augenblick. Ohne sich noch einmal umzudrehen, hatte er fast fluchtartig unsere Gemächer verlassen. Noch einmal hörte ich diese Stimme in meinem Kopf, und mein Herz begann zu rasen ...Leb wohl Kimberly...und verzeih mir ... wenn du kannst ...

Die Heimfahrt verlief erwartungsgemäß ruhig – niemand sprach ein Wort.

Während Arthur am Steuer der edlen Limousine saß, wohl nur eines der teuren Autos, die Nicolas und Vasco gehörten, waren Angela und ich auf dem Rücksitz damit beschäftigt, unseren Gedanken nachzugehen …

Plötzlich war alles so schnell gegangen: Unbehelligt hatten wir in Begleitung von Arthur das Anwesen verlassen. Dabei begegnete uns nicht einer der Vampire. Es war fast schon gespenstisch. Keine Stimme war zu hören, auch die Musik schien längst verklungen.

Wenn ich mir nicht sicher gewesen wäre, alles leibhaftig erlebt zu haben, hätte ich allmählich daran geglaubt, einen bösen Traum geträumt zu haben. Selbst die Wunde an meinem Hals war verheilt – was ich Nicolas zu verdanken hatte …

Nicolas … dieser Name, den ich wohl niemals wieder vergessen würde. Seine Augen, als er uns gehen ließ … seine Worte in meinem Kopf … das alles verwirrte mich weitaus mehr, als ich es je erwartet hätte.

Wer war dieser Mann wirklich? Wo waren seine Überheblichkeit und seine Kälte geblieben, als er noch einmal zu mir gesprochen hatte? Vor allem aber, wie würde das alles nun weiter gehen? War ich tatsächlich schwanger? Wenn ja, wie sollte ich mich nun verhalten?

Ich war zu müde, zu erschöpft, um genauer darüber nachzudenken. Stattdessen griff ich nach Angelas Hand und bemerkte, dass sie zitterte.

Himmel, sie tat mir so unendlich leid! Sie war sich so sicher gewesen, in Vasco den Mann ihrer Träume gefunden zu haben.

Ganz gleich, ob er nun Mensch oder Vampir war. Doch die Realität hatte sie grausam erwischt, als sie das wahre Gesicht der Vampire erkannt hatte. Wobei ich mich nun schon wieder fragte, was deren wirkliche Identität tatsächlich war.

Sie hatten gekämpft, ja – sie hatten sich äußerlich verändert, und das nicht unbedingt zu ihrem Vorteil. Auch das stand außer Zweifel. Aber hatten wir deshalb das Recht, diese Geschöpfe der Nacht als Monster zu verurteilen? Ich wusste es einfach nicht.

„Ach Kim, ich möchte nur noch nach Hause. Ein heißes Bad, ein schönes Glas alten Rotwein dazu – und dann ins Bett. Ich bin so müde, so unendlich müde …"

Sie erwiderte den Druck meiner Hand. Ich nickte ihr lächelnd zu. Auch wenn ihr Schmerz ein anderer war, als der, den ich empfand, so konnte ich doch genau fühlen, wie sehr sie litt.

„Soll ich heute Nacht bei dir bleiben? Ist dir das lieber?"

Endlich sah ich wieder ein zaghaftes Lächeln auf Angelas Lippen, was mein Herz sofort erwärmte.

„Das wäre unheimlich lieb von dir. Ja, gerne! Wenn du es mir verzeihst, dass ich eher wortkarg bin? Mir ist gerade nicht so sehr nach Konversation."

Darauf musste ich nicht antworten. Angela und ich kannten uns lange genug, um die Wünsche des anderen jederzeit zu respektieren. Außerdem musste ich mir eingestehen, dass mir das sehr gelegen kam – ich war ebenfalls nicht in Stimmung für tief greifende Gespräche.

Als Arthur die schwarze Limousine vor Angelas Haus parkte, gab er uns das Versprechen, mein eigenes Auto am nächsten Tag vorbei zubringen.

Sein freundliches Lächeln war verschwunden – Traurigkeit und Sorge waren in seinen Augen zu lesen.

„Ich werde hin und wieder nach Ihnen sehen, wenn Sie erlauben. Und bitte denken Sie daran, liebste Kimberly: Ich bin immer für Sie da, wenn Sie mich brauchen. Das gilt natürlich für Sie beide."

Dankbar umarmte ich ihn – ich konnte einfach nicht anders. Angela tat es mir gleich. Wir hatten Arthur in unser Herz geschlossen, und wir wussten, er würde uns sehr fehlen.

„Bitte seien Sie vorsichtig … passen Sie gut auf sich auf. Ich kann nicht ständig ein Auge auf Sie haben. Trauen Sie niemand und überlegen Sie zweimal, ehe Sie ihre Haustüre öffnen. Sie sind nun wieder in ihrem alten Leben und doch … doch wird es nicht mehr so sein, wie es einmal war."

Seine Worte verwirrten uns. Angela machte gerade Anstalten, ihn diesbezüglich zu befragen, als er in den Wagen stieg und unverzüglich den Motor startete. Sie lief ihm nach, wollte ihn so nicht gehen lassen. Doch Arthur war schneller – er ignorierte ihr energisches Klopfen an die Fensterscheibe des Wagens. Stattdessen fuhr er eiligst davon.

„Was war denn das?", fragte ich kopfschüttelnd, während ich an Angelas Seite trat.

„Hören diese Geheimnisse, diese versteckten Warnungen denn nie auf? Worauf sollen wir denn nun schon wieder aufpassen?"

Ich konnte den leichten Anflug von Zorn in meiner Stimme nicht völlig verbergen. Meine Freundin legte ihren Arm um meine Schulter:

„Ach vergiss es, Kim. Lass uns reingehen. Hier draußen ist es furchtbar kalt. Wir sind wieder daheim – in unserem alten Leben. Vasco und Nicolas gehören der Vergangenheit an."

Ich musste unwillkürlich grinsen, weil ich den Trotz in Angelas Stimme vernommen hatte.

„Du bist gut – ich trage vielleicht den Nachwuchs dieses Oberblutsaugers in mir. Wird etwas schwierig, den dazugehörigen Erzeuger zu vergessen!"

Angelas herzhaftes Lachen tat mir so unsagbar gut. Ein wenig erleichtert betraten wir ihr Haus und stellten voller Freude fest, dass sich hier nichts verändert hatte. Fast nichts – bis auf uns … wir waren nicht mehr dieselben Frauen wie früher. Doch im Augenblick war noch keine von uns beiden bereit, diesen Umstand offen zuzugeben.

Plötzlich drehte mich Angela zu sich und sah mich lange an. Es folgte eine liebevolle Umarmung, die mehr sagte als alle Worte der Welt.

„Hast du schon einmal daran gedacht, diese Schwangerschaft zu unterbrechen? Ich meine, wenn du tatsächlich schwanger bist. Das bleibt ja noch abzuwarten."

Ich löste mich von ihr und starrte sie an:

„Ich habe auch schon daran gedacht, wenn ich ehrlich sein soll. Ich bin erst wenige Stunden schwanger, wenn Nicolas recht hat. Da habe ich noch alle Möglichkeiten. Aber ich hätte nie gewagt, laut darüber nachzudenken. Du bist ja eigentlich ein Gegner solcher Maßnahmen, nicht wahr? Genau wie ich. Aber in diesem Falle..".

Wir beendeten das Gespräch an dieser Stelle, weil wir beide merkten, dass uns einfach gerade die Kraft fehlte, um solch schwerwiegende Entscheidungen zu treffen.

Angela gönnte sich ihr heißes Bad, auf das sie sich so sehr gefreut hatte. Ich tauschte meine vornehme Abendkleidung gegen einen gemütlichen Hausanzug aus Angelas Schrank. Nachdem ich im Anschluss eine Kanne Tee gekocht hatte, zog ich mich in ihr gemütliches Wohnzimmer zurück. Dort legte ich mich auf ihr herrlich weiches Sofa und fühlte mich fast schon wieder gut. Noch schnell den Fernseher anschalten, und die Ablenkung wäre perfekt.

Ablenkung ...? Von was eigentlich? Verdammt Kimberly, nun reiß dich endlich zusammen! Du bist zurück in deiner Welt! Und dort ist kein Platz für Vampire oder andere Schauergestalten. Sei glücklich und dankbar, dass du verhältnismäßig unbeschadet davon gekommen bist. Angela ebenso!

Angestrengt versuchte ich, dem laufenden Fernsehprogramm zu folgen. Doch so sehr ich mich auch bemühte, ich konnte nicht verhindern, dass meine Augen immer schwerer wurden ... ehe ich einschlief, sah ich noch einmal die Gesichter zweier faszinierender Männer vor mir ... Nicolas und Jacques ...

„Wach auf, Du alte Schlafmütze! Lass uns ein wenig raus gehen, das Wetter ist einfach genial!"

Schlaftrunken öffnete ich die Augen – wie konnte mir Angela das nur antun? Ihre laute, fröhliche Stimme war wie ein Schlag ins Gesicht. Sie schien wieder ganz und gar die „alte" Angela zu sein.

Eigentlich hätte ich mich darüber freuen sollen, doch in diesem Moment überlegte ich ernsthaft, warum diese Person meine beste Freundin war.

„Um Himmels willen, Süße! Mach mal langsam. Ich habe geschlafen wie ein Stein. Du solltest langsam wissen, dass ich diese Art geweckt zu werden, nicht wirklich schätze."

Ich setzte mich langsam auf, und bemerkte sofort, dass meine Schlafposition wohl nicht die beste gewesen war: Mein Rücken tat weh, und auch mein Nacken schmerzte heftig. Ich hatte also tatsächlich die letzten Stunden auf der Couch meiner Freundin zugebracht.

„Oh je, Du siehst aber nicht gut aus. Hast du schlecht geschlafen?"

Angela stand vor mir und lachte mich fröhlich an. Sie hielt mir eine herrlich duftende Tasse Kaffee unter die Nase. Sofort war ich versöhnt – obwohl ihre Bemerkung eindeutig sarkastisch gemeint war.

„Nun schau doch nicht so böse, meine liebe Kim! Wir sollten den Tag genießen, und glücklich sein, dass wir unser altes Leben wieder haben. Eine Weile sah es nicht so aus, als würden wir das alles wiedersehen. Oder?"

Fast schon übertrieben freudig tänzelte Angela im Wohnzimmer herum. Als ich sie betrachtete, fiel mir erneut auf, wie hübsch sie war.

Sie trug hautenge Jeans, die ihre makellose Figur perfekt zur Geltung brachten. Ein ebenfalls sehr enges Oberteil mit tiefem Ausschnitt betonte ihre festen Brüste. Die langen Haare hatte sie locker zusammengebunden. Und sie trug sogar ein wenig Make-up. Kurz und gut, sie war eine richtige Augenweide!

„Du siehst klasse aus, weißt du das? Also gut, dein Frohsinn wirkt schon langsam ansteckend auf mich. Lass mich kurz den Kaffee austrinken, dann mache ich mich ein wenig frisch und ziehe mich um. Wenn du also unbedingt nach draußen möchtest, warum nicht."

Ich gab auf – ich kannte meine Freundin gut genug, um zu wissen, dass sie keine Ruhe geben würde, ehe sie ihren Willen bekam. Außerdem war mir im Augenblick alles angenehm, was sie ein wenig von Vasco ablenken würde. Ablenkung ja – das konnten wir beide sehr gut gebrauchen ...

Angela und ich verbrachten einen wirklich schönen Tag – einem ausgedehnten Spaziergang folgte ein fantastisches Essen in unserem Lieblingslokal „The Crown" und zum Abschluss gönnten wir uns einige exotische Cocktails in dem gemütlichen Pub nebenan. Nicht einer von uns erwähnte die Ereignisse der letzten Tage – und nicht einmal fielen die Namen Nicolas, Vasco oder Jacques. Doch ich kannte meine Freundin gut genug ... ein Blick in ihre Augen signalisierte mir, dass ihre gute Laune nur gespielt war.

Beim zweiten Cocktail, der allmählich meine Sinne ein wenig vernebelte, wagte ich dann doch den Vorstoß:

„Du vermisst ihn, nicht wahr? Du denkst an Vasco ... habe ich recht?"

Angela senkte ihren Blick und spielte mit dem Strohhalm in ihrem Glas. Schon bereute ich meine Frage, als sie mit zitternder Stimme antwortete:

„Ja ... ja verdammt – ich kann an nichts anderes denken! Kim, ich werde fast verrückt – wie soll ich diesen Mann nur aus meinem Kopf verbannen? Und ... und aus meinem Herzen? Kannst du mir das sagen?"

Ich sah, dass ihre Augen feucht waren – krampfhaft versuchte sie, ihre Tränen zurückzuhalten. Doch ich konnte ihr keine befriedigende Antwort geben, ich war selbst viel zu verwirrt. Da war noch immer Nicolas, der sich zum Schluss so seltsam benommen hatte. Aber auch Jacques – von dem ich noch nicht einmal wusste, wie es ihm ging.

Es war verrückt – da waren wir also, zwei durchaus attraktive Damen im besten Alter, die gerade einer Katastrophe entkommen waren. Die wirklich die einmalige Chance bekamen, ihr Leben noch einmal zu leben – mit dem Geld, das der Verkauf des Hauses an die Santos-Brüder eingebracht hatte. Und selbst die Schwangerschaft, von der ich nicht einmal wusste, ob es sie gab, schien plötzlich nicht mehr so dramatisch zu sein – ich würde sie im Zweifelsfalle unterbrechen. Egal, wie Nicolas darauf reagieren würde ...

Und was taten wir? Wir saßen wie zwei Häufchen Elend in einem der schönsten Pubs im Süden Englands, mit den wohl teuersten Cocktails, und bemitleideten uns. Es war einfach grotesk!

„Komm, lass uns gehen. Es wird allmählich voll im Pub. Und ich habe keine Lust auf große Menschenansammlungen."

Angela nickte zustimmend, dann zuckte sie zusammen.

„Was ist denn los, Süße?", fragte ich besorgt. Wortlos schaute sie durch das kleine Fenster nach draußen, und ich verstand sofort: Es war dunkel geworden. Die verführerisch süffigen, und durchaus starken Getränke, hatten uns jegliches Zeitgefühl genommen.

Warum auch immer, die Dunkelheit erfüllte uns mit Panik – jede von uns! Aber warum eigentlich? Wir hatten das Anwesen verlassen – sogar mit Einwilligung von Nicolas Santos. Was hatten wir zu befürchten?

„Angela, wir werden allmählich paranoid, weißt du das? Früher sind wir auch ständig ausgegangen, nicht wahr? Und meist war es schon dunkel, ehe wir das Haus überhaupt verlassen hatten. Wir sollten ruhiger werden, sonst drehen wir noch durch."

Ich nahm Angelas Hand und wir liefen gemeinsam nach draußen.

Was war es für eine Wohltat, die Frische der Nachtluft einzuatmen. Ich fühlte mich für einen Moment einfach wunderbar – und frei ...

Wir schlenderten langsam in Richtung Taxi, denn Arthur hatte es bisher leider versäumt, unser Auto zurückzubringen.

„Hoffentlich sehen wir das überhaupt noch mal", meinte Angela.

Und ich fügte schnippisch hinzu:

„Nun, eventuell musst DU nun ein Kind von Vasco bekommen – als Tausch für den Wagen."

Zuerst bestrafte mich meine Freundin mit einem bitterbösen Blick, doch dann musste sie herzhaft lachen.

„Du verlierst deinen Humor wohl nie, oder?"

Ich schüttelte den Kopf und grinste sie fröhlich an. Warum konnte das Leben nicht immer so einfach sein, wie in diesem Augenblick?

Als wir das Taxi fast erreicht hatten, erstarrt ich: Dieser Mann, der gerade aus der Türe eines anderen Pubs kam, erinnerte mich sofort an ... nein, das konnte nicht sein! Dieser Mann war viel jünger, seine Kleidung eher salopp: enge Jeans und schwarze Lederjacke. Ein herrlicher Kontrast zu seinen blonden Haaren und seinen wunderschönen Augen ... diese Augen! Ich irrte mich nicht, ich war mir sicher.

Schnell zerrte ich meine Freundin zur Seite – als wollte ich damit verhindern, dass man uns sah. Fast wäre Angela gestolpert, da sie mit so einer Aktion nicht gerechnet hatte.

„Kim, was zur Hölle machst du mit mir? Die Cocktails sind dir wohl wirklich zu Kopf gestiegen, oder? Hast du einen Geist gesehen? Das tat weh!“

Doch ich hörte Angelas Worte nicht wirklich. Noch immer hatte ich den Mann im Visier, der durch sein außergewöhnlich attraktives Aussehen auffiel. Vor allem in so einem kleinen Nest wie diesem hier.

Nein, ich täuschte mich nicht, ich war mir ganz sicher!

„Angela, bitte erschrecke jetzt nicht. Aber da hinten ist Jacques. Und ich glaube kaum, dass sein Erscheinen ein Zufall ist.“

Meine Freundin hielt sich die Hand vor den Mund, als wollte sie verhindern, dass sie einen Schrei ausstieß. Nun war sie es, die an mir zerrte – und zwar in die hinterste Ecke, die sie überhaupt finden konnte.

„Angela, nicht so auffällig! Also wenn er uns jetzt nicht gesehen hat, weiß ich auch nicht mehr. Tausend Dank!“

Ärgerlich fauchte ich sie an, was mir aber bereits im nächsten Moment wieder leidtat. Doch Angela war nicht nachtragend, niemals – wir waren viel zu lange beste Freundinnen, als dass sie meine spitze Zunge noch wirklich in Rage bringen konnte. „Mensch Kim, was will der hier? Das ... da stimmt doch was nicht, oder? Wagen sich die Vampire nun schon soweit vor? Suchen sie hier neue Opfer ... oder was?"

Achselzuckend beobachtete ich den blonden Mann, zu dem sich nun plötzlich eine schöne Frau gesellte. Die beiden unterhielten sich angeregt, als sie ihm einen Kuss auf die Wange hauchte. Sie schien den Kopf in unsere Richtung zu drehen, und nun war es Angela, deren scharfes Auge sofort die Situation erfasste:

„Das ist doch wohl nicht wahr, oder? Was ist das hier? Der Tanz der Vampire oder Ähnliches? Oder vielleicht wie ein Meeting? Süße, erkennst du nicht die Frau an der Seite deines blonden Verehrers? Das ist Atheka, unsere alte Freundin."

Der sarkastische Unterton in Angelas Stimme war nicht zu überhören. Ich streckte den Hals, um besser sehen zu können. Meine Freundin hatte recht, nun erkannte ich sie auch.

Warum auch immer, mir gefiel das nicht - obwohl ich sehr erleichtert war, Jacques lebendig zu sehen. Wenn es überhaupt möglich war, ein Geschöpf der Nacht als „lebendig" zu bezeichnen.

„Wir laufen jetzt schnell, aber trotzdem unauffällig zu dem Taxi da hinten, okay? Ich denke nämlich, wir sollten hier dringend verschwinden. An Zufälle glaube ich nicht, du kennst mich ja."

Angela nickte energisch und wir machten uns auf den Weg. Ich war mir absolut sicher, dass uns die beiden nicht bemerkt hatten, als wir das Taxi unserer Wahl erreicht hatten. Gerade wollte ich die Türe öffnen, als ich eine Hand auf meiner Schulter spürte.

„Kimberly...meine schöne Kimberly. Ich dachte schon, wir sehen uns niemals mehr wieder. Nicolas hat dich also wirklich gehen lassen? Oh, und deine bezaubernde Freundin ist ja auch hier."

Ich erstarrte, und wagte es nicht mich umzudrehen. So ein Mist – das war ja gründlich schief gelaufen.

„Kimberly, Angela – wie schön euch wiederzusehen!"

Atheka – nun blieb mir keine Wahl, und ich drehte mich langsam in die Richtung, aus der die Stimmen kamen. Jacques stand direkt vor mir, und seine strahlenden Augen nahmen mich sofort gefangen.

Himmel, dieser Mann sah einfach umwerfend aus!

Doch er ist ein Vampir – vergiss das nicht! Fast hätte er von dir getrunken!

Meine innere Stimme rief mich zur Vernunft. Ich löste meinen Blick von ihm und suchte nach Angela. Diese stand inzwischen neben Atheka, die freundschaftlich ihren Arm um deren Schulter gelegt hatte. Instinktiv eilte ich auf die beiden zu, als müsste ich Angela beschützen.

„Lass sie los, Atheka! Was wollt ihr überhaupt hier? Und was wollt ihr von uns?"

Ich baute mich drohend vor Atheka auf.

„Kimberly, was ist denn los mit dir? Habe ich dir irgendetwas getan? Wenn ja, dann sage es mir. Ich dachte, wir sind Freunde?"

Eigentlich hatte sie ja recht, und doch hatte ich ein ungutes Gefühl, das ich nicht beschreiben konnte. Schuldbewusst sah ich von Atheka zu Angela – hatte ich wirklich zu heftig reagiert? Lag es einfach daran, dass ich diese ganze Vampirgeschichte vergessen wollte? Ob es mir nun gelang oder nicht?

Während Atheka noch immer die Nähe Angelas suchte, fühlte ich eine aufkommende Hitze in mir – ausgelöst durch einen kraftvollen männlichen Körper, der sich von hinten an mich schmiegte ... Jacques!

Mir wurde gleichzeitig heiß und kalt, und es fiel mir schwer, ein lustvolles Stöhnen zu unterdrücken. Herr im Himmel, dieser Mann verstand es wirklich, eine Frau um den Verstand zu bringen. Und das alleine durch seine pure Anwesenheit. Schon dieser Umstand bewies mir erneut, warum ich die Nähe dieser Wesen künftig meiden wollte ...

„Kimberly...Kim ... hast du bereits vergessen, was erst vor wenigen Stunden geschehen ist? Ich habe deinen herrlich weichen Körper gespürt ... -dein süßes Blut gerochen ... und fast davon getrunken. Es war alles so perfekt, nicht wahr? Erinnerst du dich daran? Wie sehr du es wolltest, meine Schöne?", leise flüsterte er mir ins Ohr, wobei sein heißer Atem meinen Hals liebkoste.

Ich wehrte mich dagegen, so gut ich konnte – doch meine Willensstärke reichte nicht aus, um dem Zauber dieses Geschöpfes zu entkommen. Wie von selbst lehnte ich mich an ihn, ließ es geschehen, dass seine Arme mich umfingen ... mich noch fester an ihn pressten ...

„Kimberly! Hey, komm zu dir! Wir wollten nach Hause fahren, hast du das schon vergessen?"

Angela – meine Angela! Sofort brachte mich ihre Stimme in die Realität zurück. Und ich war ihr überaus dankbar dafür.

Blitzschnell entzog ich mich Jacques Umklammerung und trat neben meine Freundin. Atheka sah uns wortlos an, dann lächelte sie:

„Ihr beide seid wirklich ein eingeschworenes Team, nicht wahr? Ihr haltet zusammen, was immer geschieht. Aber bitte glaubt mir, wir wollen euch nichts Böses. Ihr möchtet wieder euer altes Leben leben, habe ich recht? Aber das geht nicht, es ist zu spät dafür. Und wenn ihr beide ehrlich seid, auch zu euch selbst, dann wisst ihr, dass ich die Wahrheit sage."

Angela und ich sahen uns entgeistert an. Hoch erhobenen Hauptes, die Arme in die Hüfte gestemmt, trat sie einen Schritt vor. Sie war nun in genauer Augenhöhe von Atheka. Ihre Worte waren laut und deutlich – und völlig frei von Angst:

„Hör mir zu, Atheka! Wir haben nichts gegen dich, auch nicht gegen Jacques, aber Kimberly hat sich von Nicolas gelöst, genauso wie ich mich von Vasco verabschiedet habe. Wir sind freie Menschen – wir durften das Anwesen verlassen. Was stört dich daran? Lass uns in Ruhe, ja?“

Voller Bewunderung beobachtete ich die Szene. Angela war einfach großartig. Trotzdem entging mir keinesfalls, dass Jacques bereits wieder hinter mir stand.

Obwohl ich ihn sehr mochte, wurde mir die Sache langsam unheimlich. Ich wollte weg, schnellstens nach Hause. „Komm, Süße - wir fahren jetzt endgültig nach Hause. Sicherlich haben Atheka und Jacques noch einiges vor diese Nacht. Ihr müsst doch durstig sein, nicht wahr? Wir wollen euch nicht länger aufhalten.“ Angela sah mich entgeistert an, als ich sie nun forsch zu dem Taxi zerrte, das wir schon einmal angesteuert hatten.

„Mein Gott, du hast ja Nerven! Wolltest du die beiden auch noch daran erinnern, dass sie blutgierige Bestien sind? Warum hast du ihnen nicht gleich vorgeschlagen, ihren Durst an uns zu stillen?“ Ich ignorierte sie zunächst, drehte mich zu den beiden Blutsaugern um und stellte erleichtert fest, dass sie wohl verschwunden waren.

Wir hatten endlich das Taxi erreicht, und schnell öffnete ich die Türe.

„Ich glaube nicht, dass es nur im Ansatz nötig ist, den beiden unser Blut anzubieten. Hast du die Augen von Jacques gesehen? Ich habe echt Panik bekommen – bitte sei mir nicht böse. Lass uns jetzt einfach heimfahren, okay?“

Angela lächelte mich gequält an, dann stieg sie in den Wagen. Ich wollte gerade neben ihr Platz nehmen, als mich eine starke Hand am Arm packte und herumriss. Ich erschrak zu Tode, dann starrte ich direkt in die verführerisch glänzenden Augen von Jacques.

Wie konnte ich nur so naiv sein – hatte ich wirklich geglaubt, dieser Mann würde sich so leicht abschütteln lassen? Er lächelte mich an, als sein Gesicht dem meinen immer näher kam. Fast war es so, als wolle er mich küssen ... ich war schon bereit ihn gewähren zu lassen, als seine Lippen meinen Hals streiften. Aus weiter Ferne hörte ich Angelas Stimme:

„Verdammt Kim – lass es nicht zu, hörst du? Wehre dich! Wehre dich endlich!“

Doch ich war wie in Trance und ließ es zu, dass er mich immer mehr in seinen Bann zog. Immer wieder küsste er sanft meinen Hals, knabberte spielerisch daran. Doch er machte keinerlei Anstalten, mit seinen Fangzähnen meine Haut zu durchbohren. Obwohl ich diese fühlen konnte – und das Gefühl war so unheimlich erregend ...

Hast du gedacht, ich lasse dich einfach gehen, meine wunderschöne Kimberly? Dachtest du tatsächlich, ich könnte dich vergessen? Gib dich mir hin ... lass dich fallen ... ich werde dich lieben, wie du noch niemals geliebt wurdest ... komm ...

Angelas Rufe wurden immer leiser ... doch Jaques Worte, so einschmeichelnd und schön, betörten mich auf eine Art und Weise, die mir völlig unbekannt war.

Er wollte gar nicht mein Blut – noch nicht. Es ging ihm diesmal um eine ganz andere Form der Begierde ... und ja, ich wollte es! Ich wollte es so sehr. Ich sehnte mich danach, seine Hände auf meinem nackten Körper zu spüren. Ich war bereit ihm alles zu geben, was er so sehr begehrte. Er brach meinen Widerstand ohne jede Mühe, ich war nur noch Wachs in seinen Händen.

Du bist bereit, mein Engel – bereit für mich. Ich fühle es ...Du möchtest mich tief in dir spüren, willst mein Eigen werden. Wehre dich nicht mehr dagegen ...Du gehörst nun mir! Sanft wurde ich hochgehoben, und wie im Traum registrierte ich, dass Jacques mich davon trug. Angela hörte ich längst nicht mehr, stattdessen war es Atheka, die nun zu mir sprach:

„Du gehörst in unsere Welt, Kimberly. Das habe ich von Anfang an gewusst. Ebenso wie deine hübsche Freundin Angela. Sie folgt uns ganz freiwillig, wie schön. Natürlich, denn sie würde dich niemals im Stich lassen. Ich freue mich, dass ihr so einsichtig seid."

Obwohl ich Athekas Worte in meinem Zustand nicht wirklich verstand, war mir klar, dass die Situation äußerst gefährlich war.

Aber ich hatte nur noch einen Gedanken: Ich wollte Jacques! Alles andere war mir im Moment völlig egal. Selbst die Sorge um Angela rückte in den Hintergrund.

Was war nur mit mir geschehen? Die Begierde nach dem blonden Vampir, mein gefallener Engel, hatte meinen Verstand komplett lahmgelegt. Selbst die Kälte der Nacht störte mich in keiner Weise ... erst das laute Quietschen von Autoreifen ließ mich für einen kurzen Moment zur Besinnung kommen.

„Gott sei Dank!", ich vernahm Angelas Stimme, dann spürte ich nur noch Kälte – jemand hatte mich aus den Armen meines Geliebten gerissen.

„Nein! Ich will zu Jacques! Lass mich sofort los! Niemand hat ein Recht dazu--- ..."

Ich war wie eine Furie. Ohne zu erkennen, wer oder was gerade an mir herumzerrte, strampelte ich, trat wild um mich. Dann wurde ich recht unsanft auf den Rücksitz eines Autos geworfen, und hörte, wie die Türen zu schlugen.

„Fahren Sie los, bitte! Schnell! Wir müssen hier weg!"

Erneut war es Angela, deren Stimme sich nun fast überschlug.

„Jacques" flüsterte ich, noch immer völlig benommen.

Der Motor des Fahrzeuges heulte auf, und wir rasten davon. Mit dieser Geschwindigkeit, davon war ich in diesem Moment fest überzeugt, würden wir keine zehn Minuten überleben. Aber auch das war mir egal ...

Jacques ... Jacques, wo bist du? Lass mich nicht alleine, hörst du?

Nur dieser Gedanke, und meine unstillbare Sehnsucht waren in mir, als der Wagen in dem ich lag, eine Vollbremsung machte ...

„Um Himmels willen, Arthur – passen Sie doch auf!"

Angelas panischer Ruf, und die Tatsache, dass ich mit dem Kopf unsanft gegen den Vordersitz schlug, ließen mich endlich aus meiner Starre erwachen. Ohne den Schmerz wirklich zu registrieren, setzte ich mich auf, und versuchte die Lage zu erfassen …

Ich befand mich in der noblen Limousine, die mir sofort bekannt vorkam. Auch wenn ich nur seinen Hinterkopf sah, wusste ich, dass Arthur am Steuer saß. Angela, neben ihm auf dem Beifahrersitz, drehte sich sofort zu mir um:

„Kimberly, bist du in Ordnung? Kannst du mich verstehen?" Ihre Augen waren voller Sorge … und Angst!

Ich nickte benommen und richtete das Wort an Arthur:

„Wie kommen Sie denn so plötzlich hierher? Und was ist hier überhaupt los? Musste diese Vollbremsung sein? Es scheint wohl schon eine ganze Weile her zu sein, seit Sie ihren Führerschein erworben haben. Tut mir leid, dass ich Ihnen das sagen muss, Arthur."

Aber er reagierte nicht auf meine Spitzfindigkeit. Gebannt schaute er aus dem Fenster. Plötzlich packte er Angelas Hand und er sprach mit fester Stimme:

„Klettern Sie zu Kimberly auf den Rücksitz. Ich werde aussteigen und mit ihm reden."

Angela schüttelte energisch den Kopf:

„Nein, Arthur! Bitte tun Sie das nicht. Bleiben Sie bei uns."

Aber Arthurs Vorhaben schien festzustehen. Entschlossen stieg er aus, und jetzt erkannte auch ich, was der Grund war, warum Arthur so plötzlich angehalten hatte.

Auf der Straße, genau vor unserem Auto stand Jacques. Sein Blick starr und leer, die Arme vor der Brust verschränkt. Sofort begann mein Herz, wie wild, zu schlagen …

Angela hatte Arthurs Befehl letztendlich doch befolgt, und saß nun neben mir. Beschützend legte sie den Arm um mich, während sie das Geschehen auf der Straße stets im Auge behielt.

„Ich muss zu Jacques! Bitte Angela, lass mich raus. Ich gehöre zu ihm, verstehst du das nicht?"

Doch sie hielt mich eisern fest.

„Kim, bitte komm endlich zu dir. Merkst du nicht, was hier gerade geschieht? Jacques manipuliert dich nach allen Regeln der Kunst. Du unterstehst komplett seinem Willen. Das darfst du nicht zulassen, hörst du? Du bist doch meine Kim – meine starke Freundin. Kämpf dagegen an, bitte! Tu es für mich!"

Doch so sehr ich mich auch bemühte, mein Herzrasen wurde immer unerträglicher. Und ich konnte Jacques Blicke so deutlich spüren, als wären es Hände, die meine Haut verbrannten.

Für einen Moment unterbrach der blonde Vampir den Augenkontakt – er sprach mit Arthur.

Leider war es uns nicht möglich, die Unterhaltung zu verstehen. Aber anhand der Lautstärke des Gespräches gab es keinen Zweifel darüber, dass die beiden keinesfalls freundlich miteinander redeten.

„Verdammt, was machen die da? Worüber streiten sie sich?"

Angela verrenkte sich fast den Hals, in der Hoffnung, irgendwie doch ein paar Gesprächsfetzen zu erhaschen. Ich wollte diesen Moment ihrer Unachtsamkeit nutzen, um schnellstens aus dem Auto zu springen.

Doch ehe ich mein Vorhaben in die Tat umsetzen konnte, veränderte sich die Szene auf der Straße ... Jacques war fort! Als hätte es ihn niemals gegeben, als wäre das eben Erlebte nur eine Halluzination gewesen! Das konnte ich einfach nicht glauben, das durfte nicht wahr sein. Jacques! Jacques, wo bist Du? Warum lässt Du mich im Stich?

Arthur blieb noch einen kurzen Augenblick in der Kälte der Nacht stehen. Fast war es so, als wollte er ganz sicher sein, dass der Vampir tatsächlich verschwunden war.

Ich kämpfte mit den Tränen, fühlte mich unsagbar einsam ... als Angela mich an sich drücken wollte, entzog ich mich ihrer Umarmung. Ich drehte mich zur Seite, und starrte aus dem Autofenster in die Dunkelheit. Ich wusste, dass ich meine Freundin mit dieser Abweisung verletzen würde – doch es war mir in diesem Moment nicht wirklich wichtig. Mein ganzes Denken wurde nur von einer einzigen Person beherrscht – von Jacques!

„Alles in Ordnung, Kimberly? Geht es Ihnen gut?"

Arthur war zurückgekommen, und startete den Motor des Autos.

Ich antwortete nicht, warum sollte ich auch? Er hatte den Mann vertrieben, nach dem ich mich so sehr sehnte ... dieses faszinierende Geschöpf der Nacht, das mich besitzen wollte. Und ich wollte IHN! So sehr, dass mir der Verlust seiner Anwesenheit einen starken Schmerz durch den Körper jagte. Was war nur los mit mir? Und warum konnte ich mich den anderen nicht mitteilen? Was geschah nur mit mir?

„Ich habe Jacques nun erst einmal abwehren können. Die Drohung, dass Nicolas Santos sein Handeln nicht akzeptieren, sogar hart bestrafen würde, zeigte durchaus Wirkung. Er bewundert Nicolas – und er fürchtet ihn. Ich glaube allerdings nicht, dass er sehr lange Ruhe geben wird. Jacques hat sich verändert, er ist rebellisch geworden ..."

Ich konnte der weiteren Unterhaltung von Arthur und meiner Freundin nicht folgen – mein Kopf war leer und meine Sinne eindeutig vernebelt. Ich spürte genau, dass etwas in mir vorging, doch ich hatte nicht die Kraft, dagegen vorzugehen. Ich wollte kämpfen, wie Angela es erhofft hatte – doch ich kam gegen das, was mich veränderte, einfach nicht an. Es war nicht menschlich, das fühlte ich ganz genau ...

„Was ist mit Kim, Arthur? Sie ... sie ist so anders. Himmel, ich habe wirklich Angst um sie! Was hat ER mit ihr gemacht? Bitte erklären Sie es mir?"

Wie aus weiter Ferne vernahm ich Angelas Stimme, erkannte die Verzweiflung in ihr. Arthur drehte sich für einen Moment zu uns und betrachtete mich voller Sorge.

„Er hat sie in eine Trance versetzt, die ich so noch nie gesehen habe. Niemals hätte ich für möglich gehalten, dass Jacques über eine derartige Macht verfügt. Wir müssen versuchen, Kimberly von seinem Einfluss zu befreien. Doch ich weiß nicht, ob wir das alleine schaffen werden, Angela."

Arthur brachte uns zurück nach Hause – in Angelas Haus. Sein Vorschlag, wir sollten doch die Nacht im Anwesen von Nicolas und Vasco verbringen, hatte meine Freundin energisch abgelehnt. Zum Glück – niemals wäre ich dahin freiwillig zurückgekehrt.

Da ich noch immer nicht fähig war zu sprechen, dankte ich Angela dafür im Stillen. Und als sie mich spontan anlächelte, hatte ich den Eindruck, als habe sie mich verstanden ... ganz ohne Worte ...

Auch den Rest des Abends verbrachte ich in dieser Art von Dämmerzustand, während sich Arthur und Angela angeregt über die aktuellen Ereignisse austauschten.

Arthur hatte uns freundlicherweise angeboten, die Nacht bei uns zu verbringen und Angela hatte dankbar angenommen.

Sie fühlte sich sichtlich unwohl – der Schock über das, was hätte passieren können, saß ihr tief in den Knochen. Das konnte sogar ich registrieren.

„Kimberly sieht sehr müde aus. Ich glaube, ich führe sie in mein Schlafzimmer. Und vielleicht sollte ich auch allmählich zu Bett gehen. Arthur, darf ich Ihnen meine Couch anbieten? Auch wenn Kim jetzt sicherlich der Meinung ist, dass dieses Teil nicht wirklich dazu geeignet ist, eine angenehme Nachtruhe zu bescheren."

Sie grinste mich an in der Hoffnung, ich würde auf diese Anspielung reagieren. Ich schaffte es tatsächlich, ihr ein zaghaftes Lächeln zu schenken – aber noch immer kam kein Wort über meine Lippen. Es war fast so, als habe mir jemand die Fähigkeit zu sprechen, einfach weggenommen.

„Vielen Dank, liebste Angela. Gerne nehme ich Ihr großzügiges Angebot an. Ich glaube allerdings nicht, dass ich wirklich ein Auge zumachen werde. Ich denke zwar kaum, dass es Jacques heute noch einmal wagen wird, die Nähe Ihrer Freundin zu suchen, aber wir sollten uns trotzdem nicht zu sicher fühlen."

Angela nickte und nahm meine Hand. Gemeinsam wollten wir gerade das Wohnzimmer verlassen, als sie sich abrupt umdrehte, und zu Arthur sprach:

"Sagen Sie mir, was hat Atheka mit der ganzen Sache zu tun? Ich dachte, sie sei eine enge Freundin von Nicolas und Vasco. Und ... ja, ich dachte, sie sei auch unsere Freundin. Lag ich falsch?"

Fast schon flehend sah sie den älteren Mann an, der eben dabei war, sein Nachtlager einzurichten. Er legte die weiche Wolldecke zur Seite, die ihm Angela überlassen hatte, und blickte auf:

„Nun, das ist eine nicht ganz unkomplizierte Geschichte. Ich würde sagen, sogar eher eine Vermutung meinerseits ... daher möchte ich noch nicht darüber reden. Bitte haben Sie Verständnis. Atheka hat in der Vergangenheit schon einmal einen großen Fehler gemacht. Dass Nicolas und Vasco ihr verziehen haben, grenzt schon fast an ein Wunder. Ich glaube, ich wäre nicht so gnädig gewesen. Aber es beweist erneut, dass Sie sich in den beiden Männern gründlich täuschen. Sie sind nicht schlecht ...", beendete Arthur seine Ausführungen.

Als er damit fortfuhr, das angebotene Sofa in sein Schlaflager zu verwandeln, signalisierte er damit, dass er die Unterhaltung nicht weiterführen wollte.

Angela war überrascht, schien aber seine Entscheidung zu akzeptieren.

„Gute Nacht, Arthur. Und vielen Dank für alles. Ich weiß nicht, was geschehen wäre, hätten Sie uns nicht rechtzeitig geholfen."

Damit ließen wir Arthur alleine, um endlich unseren eigenen Schlafraum aufzusuchen. Ich fühlte mich unendlich müde, und gleichzeitig rastlos. Ich spürte, dass ich den Schlaf dringend benötigte, und doch war mir klar, dass ich nicht wirklich zur Ruhe kommen würde.

Arthurs Worte gingen mir im Kopf herum – was genau hatte er damit gemeint, dass Atheka schon einmal einen großen Fehler begangen hätte? Und was hatte das mit mir, mit uns zu tun? Konnten wir ihr nun vertrauen oder nicht?

„Komm Süße, ziehe noch kurz dieses Nachthemd von mir an. Es dürfte dir so einigermaßen passen. Und dann versuche zu schlafen, ja? Ich weiß, dass du mich verstehst, auch wenn du momentan nicht antworten kannst. Wenn der neue Tag beginnt, sieht alles vielleicht schon viel besser aus. Ich bin bei dir, das weißt du – und ich bin immer für dich da."

Sie strich mir liebevoll über den Kopf, was ich dankbar nickend geschehen ließ.

Als wir beide endlich in Angelas großem Bett lagen, löschte sie das Licht und wünschte mir eine gute Nacht. Sie musste wirklich sehr müde gewesen sein, denn bereits nach wenigen Minuten hörte ich ein leises Schnarchen. Unwillkürlich musste ich lächeln – sie hatte mir nie geglaubt, dass sie zu diesen Geräuschen fähig war.

Ich drehte mich zur Seite und hoffte, dass ich ebenfalls schnell einschlafen würde. Aber da war diese seltsame Unruhe in mir ... so sehr ich mich auch bemühte, ich konnte die Augen nicht länger als wenige Sekunden geschlossen halten. Unruhig drehte ich mich von einer Seite zur anderen und befürchtete bereits, dass ich Angela damit aufwecken könnte. Doch sie schlief tief und fest, ihr Atem war ruhig und regelmäßig.

Ich konnte nicht anders, ich musste hier raus – egal wie!

Ich schlug die Decke zurück und erhob mich langsam aus dem gemeinsamen Bett. Natürlich stets darauf bedacht, keinerlei Geräusche zu verursachen. Doch ein kurzer Blick auf Angela zeigte mir, dass keine Gefahr bestand. Sie hatte nicht bemerkt, dass ich das Bett verlassen hatte.

Ich wusste nicht wirklich, wohin ich gehen sollte und warum – aber da war etwas, das mich antrieb ... ein stummer Befehl, das Haus sofort zu verlassen. Und ohne das weiter zu hinterfragen, folgte ich blind ...

Es war totenstill im Haus, und ich fühlte mich sicher. Erleichtert stand ich nun an der Haustür und musste diese nur noch öffnen. Jacques – ich konnte seine Nähe plötzlich spüren! Wieder begann mein Herz zu rasen. Er wartete auf mich, voller Sehnsucht. Ich musste nur noch diese Türe öffnen, dann konnte uns keine Macht der Welt jemals wieder trennen!

Komm, mein Engel ... komm zu mir! Ich bin hier, ich warte auf dich. Nur wenige Schritte, und du gehörst mir für alle Ewigkeiten ...

Ich zögerte nicht mehr, denn ich wusste ganz genau, was ich wollte: Jacques!

Leise drückte ich die Türklinke herunter, und einen Moment später befand ich mich in der eisigen Kälte der Nacht. Doch ich nahm diese nicht wirklich wahr, mein Innerstes brannte vor Verlangen. Jacques – leise flüsterte ich seinen Namen. Ich lief einige Meter, blickte ängstlich zum Haus zurück. Doch meine Furcht war unbegründet, im Haus blieb es still.

Niemand hatte mein Verschwinden bemerkt. Ich atmete auf. Ziellos lief ich in die Nacht – und doch wusste ich, dass ich auf dem richtigen Weg war. Jacques Nähe wurde immer deutlicher spürbar, obwohl er noch nicht zu sehen war. Ich meinte sogar, ihn riechen zu können. Dieser herrliche Duft, den mein blonder Engel verströmte ... würzig, männlich und absolut unwiderstehlich.

Dann trat er aus der Dunkelheit, völlig unerwartet. Ich zuckte zusammen, denn so plötzlich hatte ich mit seinem Erscheinen nicht gerechnet.

Er streckte die Hand nach mir aus, und sein Lächeln raubte mir erneut die Sinne. Er sah so verboten gut aus, dass ich kaum atmen konnte ... seine Augen funkelten sinnlich und gefährlich zugleich, die blonden Haare wirkten leicht zerzaust.

Noch immer glich er äußerlich einem Engel, doch irgendetwas an ihm hatte sich verändert. Er wirkte männlicher und gleichzeitig diabolisch. Seine Körperhaltung signalisierte hundertprozentige Entschlossenheit.

Ich begann zu zittern, denn die fast schon aggressive Erotik, die er ausstrahlte, machte mir Angst – und erregte mich zugleich ...

Als er mein Zögern bemerkte, kam er in langsamen Schritten näher. Anmutig wie eine wunderschöne Raubkatze bewegte er sich auf mich zu ... und noch immer lächelte er mich an, ließ mich keine Sekunde aus den Augen.

„Kimberly, mein schöner Engel – ich bin überglücklich, dass du meinem Rufen gefolgt bist, meine Sehnsucht teilst. Nun kann uns niemand mehr trennen. Vertraue mir!“

Er griff nach meiner Hand und zog mich nahe an sich heran. Ich konnte bereits seinen Atem spüren, und schloss hingebungsvoll die Augen. Mir war, als würde ich komplett den Boden unter den Füßen verlieren ... bereit, alles zu tun, was er von mir verlangen würde ...

Wehre Dich, Kimberly! Lass es nicht zu, dass er dich benutzt! Er hat kein Recht auf dich. Lauf davon, hörst du? Lauf – und zwar schnell! Zur Hölle, verschwinde endlich!

Diese Stimme, die mir inzwischen so vertraut war, traf mich wie ein Blitzschlag. Mir war, als würde ich aus einem langen, bösen Traum erwachen.

Ich öffnete die Augen und sah in Jacques Gesicht. Doch alles, was ich darin lesen konnte, war grenzenlose Gier ... und sein Entschluss mich besitzen zu wollen. Egal um welchen Preis, und mit welchen Mitteln er das erreichen würde.

Ich erschrak – doch nicht nur vor Jacques, sondern vor mir selbst. Wie hatte ich es soweit kommen lassen können? Ich stand mitten in der Nacht, nur mit einem dünnen Nachthemd bekleidet, in eisiger Kälte ... in den Armen eines Mannes, der offensichtlich viel gefährlicher war, als ich das je zu träumen gewagt hätte! Ich sollte fliehen? Aber wie?

Ich versuchte, mich von Jacques zu lösen. Erstaunt sah er mich an – er hatte keinesfalls mit meinem Widerstand gerechnet. Ein Blick in seine Augen offenbarte seine Verwunderung.

„Kimberly, was ist los mit dir? Du kannst dich mir gar nicht entziehen. Ich habe alle Macht über dich. Sag mir, wer hilft dir gerade? Wer versucht, uns zu trennen?“

Er sah sich um, ließ mich sogar für einen Moment los. Ohne zu überlegen, rannte ich los – egal wohin, nur weg von Jacques! Aber ich hatte mich gründlich überschätzt – und Jacques ohne Zweifel unterschätzt. Bereits nach wenigen Metern hatte er mich eingeholt und riss mich zu Boden.

„Denkst du wirklich, du kannst mir entfliehen? Bist du davon überzeugt, du wärst clever genug, um mich zu überlisten? Niemals, Kimberly! Du gehörst mir, hast du verstanden? Ich wusste es vom ersten Moment an, als ich dich sah. Lass uns vollenden, was wir angefangen haben. Hier und jetzt!"

Oh Gott, was sollte ich nur tun? Er kauerte über mir, und seine Kräfte waren meinen weit überlegen. Ich spürte seine Erregung und wusste, dass ich keine Chance hatte. Verdammt, warum war ich nicht im Haus geblieben? Warum hatte ich nicht auf Angela und Arthur gehört?

„Bitte Jacques, lass mich los. Willst du mir wirklich Gewalt antun? Ich dachte, du wärst ganz anders … anders als Nicolas. Bitte tu mir das nicht an!"Endlich hatte ich die Sprache wieder gefunden. Doch meine Stimme zitterte, und ich spürte, wie sich meine Augen langsam mit Tränen füllten. Mir war kalt, und ich spürte, wie mein Rücken schmerzte. Da der Vampir mich recht grob zu Boden gerissen hatte, hatte ich sicherlich Schürfwunden oder andere leichte Verletzungen. Aber das war momentan eher nebensächlich.

Jacques wollte mein Blut, das beunruhigte mich wesentlich mehr. Voll Begierde starrte er auf meinen Hals, sein Mund war dabei leicht geöffnet. Ich sah die messerscharfen Vampirzähne, die nur darauf warteten, meine Haut zu durchbohren …

Ich hatte mich einmal danach gesehnt, ich hatte es wirklich gewollt … aber ich wusste, dass es falsch wäre, wenn es jetzt tatsächlich geschehen würde.

Nicht hier, nicht jetzt – und nicht mit Jacques. Er hatte mich auf eine Art und Weise seinem Willen unterworfen, wie ich es ihm niemals verzeihen konnte. Hatte ich mich so sehr in ihm getäuscht?

„Tut mir leid, meine süße Kim. Ich kann es leider nicht zulassen, dass du noch einmal versuchst, davon zu laufen. Außerdem weiß ich, dass sie versuchen werden, unsere Liebe zu zerstören. Das werde ich verhindern. Du bist MEIN!"

Jacques Stimme überschlug sich beinahe, und als ich in seine Augen sah, meinte ich den puren Wahnsinn darin zu erkennen. Liebe? Von welcher Liebe sprach dieser Mann, dessen Wesen gerade so gar nichts mehr von einem Engel hatte?

Ich strampelte wild, schlug um mich und biss ihn sogar in den Arm. Ich wollte einfach alles tun, damit er begriff, dass ich mich niemals ergeben würde. Nicht jetzt, wo ich wieder im Vollbesitz meiner geistigen Kräfte war. Aber Jacques lachte nur, dann packte er meine Arme und drückte sie nach oben.

„Soso, meine kleine Kim beißt mich sogar? Eine sehr gute Idee … ich wusste nicht, dass du schon jetzt von meinem Blut trinken willst."

Er verhöhnte mich, und ich war machtlos dagegen.

Allmählich wich alle Kraft aus meinem Körper – und ich dachte ernsthaft darüber nach, mich meinem Schicksal zu ergeben. Ich war alleine … völlig alleine. Niemand würde mir zur Hilfe eilen. Die Stimme von vorhin, sie war nicht mehr zu hören.

Hatte ich mir das vielleicht nur eingebildet? Nicolas … warum auch immer, aber nun konnte ich die Tränen nicht mehr zurückhalten … Nicolas … bitte, hilf mir …!

„Sie kommt zu sich, Miss Angela. Schauen Sie nur!"

War das Arthurs Stimme, die ich vernahm? Ich öffnete langsam die Augen, mein Kopf dröhnte.

„Hallo Süße, kann man dich eigentlich nie ohne Aufsicht lassen?" Angela sprach in gespielt vorwurfsvoller Tonlage zu mir.

Als sich meine Augen an das helle Neonlicht gewöhnt hatten, war ich endlich dazu in der Lage, meine Freundin anzusehen. Sie lächelte, Gott sei Dank!

„Was ist passiert? Und bist du mir böse, Angela? Ich habe mich aus dem Haus geschlichen, als du geschnarcht hast."

Angela runzelte die Stirn, dann zwinkerte sie mir zu:

„Liebste Freundin, ich schnarche nicht, das nur einmal zu deiner Information. Was passiert ist? Das soll dir besser Arthur erzählen. Und … nein, ich bin dir nicht böse. Wie könnte ich denn?"

Liebevoll strich sie mir über das Haar – diese Frau war einmalig. Ich war so dankbar, sie zur Freundin zu haben …

Allmählich bemerkte ich, wo ich mich befand, in Angelas Wohnzimmer. Auf der Couch, die eigentlich Arthurs Nachtlager sein sollte. Aber ich konnte ihm deutlich ansehen, dass er nicht viel Schlaf bekommen hatte. Der alte Mann wirkte müde und erschöpft. Sofort bekam ich ein schlechtes Gewissen.

„Arthur, Sie sehen mitgenommen aus. Es … es tut mir so leid. Ich wollte Ihnen keinen Ärger bereiten. Ich musste einfach zu Jacques."

Ein Schauer durchlief meinen Körper, als ich den Namen des Mannes nannte, in dem ich mich scheinbar so grundlegend getäuscht hatte.

Arthur, der auf dem großen Sessel neben Angelas Fernseher Platz genommen hatte, hielt ein Glas in der Hand. Whiskey, so vermutete ich.

„Welch eine Kostbarkeit. Schottischer Whiskey, Miss Angela?"

Arthur schien mich anfangs zu ignorieren, dann stand er auf, um mir ebenfalls ein Glas zu reichen.

„Ich denke, Sie können das jetzt auch gut gebrauchen, liebste Kimberly. Es war knapp, glauben Sie mir. Sehr knapp …"

Ich nahm dankbar das Glas aus seiner Hand und starrte darauf. Durfte ich das überhaupt?

„Trinken Sie, Kind – es ist der richtige Zeitpunkt dafür. Und keine Sorge, einem Vampirbaby schadet das bisschen Alkohol in keiner Weise."

Er lächelte mich an, und sofort wurde mir warm ums Herz. Dieser Mann hatte wirklich eine sehr beruhigende Art und ein gutes Herz. Das spürte ich einfach …

„Was … was ist denn nun geschehen? Und wo ist Jacques? Wer hat mich gerettet? Es war doch fast schon zu spät …"

Ich musste schlucken, als ich die Szene erneut vor Augen hatte. Himmel, es war so verdammt knapp gewesen. Jacques hatte mich praktisch schon besiegt. Das hatte ich zumindest gedacht. Aber irgendwie hatte ich es geschafft – ich saß hier bei Angela und Arthur und ich war wohlauf.

„Wir sind mit Nicolas zusammen zu dir geeilt, Kim. Jacques muss ihn sehr fürchten, denn er ist unverzüglich abgehauen. Feiger Hund!", schnaubte Angela verächtlich.

„Nicolas war hier?", fragte ich erstaunt.

Ich musste plötzlich an die Stimme in meinem Kopf denken.

Arthur nickte. „Er hat uns davon in Kenntnis gesetzt, was dort draußen gerade passierte. Oh Miss Kimberly, liebste Kimberly – er war so voller Sorge. Und er war wütend. Wütend auf Jacques und Atheka."

Ich wollte gerade nach Atheka fragen, als Angela das Wort ergriff:

„Nicolas ist wieder gegangen. Er wollte dir nicht begegnen. Warum auch immer. Er meinte noch, dass du achtsam sein sollst. Schon eures Kindes wegen."

Wie von der Tarantel gestochen, fuhr ich hoch und knallte mein Whiskey-Glas auf den Tisch.

„Hey, lass meine Möbel heil. Die können nichts dafür. Dieser Glastisch hat mich ein Vermögen gekostet."

Angela funkelte mich für einen kurzen Moment böse an.

„Entschuldige bitte. Aber dieser Kerl, dieser Vampir, dieser grauenvolle Nicolas Santos bringt mich noch um den Verstand. Da denkt man gerade, er will einem helfen, warum auch immer, und dann? Es geht doch immer nur um seinen Balg. Den ich vielleicht nicht mal bekommen werde!"

Arthur sah mich entsetzt an:

„Was meinen Sie damit, Kimberly? Und warum regen Sie sich überhaupt so auf? Kann es sein, dass Ihnen Nicolas doch viel mehr bedeutet, als Sie zugeben wollen?"

„So ein Blödsinn! Wie kommen Sie denn darauf? Natürlich nicht!", fauchte ich ihn an.

Ich spürte sofort, dass ich eindeutig zu heftig reagiert hatte. Aber ich war zu aufgebracht, um mich zu entschuldigen.

„Ich gehe schlafen, wenn niemand etwas dagegen hat."

Doch als ich Anstalten machte, den Raum zu verlassen, hielt mich Angela zurück:

„Bitte warte einen Moment, Kim. Wir müssen besprechen, wie es weiter geht. Ich denke, hier kannst du nicht bleiben. Und zu dir nach Hause kannst du auch nicht gehen. Jacques wird nicht aufgeben. Dahingehend sind wir uns alle einig…Nicolas ist auch fest davon überzeugt."

Ich antwortete genervt:

„So, der gute Nicolas meint das also? Ja dann … und was schlägt er Herr vor, was ich künftig tun soll? Nach Australien auswandern? Auf den Mond fliegen? Oder soll ich ihn vielleicht heiraten? Wir können uns ja dann einen Sarg teilen. Himmel, wie romantisch!"

Ich hatte wohl so theatralisch mit den Händen herumgefuchtelt, dass Arthur plötzlich anfing, laut zu lachen. Angela versuchte noch einen kurzen Moment, die Fassung zu wahren, dann stimmte sie lauthals mit ein.

Das herzhafte Lachen von Arthur und Angela brach das Eis – ich spürte, wie ich mich zunehmend entspannte. Ich ließ mich auf die gemütliche Couch fallen, und war nun bereit zu reden:

„Gut, dann sagt mir bitte, was kann ich tun? Soll ich nun mein Leben lang davon laufen? Vor wem eigentlich? Von Jacques? Oder von Jacques und Nicolas? Bitte klärt mich auf. Mir ist das gerade alles ein bisschen zu viel. Ich hatte ein nicht wirklich angenehmes Erlebnis mit einem liebestollen Vampir. Ich bitte um Nachsicht."

Arthur sah mich kritisch an, dann lächelte er sanft:

„Jacques ist die Gefahr, Kimberly. Du musst dich vor Nicolas nicht fürchten. Er hat dir vorhin geholfen. Hast du das bereits vergessen?"

Beleidigt drehte ich den Kopf zur Seite – ich wusste, dass Arthur recht hatte. Doch ich hatte einfach keine Ahnung, was ich von Nicolas Santos halten sollte. Er war mir ein Rätsel ...

Die folgenden Tage verliefen ohne Zwischenfälle. Ich wohnte inzwischen wieder in meinen eigenen vier Wänden, doch sobald es dunkel wurde, waren entweder Arthur oder Angela an meiner Seite.

Ihre innige Zuwendung rührte mich zutiefst, doch gleichzeitig fühlte ich eingeengt und bewacht. Als ich Angela davon erzählte, nickte sie verständnisvoll.

„Ich kann dich so gut verstehen, Süße. Aber du hast ja darauf bestanden, nach Hause zu gehen. Sollen wir dich dort alleine lassen? Dann hätte Jacques ja ein leichtes Spiel, nicht wahr? Denke bitte daran, dass Arthur fest davon überzeugt ist, ihn gestern hier in der Nähe gesehen zu haben. Verdammt Kim, ich habe Angst um dich! Lass uns eine Lösung finden, eine gute Lösung."

Ich war ratlos, was sollte ich tun? Ich konnte tagsüber meinen Job ausüben, was nicht wirklich lohnend war. Die Geschäfte liefen schlecht. Und am Abend war ich gefangen – gefangen in meiner eigenen Wohnung. Bis eines Tages das Telefon klingelte ...

„Angela, ich habe tolle Neuigkeiten! Ein ehemaliger Schulfreund hat angerufen, Michael Summers, du erinnerst dich an ihn? Wie auch immer, er plant ein großes Immobilienprojekt in den USA. Er bittet mich, ihn dahin zu begleiten. Er hat sich daran erinnert, dass ich in dieser Branche tätig bin. Das ist doch toll!"

Ich fiel meiner Freundin um den Hals, die nicht so richtig wusste, wie ihr geschah. Zuerst erwiderte sie meinen Freudentanz, dann löste sie sich von mir:

„Kimberly, weißt du, was das bedeutet? Du gehst von hier weg ... weg von allem ... weg von mir."

Sie sah mich traurig an, und sofort packte mich das schlechte Gewissen. Wie konnte ich nur so rücksichtslos sein? Angela hatte in letzter Zeit immer nur an mich gedacht, hatte mich umsorgt, getröstet, meine Hand gehalten. Und ich? Ich hatte mir nicht mal die Mühe gemacht, nach ihren Sorgen und Ängsten zu fragen.

Vasco – sie dachte jede Sekunde an ihn, das war mir vollkommen klar. Himmel, ich konnte nicht gehen, niemals!

„Quatsch, was für eine dumme Idee. Ich bleibe hier, bei dir! Wie konnte ich nur eine Sekunde daran denken. Vergiss, was ich gesagt habe, ja?"

Als Arthur von dem Angebot erfuhr, war er sofort begeistert. Er überzeugte Angela davon, dass es momentan das Beste für mich sei.

„Sie wird doch nicht für immer in Amerika bleiben, liebste Angela. Aber es wäre eine gute Gelegenheit, dass sich alles ein wenig entspannt. Ich denke nicht, dass Jacques dieses Land verlassen wird. Wir sollten Sie gehen lassen."

Mit Tränen in den Augen stimmte Angela schließlich zu.

„Du kommst mich schnellstens besuchen, ja? Ich werde mich hauptsächlich in der Nähe von Florida aufhalten, dort soll es herrlich sein. Wir beide werden sicherlich viel Spaß haben.“

Meine Freundin nickte, aber ihr Lächeln wirkte gespielt. Es tat mir sehr weh, sie leiden zu sehen. Auf der anderen Seite spürte ich ihre Erleichterung, mich nun nicht mehr ständig bewachen zu müssen. Sie hatte endlich wieder Zeit, ihr eigenes Leben zu leben. Zu lange hatte sie das meinetwegen vernachlässigt.

„Und halte dich von den Vampiren fern!“, erklärte ich lachend am Vorabend meiner Abreise.

An diesem Abend musste ich sehr viel an Nicolas denken – und an die Schwangerschaft, die vielleicht gar keine war.

„Du kannst nun bald einen Test machen“, hatte mir Angela versichert.

Doch ich wollte gar nicht daran denken, schob den Gedanke weit von mir weg.

„Du darfst das nicht auf die lange Bank schieben, Kim. Wenn du tatsächlich an Abtreibung denkst, musst du bald wissen, woran du bist.“

Sie hatte natürlich recht, doch im Moment hatten andere Dinge Priorität.

„Ich soll von Nicolas und Vasco grüßen – sie wünschen Ihnen eine gute Reise. Und eine gesunde Rückkehr.“

Arthur sah mich lange an – ich spürte, dass da noch etwas war ...

„Raus mit der Sprache, Arthur. Sie wollen mir doch noch etwas sagen, oder?“

Anstatt mir zu antworten, nahm er mich an die Hand und führte mich nach draußen. Es war längst dunkel, und inzwischen klirrend kalt.

„Was sollen wir denn hier? Mir ist kalt, Arthur. Außerdem muss ich noch ein paar Kleinigkeiten packen. Können wir nicht drinnen reden?“

Wir liefen ein kleines Stück, dann ließ er meine Hand los:

„Hier möchte sich jemand persönlich verabschieden.“, dann ließ er mich stehen.

Ich war verwirrt, und ehe ich reagieren konnte, trat ein Schatten aus der Dunkelheit: Nicolas!

Mit langsamen Schritten kam er auf mich zu, worauf ich unwillkürlich einen Schritt zurückwich. Sofort blieb Nicolas stehen.

„Entschuldige bitte, ich wollte dich nicht erschrecken. Und ich möchte dir auch nicht zu nahe kommen – falls es das ist, was du fürchtest.“

Er blickte mich ernst an, und seine Augen schienen mich zu durchdringen. Seine Augen ... diese wunderschönen Augen, die mich schon einmal fasziniert hatten. Ich musste an unsere erste Begegnung denken.

„Ich möchte dir eine gute Reise wünschen, Kimberly. Ich ... ich begrüße deine Entscheidung keineswegs, das kannst du dir bestimmt vorstellen. Aber du bist ein störrisches Frauenzimmer und hast deinen eigenen Kopf. Bitte achte auf mein Baby. Versprichst du mir das?“

Sofort war ich wieder auf dem Boden der Tatsachen angelangt:

„DEIN Baby? Habe ich da eben richtig gehört? Wie wäre es zur Abwechslung mal mit UNSER BABY? Könntest du damit umgehen? Außerdem war es klar, dass es dir nur darum geht, nicht wahr? Und ich dachte schon ...“

Ich brach den Satz ab und ohne ihn nochmals anzusehen, wollte ich zum Haus zurücklaufen. Ich war wütend – und enttäuscht.

Doch Nicolas war schneller - er stellte sich mir in den Weg. Keine Chance für mich, an ihm vorbei zu kommen.

„Was dachtest du, Kimberly? Sag es mir!“

Seine Augen funkelten inzwischen. Das war genau der Moment, als ich ganz deutlich den Vampir in ihm sah. Ein gefährliches, aber verflucht verführerisches Geschöpf der Nacht. Und so ganz anders als Jacques ...

„Ich sage dir überhaupt nichts, so! Und nun lass mich endlich in Ruhe, verstehst du? Für jetzt und alle Zeiten!“

Ich war bereit ihn notfalls gnadenlos umzurennen, als ich mich an ihm vorbei zwängte. Doch, ehe ich wirklich verstand, was geschah, hatte er mich an sich gezogen ... seine weichen Lippen pressten sich fordernd auf meinen Mund. Unfähig mich zu wehren, öffnete ich diesen ... seine Zunge liebkoste mich in einer Art und Weise, dass ich meinte, den Verstand zu verlieren. Als ich mich diesem sinnlichen Kuss gerade richtig hingeben wollte, löste er seinen Mund von meinem, um stattdessen meinen Hals zu erforschen.

Ich stöhnte auf – was würde er tun? Das, was er mir damals verweigert hatte? Was niemand so wirklich verstand, am wenigsten ich selbst? Sanft strich seine Zunge über meinen Hals, ehe er anfing, vorsichtig daran zu knabbern.

Mein Körper begann zu zittern, und alles in mir schrie danach, den Kuss der Ewigkeit zu empfangen. Schon einmal hatte ich geglaubt, bereit dafür zu sein ... damals in den Armen von Jacques ... doch es war niemals wirklich Jacques gewesen, den ich wollte. Wenn ich ehrlich zu mir selbst war, so war er nur Mittel zum Zweck gewesen. Ich hatte Nicolas zeigen wollen, dass ich auf ihn nicht angewiesen war. Niemals!

Ich presste meinen Körper eng an Nicolas, und seine Stimme verriet mir, wie erregt er war:

„Du willst es, nicht wahr, Kimberly? Du wolltest es schon damals. Aber verdammt, du hast ja keine Ahnung, worauf du dich einlässt, was es wirklich bedeutet. Wenn ich jetzt dein Blut trinke, gehörst du mir für immer. Ob du es willst oder nicht. Du wirst für alle Zeiten an mich gebunden sein. Das ... das geht nicht. Das darf ich uns beiden nicht antun."

Fast grob stieß er mich von sich. Ich konnte nicht glauben, was ich gerade erlebte:

„Fahre zur Hölle, Nicolas Santos! Niemals wieder lasse ich mich von dir zum Narren halten. Ich hätte mich eben doch Jacques hingeben sollen. Er hat wenigstens so etwas wie ein Herz. Aber du bist kalt, wie Eis, genau wie es Atheka gesagt hat!"

Wie ein Blitz schoss der dunkelhaarige Vampir herum, und er fauchte wütend:

„Atheka? Sie sagte, ich sei kalt wie Eis? Gerade SIE? Dieses verfluchte Miststück. Ich hätte ihr niemals mehr vertrauen dürfen. Was hat sie dir noch gesagt?"

Er kam nun wieder näher an mich heran.

„Nichts, was ich dir sagen möchte. Und nun geh! Geh endlich! Ich will dich niemals wiedersehen. Und höre auf mich zu beschützen, verstanden? Du bist ja krank, weißt du das eigentlich? Du vergewaltigst mich, du rettest mich. Dann küsst du mich und lehnst mein Blut ab. Obwohl du ein Vampir bist! Wenn du mich fragst, bist du reif für die Klapsmühle. Und erwarte ja nicht, dass ich dir diesen Begriff nun erkläre."

Ich rannte, so schnell ich konnte, zum Haus zurück. Die Kälte der Nacht schmerzte auf meiner Haut und die Tränen, die mir gerade die Wange runter liefen, nahm ich nicht wirklich wahr.

Verdammt – für einen Moment hatte ich Glück gespürt ... und ich war mir sicher gewesen, was ich wollte. Was ich mehr wollte, als alles andere auf der Welt. Auch wenn mich diese Erkenntnis selbst überrascht hatte ... doch nun war alles kaputt, ehe es überhaupt angefangen hatte.

Ich war ja so dumm ... und voller Hass – Hass auf Nicolas Santos und alle Vampire auf der Welt! Ich wollte nur noch weg ... weit weg von ihm ...

Meine Abreise verlief ohne weitere Ereignisse – ich hatte weder Angela noch Arthur von dem unangenehmen Zusammentreffen mit Nicolas erzählt. Es war auch nicht nötig, sie wussten es ohnehin. Aber ich wollte nach vorne schauen. Krampfhaft versuchte ich, alles aus meinem Kopf und Herzen zu verbannen, was in irgendeiner Form mit dem Vampir zu tun hatte. Sein Kind, unser Kind, das vielleicht gerade in meinem Körper heranreifte, ignorierte ich.

„Du musst unbedingt einen Schwangerschaftstest machen", hatte mir Angela nochmals eindringlich am Flughafen Heathrow erklärt.

Ich hatte lediglich genervt die Augenbraue hochgezogen, und jeden Kommentar diesbezüglich verweigert.

Es war abzusehen gewesen, dass der Abschied nicht einfach werden würde. Aber dass dann tatsächlich so viele Tränen flossen, schmerzte mich sehr.

Ich warf einen letzten Blick auf Angela und Arthur – der gute Arthur. Er wollte sich nicht davon abbringen lassen, ebenfalls am Flughafen zu erscheinen. Und ich spürte ein wenig Erleichterung, dass er meiner Freundin jetzt zur Seite stand.

Wie ein Häufchen Elend stand sie da, und winkte mir unter Tränen, ein letztes Mal zu. Arthur hingegen stand einfach nur bewegungslos neben ihr – als würde er die ganze Situation nicht wirklich verstehen.

Plötzlich lief ich los, durch das Gate ... und ich sah nicht mehr zurück. Sagte man das denn nicht so: Schau niemals zurück ... ich wollte diesen weisen Ratschlag befolgen, von wem er auch immer sein mochte ...

Monate vergingen, und ich hatte mich inzwischen sehr gut eingelebt: Der neue Job machte mir unheimlich viel Spaß, meine ~~neue~~

Wohnung war die reinste Luxus-Oase und Michael war ein lieber Freund für mich geworden. Auch sonst hatte ich viele neue Kontakte geknüpft – mein Leben schien fast perfekt. Wären da nicht einige winzige Kleinigkeiten gewesen, die meine Freude ganz enorm beeinträchtigten.

Es fing damit an, dass ich trotz strahlendem Sonnenschein und sommerlicher Hitze, starkes Heimweh nach dem typisch englischen Regen verspürte. England, meine Geliebte Heimat ...

Und Angela, meine gute Freundin ... meine beste Freundin. Trotz aller Zuneigung für Michael, er konnte sie in keiner Weise ersetzen. Ja, und das größte Problem war das kleine, aber deutlich sichtbare Bäuchlein, das ich längst nicht mehr verbergen konnte ... es erinnerte mich jeden Tag an Nicolas ... und auch daran, dass ich es doch nicht über das Herz gebracht hatte, diese Schwangerschaft zu unterbrechen.

„Kimberly, du bist verrückt! Wie soll das weitergehen? Du wirst einen Vampir zur Welt bringen. Naja, oder zumindest so etwas in der Art. Willst du dir das wirklich antun?"

Ich hatte Angelas Worte noch immer im Ohr. Nachdem ich damals den Test gemacht, und dieser ein deutliches „POSITIV" angezeigt hatte, blieb mir keine Wahl. Ich suchte den nächstbesten Frauenarzt auf, um mir Klarheit zu verschaffen. Meine kleine Hoffnung, der Test „habe mich belogen", wurde schneller zerschlagen als gedacht.

„Ich gratuliere Ihnen! Sie sind im dritten Monat schwanger. Sicherlich wird sich der Vater sehr über diese Nachricht freuen. Passen Sie nun gut auf sich und ihren Nachwuchs auf. Und bitte versäumen Sie keine der notwendigen Kontrolluntersuchungen."

Diese Worte des etwas schrullig wirkenden Arztes würde ich wohl niemals wieder vergessen. Mir wurde gleichzeitig heiß und kalt, und meine Knie wurden weich wie Butter.

Nicolas hatte also die ganze Zeit recht gehabt. Und ich war auch noch dumm genug, ihm das zu geben, was er so sehr begehrte. Warum auch immer, aber eine Abtreibung kam, für mich nicht infrage – es ging einfach nicht ... das Kind war nicht nur ein Teil von Nicolas, es war ebenso ein Teil von mir ...

„Sag mal, Kim – wer ist eigentlich der glückliche Mann, der dich schwängern durfte?“, fragte mich Michael eines Abends, als ich gerade ein kleines Abendessen für uns zubereitete.

Michael und ich verbrachten viel Zeit miteinander, und ich ahnte längst, dass er mehr als nur die Kollegin und Freundin in mir sah.

Er war ein sehr gutaussehender Mann, und es wunderte mich, dass er noch immer allein lebte. Michael war fast so groß wie Nicolas, seine dunkelbraunen Locken fielen weich auf seine Schultern, und seine Augen strahlten eine unsagbare Wärme aus – sie waren ebenfalls braun. Wenn er lächelte, schien die Sonne aufzugehen. Er hatte unheimlich viel Humor und war stets gut gelaunt.

Ein echter Traummann, zumindest für jede einigermaßen normal veranlagte Frau. Aber ich empfand keinerlei leidenschaftliche Gefühle für ihn – obwohl ich mir oft wünschte, es wäre so.

„Es ist egal, wer der Vater ist. Lass uns nicht über ihn reden“, antwortete ich flüchtig, als ich den Tisch deckte.

Sofort stand Michael bei mir, um zu helfen.

„Schone dich, Kim. Ich mache das schon. Du hast gekocht, ich kümmere mich um den Rest.“

Dankbar nahm ich das Angebot an und machte es mir bequem.

„Warum vermeidest du das Thema? War er ein One-Night-Stand? Ich meine: der Vater deines Kindes. Das würde aber irgendwie so gar nicht zu dir passen.“

Er wollte nicht aufgeben, und ich seufzte genervt auf.

„Ach Michael ... ich rede nicht gerne darüber, weißt du. Nicolas ... er ist ganz anders als andere Männer. Und ich habe das nicht so ganz freiwillig getan ...“

Ich zuckte zusammen, als das Geräusch von klirrendem Glas zu hören war. Sofort drehte ich mich um, und sah, was geschehen war: Michael hatte die zwei Saftgläser fallen lassen, die er eben aus dem Schrank holte. Er starrte mich fassungslos an:

„Soll das heißen, dass dich dieser Mistkerl vergewaltigt hat? Sage es mir, Kimberly!“

Seine Stimme bebte.

„Es ist nicht so einfach zu erklären ... da ist viel passiert. Und ich denke, du würdest das nicht wirklich verstehen. Nicolas ist kein Mensch ... ach, vergiss es, ja? Wir räumen jetzt die Scherben weg, und dann wollen wir das Essen genießen. Sicherlich ist es schon fast kalt.“

Michael versuchte noch mehrere Male, nähere Informationen zu bekommen, aber ich schwieg. Was sollte ich ihm denn sagen? Dass Nicolas ein Vampir war? Und dass mich ein weiterer Blutsauger jagte? Er würde ohne Zweifel an meinem Verstand zweifeln. Zu Recht, das tat ich zeitweise selbst!

Als Michael an diesem Abend meine Wohnung verließ, geschah etwas, was mir deutlich zeigte, dass es nicht so einfach war, die vergangenen Ereignisse einfach abzuschütteln.

Obwohl ich es so sehr gehofft hatte ... Michael und ich standen an der Haustüre – ein letztes Wort, ein letztes gemeinsames Lachen. Da sah ich hinter ihm einen Schatten vorbei huschen. Ich erschrak – Michael nahm meine Hand und drückte sie.

„Was ist denn, Kim? Was hat dich erschreckt?“

Doch nun sah ich nichts mehr. Wahrscheinlich hatte mir meine bewegte Phantasie einfach einen Streich gespielt. Doch als Michael zu seinem roten Sportwagen lief, erkannte ich es ganz genau ... da stand eine Gestalt neben der prächtigen Trauerweide, die ich so sehr liebte. Ich hielt den Atem an, als die Person einen Schritt nach vorne machte. Und nun erkannte ich genau, wer langsam auf mich zu kam: JACQUES!

Ich schrie auf, als hätte ich den leibhaftigen Teufel gesehen, dann rannte ich ins Haus zurück, und warf die Türe zu. Mein Herz raste, und ich spürte die Panik in mir aufsteigen.

Ich war alleine hier, die anderen Bewohner des Hauses waren ausgegangen. Ich eilte in meine Wohnung zurück, verschloss die Türe. Als ob ich Jacques damit wirklich aufhalten konnte. Es klingelte Sturm an meiner Türe, als ich das Telefon zur Hand nahm. Wie viel Uhr mochte es in England gerade sein? Ich war mir unsicher, doch das war in diesem Moment auch nicht wirklich wichtig.

„Kimberly, bist du es? Was ist denn los, meine Süße? Weißt du überhaupt, wie spät es hier ist? Ich habe schon fast geschlafen!“, jammerte Angela schlaftrunken.

„Er ist hier, Angela. Ich habe ihn gesehen, jetzt gerade. Er stand vor meinem Haus. Verdammt, was soll ich denn tun? Hört das denn niemals auf?“

Es war still geworden, am anderen Ende der Leitung. Dann endlich eine Reaktion:

„Wer ist bei dir? Von wem sprichst du? Nicolas kann es nicht sein, denn habe ich vor wenigen Stunden erst gesehen.“

Ich wollte eben nachfragen, warum sie Nicolas überhaupt gesehen hatte, als ich mich doch lieber auf das Wesentliche konzentrierte:

„Jacques! Ich rede von Jacques. Himmel, was soll ich nur tun? Sage es mir, Angela, was?“

Ich wurde immer panischer und bekam Angst ... Angst um mein Baby. Was würde Jacques mit uns beiden machen, wenn wir ihm in die Hände fielen? Wenn er mich töten würde, so wäre es auch um das werdende Leben geschehen.

Ich konnte Angela nicht mehr hören, denn ich hatte den Hörer fallen lassen. Es klingelte noch immer Sturm, und inzwischen schien auch jemand vor meiner Wohnung zu stehen ... ein lautes Klopfen verstärkte meine Überzeugung, dass ich mir nichts eingebildet hatte.

„Kimberly! Hilf mir! Dieser Kerl ..."

Michael! Ich hatte ihn ganz klar erkannt. Aber warum schwieg er nun? ER stand also da draußen – und er brauchte meine Hilfe. Ich zögerte keinen Moment, sondern lief zur Türe und öffnete sie.

Michael lehnte gegen den Türrahmen stöhnte. Er hielt sich mit einer Hand den Hals ... Blut lief herunter und tropfte auf den Boden des Hausflures.

„Oh Gott, Michael. Was ist geschehen? Schnell komm herein!"

Er stolperte mehr oder weniger vorwärts, und ich spürte deutlich, dass es ihm nicht gut ging. Auch ohne dass er mir eine Antwort gab, ahnte ich, was geschehen war. Die blutende Halswunde sprach Bände.

„Es tut mir leid, Kimberly. Aber dein Freund war mir eindeutig im Weg. Außerdem wirst du verstehen, dass ich keine anderen Männer neben mir dulde. Ich musste ihm leider eine kleine Lektion erteilen. Außerdem hatte ich Durst, großen Durst."

Ich blieb regungslos stehen, wagte es kaum zu atmen. Die Stimme war hinter mir ... viel näher, als mir lieb war.

„Nein, das darf doch nicht wahr sein. Wie ist er nur hereingekommen?", flüsterte ich mehr zu mir selbst als zu Michael.

„Mein Herz, du beleidigst mich. Hast du wirklich gedacht, du könntest mich einfach so los werden, in dem du das Land verlässt?"

Er sprach leise und bedächtig, doch ich vernahm den drohenden Unterton.

Für einen winzigen Augenblick schaute mir Michael in die Augen. Sein Zustand verschlechterte sich – Jacques hatte viel von seinem Blut getrunken, das war offensichtlich.

„Lauf, Kimberly...so schnell du nur kannst. Ehe er dasselbe mit dir tut. Schnell!"

Ohne nachzudenken, oder mich gar umzudrehen, stürmte ich an Michael vorbei ins Treppenhaus. Ich hörte Jacques wütend zischen, und spürte einen kalten Windhauch, als ob er mich streifte.

„Nein, niemals! Lass mich endlich in Ruhe. Ich habe mich in dir getäuscht, Jacques. Du empfindest keine Zuneigung für mich. Du denkst ausschließlich an dich. Geh!"

Ich rannte weiter, die Treppen hoch bis zur nächsten Wohnung. Ich machte keine Anstalten zu klingeln. Warum auch, ich wusste, dass das Ehepaar, das dort wohnte, bei einer Theateraufführung war. Zumal ich nicht noch jemand in Gefahr bringen wollte.

Was Michael geschehen war, schockierte mich noch immer. Jetzt wusste ich, wie weit Jacques bereit war zu gehen.

„Kimberly, meine süße Kimberly. Gib auf, dann wird niemand etwas geschehen. Ich bringe dich hier weg, hörst du?"

Er klang nun ungeduldig und gereizt. Er war hinter mir, doch ich sah ihn nicht, weil ich ihn nicht sehen wollte. Ich vermied den Augenkontakt, nachdem er mich schon einmal manipuliert hatte.

Aber er war da, ganz dicht bei mir. Das wurde mir in dem Moment klar, als eine Hand nach mir greifen wollte. Blitzschnell konnte ich mich entziehen, und rannte los ... einfach los ... ich wollte die Treppe, die ich eben hochgerannt war, wieder hinunter. Und da war permanent dieser kalte Luftzug, der Jacques Nähe grausam bekundete.

„Bleib stehen, es reicht. Du hast keine Chance und du weißt es!"

Nahe, so unglaublich nahe war er mir – und ich wusste, es wäre gleich soweit ... wenn er mich einmal mit festem Griff erwischen würde, gäbe es kein weiteres Entkommen mehr. Und diesmal würde mir niemand helfen, auch kein Nicolas. Sie alle waren viel zu weit weg, in einem anderen Land ...

„Nur über meine Leiche! Ich ergebe mich nicht, und ich werde mich niemals deinem Willen unterwerfen. Vergiss es!“

Ich hastete weiter, doch dann geschah es: Von Angst, Panik und Entschlossenheit getrieben, verlor ich die Kontrolle. Ich rutschte von der obersten Treppenstufe ab und verlor das Gleichgewicht.

„Nein!“, ein Versuch das abzuwenden, was schon unausweichlich war:

Ich stürzte die Treppen herunter. Und das in einem so schnellen Tempo, dass ich keine Möglichkeit hatte, abzubremsen.

Der Schmerz, als ich aufschlug, war so schrecklich, dass ich nur noch einen Wunsch verspürte: Ich wollte sterben, und zwar sofort! Dann wurde mir schwarz vor Augen ... mein Kind, oh Gott! Mein Kind ...

Es war der starke, fast schon beißende Geruch von Desinfektionsmittel, der mich dazu veranlasste, meine Augen zu öffnen.

Wo war ich nur? Diese Umgebung war mir völlig fremd ... außerdem wirkte sie kalt und unpersönlich. Ich lag in einem Bett, fühlte mich schwach und sehr benommen. Als ich versuchte mich aufzusetzen, stöhnte ich vor Schmerzen.

„Kindchen, Sie sind wach! Gott sei Dank! Ich dachte schon, ich erlebe es nicht mehr. Wie geht es Ihnen denn?“

Die warme weibliche Stimme vermittelte mir einen Moment das Gefühl von Geborgenheit. Ich drehte den Kopf ein wenig zur Seite, und sah in ein freundlich lächelndes Gesicht.

Die Frau, die neben mir am Bett stand, war so circa fünfzig Jahre alt. Sie hatte bereits stark ergrautes Haar, das locker hochgesteckt war. Als ich ihre Kleidung bemerkte, wurde mir sofort klar, wo ich mich befand: in einem Krankenhaus!

„Was … was ist denn passiert? Wo ist Michael? Hat man Jacques gesehen? Vor allem aber, wie geht es meinem Kind?"

Die Worte sprudelten förmlich aus mir heraus, auch wenn es sehr mühsam war, überhaupt den Mund zu öffnen.

Die Dame, die offensichtlich eine Krankenschwester war, setzte sich zu mir ans Bett, und nahm meine Hand. Ihr Lächeln war verschwunden, sie sprach zu mir mit ernstem

Blick:

„Alles der Reihe nach, mein Kind. Sie sind hier im St. John Hospital, und ich bin Schwester Amy. Können Sie sich denn erinnern, was Ihnen zugestoßen ist?"

Ihre Stimme war weich und angenehm, und ich hatte das Gefühl, sie schon ewig zu kennen. Aber ich spürte, dass irgendwas nicht stimmte …

Was war geschehen? Angestrengt dachte ich nach … und langsam, ganz langsam kam die Erinnerung zurück ...

Da waren der Abend mit Michael und unser Abschied an der Türe. Jacques – ja, ich sah plötzlich Jacques vor dem Hause. Dann meine Flucht zurück ins Haus, und Michaels verzweifeltes Klopfen … der Schreck, als ich ihm öffnete und all das Blut an seinem Hals und auf dem Boden … ich vernahm die Stimme von Jacques … drohend und gefährlich … Michaels schwache Stimme, die mir befahl zu flüchten ... und Jacques, der dicht hinter mir war, den ich bereits riechen und fühlen konnte … dann der Sturz – oh Gott!

„Bitte sprechen Sie doch, was ist mit meinem Kind? Und wo ist Michael?"

Ich wollte unbedingt die Wahrheit wissen, auch wenn meine Vorahnung mehr als düster war.

Die Schwester zögerte einen Moment, dann streichelte sie liebevoll eine Haarsträhne aus meinem Gesicht. Ich schluckte, denn instinktiv musste ich an meine verstorbene Tante Sarah denken.

Damals, als ich noch ein Kind war, tat sie ganz genau dasselbe, wenn es schlechte Neuigkeiten gab. Und sie sah ihr auch noch ähnlich, es war kaum zu fassen. Aber jetzt, genau in diesem Moment, war das nicht wirklich wichtig …

„Ach Kindchen, Sie müssen jetzt stark sein, ja? Wir konnten das ungeborene Leben nicht retten. Sie befanden sich gerade in einer sehr kritischen Phase Ihrer Schwangerschaft. Der dritte Monat ist heikel ... es tut mir so leid."

Leise, fast wie ein Flüstern kamen die Worte über Schwester Amys Lippen ... mir wurde schwindelig, und ich hatte plötzlich das Gefühl, mich jeden Moment erbrechen zu müssen.

Was hatte die Schwester eben gesagt? Mein Kind sei tot? Nicolas Kind ... wie sollte ich ihm das nur beibringen? Vielleicht wusste er es sogar schon? Oh Gott, er würde mich nun hassen, ganz bestimmt!

Aber da war noch etwas, was mich beschäftigte, und mein Herz begann, vor Furcht zu rasen:

„Was ist mich Michael? Mein Freund Michael? Zum Zeitpunkt meines Sturzes war er in meiner Wohnung. Schwer verletzt ... ich glaube, er hatte viel Blut verloren."

Nähere Ausführungen dazu wollte ich der älteren Dame nicht geben – sie hätte mich garantiert für verrückt gehalten. Ich war in Amerika, einem hochmodernen Land. Niemand würde hier an Vampire und ähnliche Wesen glauben. Ich musste das Geheimnis also für mich bewahren.

„Ja, wenn Sie es jetzt ansprechen. Da ist etwas sehr Seltsames geschehen, und diesbezüglich möchte die Polizei später noch mit Ihnen reden. Aber erst dann, wenn Sie sich besser fühlen. Ich habe die Herren erstmal erfolgreich abwimmeln können", lächelte Schwester Amy verschmitzt.

Dann fuhr sie fort, und ihr Lächeln erstarb:

„Man hat viel Blut in Ihrer Wohnung gefunden, mein Kind. Aber keinen Verwundeten. Und von Ihnen konnte das Blut nicht sein. Ihre Verletzungen sind innerlich, sie haben kaum geblutet, als sie gefunden wurden."

Ich erstarrte, was hatte das zu bedeuten? Eigentlich gab es nur zwei Möglichkeiten. Entweder Michael war tot, und Jacques hatte seinen Leichnam entsorgt – aus Sicherheitsgründen oder er hatte meinem Freund von seinem Blut gegeben, dann wäre dieser nun selbst ein Geschöpf der Nacht. Ich fand keine von beiden Varianten wirklich positiv – und ich fühlte mich schuldig.

Ich hatte das Kind verloren, das ich zuerst nicht haben wollte. Das Kind von Nicolas, dessen Zeugung keineswegs ein Akt der Liebe war und doch hatte ich nun angefangen, die Schwangerschaft zu akzeptieren ... sogar ein wenig Vorfreude konnte ich spüren ... jetzt war alles vorbei ...

Und Michael, mein treuer Freund! Der Mann, dem ich diese wunderschöne Arbeit, mein neues Leben in den USA überhaupt zu verdanken hatte. Von Anfang an hatte er sich rührend um mich gekümmert, ich hatte ihn so sehr gemocht. Nun lebte er in einer anderen Welt, wie auch immer diese aussah ...

„Wie bin ich überhaupt hierher gekommen, Schwester Amy? Das haben Sie mir noch nicht verraten. Hat mich einer der Hausbewohner gefunden?"

Die freundliche Frau, die noch immer an meinem Bett saß, schüttelte den Kopf:

„Nein, das war auch sehr seltsam, Kindchen. Es gab einen anonymen Notruf. Man weiß nur, dass es ein Mann war, der um Hilfe für Sie bat. Er hatte seinen Namen nicht genannt. Aber wie ich hörte, sprach er mit einem auffälligen Akzent. Französisch glaube ich."

Ich traute meinen Ohren nicht: Jacques? Warum sollte er einen Notruf absetzen? Warum wollte er mir helfen, anstatt mich einfach mitzunehmen? Es wäre so einfach gewesen, sein Werk zu vollenden. Ich war völlig hilflos, und somit das perfekte Opfer für ihn.

Mir wurde das alles zu viel, ich wollte unbedingt mit Angela reden. Meine liebste Freundin, die immer zu mir gehalten hatte.

Verdammt, ich brauchte sie jetzt so sehr! Würde sie kommen? Würde sie mich nach Hause holen, wenn ich sie darum bitten würde?

„Schwester Amy, wäre es möglich, dass Sie meine Freundin Angela in England informieren? Oder darf ich sogar selbst telefonieren? Bitte ... ich muss ihr einfach erzählen, was geschehen ist. Angela ist meine beste Freundin, sie fehlt mir so sehr."

Flehend sah ich die grauhaarige Dame an, die ich bereits in mein Herz geschlossen hatte.

Sie erhob sich von meinem Bett und lächelte:

„Ich lasse Ihnen ein Telefon ans Bett bringen. Aber nur unter der Bedingung, dass Sie sich jetzt ein wenig ausruhen, verstanden? Sie können Ihre Freundin dann später anrufen. Sind wir im Geschäft?"

Schwester Amy zwinkerte mir zu. Ich nickte stumm und bemühte mich ebenfalls um ein Lächeln. Leicht fiel mir das keineswegs – ich fühlte mich grauenvoll.

Gerade noch hatte ich gedacht, in Amerika ein neues Leben aufbauen zu können, oder zumindest ein wenig Ablenkung zu finden ... und jetzt? Jetzt war alles noch viel schlimmer als zuvor ...

Am späten Abend desselben Tages betrat Schwester Amy erneut mein Krankenzimmer. Diesmal allerdings nicht alleine, sie hatte einen Mann bei sich, der offensichtlich zu mir wollte. Er war relativ jung, kaum älter als fünfundzwanzig Jahre, und sah äußerst attraktiv aus. Hochgewachsen, mit kurzen dunkelbraunen Haaren. Seine großen blauen Augen sahen mich freundlich an, als er mir die Hand reichte:

„Entschuldigen Sie die Störung, gnädige Frau. Ich bin Inspector Curtis. Ich gehe davon aus, Schwester Amy hat meinen Besuch bereits angekündigt?"

Ich erinnerte mich, dass sie von der Polizei gesprochen hatte. Ich erwiderte seinen Händedruck, fühlte mich aber sichtlich unwohl. Was wollte die Polizei von mir? Und viel wichtiger, was sollte ich ihm erzählen? Die Wahrheit würde er mir weder glauben, noch könnte er sie verstehen.

„Ich habe Mr. Curtis erzählt, dass Sie wieder bei Bewusstsein sind. Ich hoffe, das war in Ordnung? Und wie Sie sehen, habe ich mich bereits um das Telefon gekümmert. Sie dürfen also gerne im Anschluss an dieses Gespräch, ihre Freundin in England anrufen. Sicherlich wird sie sich sehr freuen."

Mit diesen Worten verließ Schwester Amy den Raum.

Ich war mit Inspector Curtis alleine. Er sah mich eine Weile wortlos an, was mein ungutes Gefühl nur noch verstärkte.

„Es gibt keinen Grund nervös zu sein, Kimberly. Darf ich Sie denn so nennen?"

Ich war erstaunt, dass er einen so persönlichen Umgangston pflegen wollte, hatte aber inzwischen gelernt, dass die Amerikaner in solchen Angelegenheiten sehr leger waren. Ganz anders, als ich das aus Europa kannte.

„Wenn Sie mögen, dürfen Sie mich gerne Cedric nennen. Und bitte haben Sie keine Angst, Kimberly. Ich habe nur ein paar Fragen an Sie, das ist alles."

Erneut lächelte er mich an und ich musste gestehen, dieser junge Mann faszinierte mich. Vielleicht, weil er mich irgendwie an Vasco erinnerte? Der Mann, an den meine beste Freundin Angela ihr Herz verloren hatte. Doch ich fand keine Gelegenheit, meinen Gedanken weiter zu folgen, da Cedric Curtis direkt zur Sache kam:

„Wir haben Blut in Ihrer Wohnung gefunden. Sehr viel Blut, Kimberly. Von Ihnen konnte das aber unmöglich stammen, da Sie kaum an äußerlichen Verletzungen litten, als man sie fand. Logischerweise interessiert mich nun, wer dieses Blut verloren hat. Wer war denn noch in Ihrer Wohnung?"

Er sah mich nun eindringlich an, und ich wusste nicht wirklich, was ich antworten sollte.

„Sie verdächtigen mich doch nicht, jemanden verletzt oder gar getötet zu haben?"

Entsetzt sah ich ihn an, während ich ungeduldig auf eine Antwort wartete. Doch er schüttelte energisch den Kopf.

„Nein, das ist nicht der Fall. Zumal es nur eine Vermutung ist, dass jemand zu Schaden gekommen ist. Abgesehen von Ihnen, Kimberly. Wir haben keine andere Person in Ihrer Wohnung gefunden. Was also sollten wir Ihnen vorwerfen?"

Ich bemerkte durchaus, dass er mich inzwischen fixierte. Er schien darauf zu warten, dass ich einen Fehler begehen würde.

„Haben Sie denn wenigstens eine Ahnung, wer der anonyme Anrufer war, der um Hilfe bat?"

Ich spürte eine plötzlich aufkommende Hitze in mir – wurde ich sogar verlegen? Verdammt, ich konnte nur sehr schlecht lügen. Das war schon immer mein großes Problem gewesen. Sogar die winzigste Notlüge konnte man mir definitiv an der Nasenspitze ansehen. Und das schon von Kindesbeinen an.

Was sollte ich dem Mann sagen, der gerade jede meiner Bewegungen ganz genau beobachtete? Ich wollte ihm am liebsten bitten zu gehen, aber mir war klar, dass das nicht so einfach möglich war. Er hatte mich sowieso in irgendeiner Weise im Verdacht – ob er das nun zugab oder nicht. Würde ich mich zu abweisend verhalten, konnte das durchaus negativ ausgelegt werden.

Ich versuchte also kooperativ zu sein, und freundlich zu bleiben. Eventuell würde mir auch ein wenig weiblicher Charme dabei helfen, den neugierigen Polizisten abzuwehren.

„Tut mir leid, ich habe keine Ahnung, wer mich gerettet hat. Vielleicht habe ich einen heimlichen Verehrer?“

Ich lächelte ihn zuckersüß an – was mir in der jetzigen Situation schwerer fiel, als gedacht. Aber dieser Mann war die Standhaftigkeit in Person, er durchschaute mein Spiel sofort. Er kam näher und beugte sich über mich, was mir fast die Luft zum Atmen nahm. Irgendwie machte mir dieser Mann Angst, doch ich wollte meine Unsicherheit auf keinen Fall zur Schau stellen.

„Ich wäre Ihnen zutiefst verbunden, wenn Sie den gebührenden Abstand einhalten würden, Mr. Curtis“, fauchte ich ihn an.

Er ignorierte diese Unhöflichkeit:

„Der Anrufer sprach mit auffällig französischem Akzent. Hilft Ihnen das eventuell ein wenig auf die Sprünge?“

Er machte keinen Hehl daraus, dass er mir nicht traute – doch ich wusste, dass er nichts gegen mich in der Hand hatte.

„Nein, in meinem Bekanntenkreis gibt es keine Franzosen. Ich kann Ihnen leider nicht helfen. Vielleicht war es ein Geist?“

Ich grinste ihn nun beinahe schon unverschämt an.

„Nun, oder vielleicht ein Vampir?“, erwiderte der junge Inspector.

Ich zuckte zusammen und starrte ihn an ... wollte er sich einen Scherz mit mir machen oder was hatte diese Bemerkung zu bedeuten?

Cedric war meine Reaktion nicht entgangen, doch er hatte wohl gespürt, dass er zu weit gegangen war ...

„Sie sollten sich ausruhen, Kimberly. Ich wollte Sie nicht in die Enge treiben, falls Sie das annehmen. Ob Sie es nun glauben oder nicht, aber ich bin Ihr Freund. Und bitte denken Sie noch einmal darüber nach, ob Sie nicht doch mit mir reden wollen. Ich bin für Sie da ..."

Mit diesen Worten reichte er mir seine Visitenkarte und lief zur Türe.

Ehe er diese öffnete, drehte er sich noch einmal um:

„Sie haben Ihr Kind verloren, nicht wahr? Passen Sie auf sich auf, sonst verlieren Sie noch viel mehr. Wer auch immer hinter Ihnen her ist, er oder sie wird sicherlich nicht so schnell aufgeben. Sie brauchen Hilfe. Übrigens, Sie sind eine sehr attraktive Frau."

Er lächelte mir noch einmal zu, dann verließ er mein Krankenzimmer. Ich atmete auf, und griff zum Telefon. Ich wollte endlich Angela anrufen, um ihr all die Neuigkeiten zu erzählen.

Himmel, wahrscheinlich würde sie fast der Schlag treffen, wenn sie von all den Ereignissen hörte. Ich sah auf die Uhr – konnte ich jetzt in England anrufen? Ja, ich konnte! Angela und ich waren immer füreinander da – egal um welche Tageszeit ... ich musste einfach ihre vertraute Stimme hören ... jetzt sofort!

Es klingelte ewig, niemand nahm ab. Seltsam ... dann veränderte sich der Klingelton, und ich hatte den Eindruck, dass mein Anruf umgeleitet wurde. Endlich meldete sich Angela, meine Angela!

„Kimberly, du bist es? So eine Überraschung. Süße, wie geht es dir? Ich wollte die nächsten Tage zu dir fliegen, und dich nach Hause holen. Das mit Deinem Kind tut mir so leid."

Mir fiel vor Schreck fast der Hörer aus der Hand: Woher wusste sie von meinem Verlust? Ich hatte ihr nichts davon erzählt.

„Angela, woher weißt du davon? Wer hat dich informiert?"

Eine kurze Pause folgte, ehe meine Freundin leise antwortete:

„Glaubst du denn wirklich, wir lassen dich einfach so ganz alleine in Amerika? Ein Freund hat uns benachrichtigt."

Mein Staunen nahm kein Ende – wer, um Gottes willen, war denn „wir", und wessen Freund beobachtete mich?

Meine Verwirrung war komplett. Zumal Angela irgendwie so ganz anders war ... der Klang ihrer Stimme, ihre Wortwahl ... verdammt, was war mit ihr geschehen, seit ich England verlassen hatte?

„Angela, bist du okay? Sag mir, was ist los? Du ... du bist so anders und wo bist du im Augenblick überhaupt? Es klingt nicht so, als ob du in deiner Wohnung wärst."

Ich wollte es jetzt genau wissen: Ich hatte Probleme, ohne Zweifel – aber meine innere Stimme sagte mir, dass ich nicht die Einzige war ... und Angelas steckte vielleicht in noch viel größeren Schwierigkeiten als ich ...

„Hör zu, Kim – es hat sich einiges hier verändert, seit du England verlassen hast. Ich wollte es dir schon eine Weile sagen.", Angela verstummte.

Meine Nervosität und das flaue Gefühl in meiner Magengegend waren kaum noch auszuhalten.

„WAS wolltest du mir sagen, Angela? Raus mit der Sprache!"

Mein Herz schlug schneller, als Angela zu sprechen begann. Sie klang leise und bedächtig:

„Ich lebe bei Vasco und Nicolas. Ich..ich gehöre jetzt zu ihm, verstehst du? Vasco ist mein Schicksal, ohne ihn mag ich nicht mehr sein. Bitte verurteile mich nicht."

Ich konnte nicht glauben, was ich hörte – meine Angela lebte bei den Vampiren?

„Ich komme schnellstens nach Hause, Angela. Du musst mich nicht abholen, ich schaffe das auch alleine. Sag mal, weiß Nicolas ebenfalls von dem ... Unfall?"

Zaghaft fragte ich nach – Himmel, er würde mich jetzt hassen, oder zumindest verachten. Davon war ich überzeugt.

„Kim, er weiß es, ja. Und ehe du nachfragst, er empfindet keinen Zorn oder Ähnliches. Jedenfalls nicht auf dich bezogen. Doch er hat sehr emotional auf die Nachricht reagiert, die Bestürzung war ihm anzusehen. Und ... er jagt Jacques! Er will ihn unbedingt stellen, weil er Schuld daran ist, dass euer Kind nicht auf die Welt kommen durfte."

Diese Nachricht brachte das Fass zum Überlaufen – ich war wild entschlossen, sofort nach England zurückzukehren. Aber wie? Weder Schwester Amy, noch der misstrauische Inspektor Curtis würden mich einfach ziehen lassen. Wenn auch aus sehr verschiedenen Gründen.

„Kind, das geht nicht! Sie sind noch viel zu schwach. Wenigstens drei bis vier Tage müssen Sie noch hier bleiben. Alles andere wäre nicht nur unvernünftig, sondern auch gefährlich."

Meine besorgte Krankenschwester blockte meinen Wunsch nach Entlassung sofort ab.

Ich verbrachte zwei weitere Tage in der Klinik, was aber nicht den Fortschritt brachte, den sich die Ärzte wohl erhofft hatten.

Die Sorge um Angela, die Trauer um das Baby – das alles wirkte sich nicht wirklich positiv auf meinen Gemütszustand aus. Ich lag in meinem Bett und starrte an die Decke – oft weinte ich auch, was Schwester Amy nicht verborgen blieb. Sie sagte nichts dazu, doch ich spürte ihren kritischen Blick.

Nach einem weiteren Tag bekam ich erneut Besuch: Cedric Curtis!

Wortlos überreichte er mir einen großen bunten Blumenstrauß, um danach unverzüglich meinen Kleiderschrank zu öffnen – ich verstand die Welt nicht mehr.

„Ja, ähm ... erstmal vielen Dank für die wunderschönen Blumen. Von Ihnen? Und ... und warum interessieren Sie sich für meine Bekleidung? Darf ich Ihnen etwas ausleihen?“

Cedric überhörte diskret meine sarkastische Bemerkung, stattdessen fing er an, meinen kleinen Koffer zu packen:

„Ich muss Sie enttäuschen, liebe Kimberly. Die Blumen sind nicht von mir. Und was Ihre Kleidung angeht, so gehe ich davon aus, sie würde mir nicht stehen. Aber Sie möchten doch zurück nach England, nicht wahr? Ihr Wunsch wurde erhört. Wir fliegen in zwei Stunden. Bitte ziehen Sie sich jetzt an.“

Ich sprang aus dem Bett, als wäre ich nie krank gewesen – und voller Freude verlor ich für einen Moment die Kontrolle über mich ... ich fiel dem attraktiven Mann um den Hals!

Als wir klar wurde, was ich da getan hatte, löste ich mich sofort wieder von ihm.

„Entschuldigen Sie, bitte. Ich bin nur so überglücklich. Endlich darf ich Angela wieder sehen. Ich glaube, sie braucht ganz dringend meine Hilfe.“

Cedric lächelte, und packte ungerührt weiter. Dann hielt er plötzlich inne, und sah mich an:

„Um Angela müssen Sie sich keine Sorgen machen. Aber um Sie sollten wir uns dringend kümmern. Nicolas besteht darauf.“

Ich wurde leichenblass:

„Nicolas? Was wissen Sie denn von ihm? Sind die Blumen etwa von ihm? Ein bisschen spät, nicht wahr? Und was meinen Sie damit, dass WIR fliegen? Wer ist das? Sie etwa?“

Cedric hatte sich nun vollständig zu mir gedreht, und strich mir zart über die Wange. Ich wollte diese Berührung nicht, trotzdem konnte ich nicht verhindern, dass ein wohliger Schauer meinen Körper durchflutete.

„Die Blumen sind von Nicolas, ja. Ich kenne Nicolas schon einige Hundert Jahre. Und es ist sein ausdrücklicher Wunsch, dass ich Sie nach England begleite. Sie dürfen keinesfalls alleine reisen – schon gar nicht bei Dunkelheit. Oder glauben Sie, dass Jacques bereits aufgegeben hat?“

Ich musste mich setzen, um diese Nachrichten zu verdauen.

Cedric Curtis war also auch ein Vampir! Und er handelte im Auftrag von Nicolas Santos! Er war also genau im Bild gewesen, was hier geschehen war. Trotzdem hatte er mich ausgefragt, und behandelt wie eine Schwerverbrecherin. Ich war außer mir!

„Ich hoffe, Sie hatten Ihren Spaß mit mir – was sollte denn das? Sie wissen doch längst alles! Warum haben Sie dann Jacques nicht längst geschnappt? Und wie lange verfolgen Sie mich schon, Cedric? Werde ich diese Vampirbrut denn niemals mehr los?“

Ich packte meine Kosmetiktasche und verschwand ins Badezimmer. Ich war mehr als sauer und wollte diesen scheinheiligen Inspektor gerade nicht sehen. Schon wieder hatte ER alle Zügel in der Hand: Nicolas!

„Beeilen Sie sich, Kimberly. Sonst verpassen wir noch unseren Flug. Übrigens, ich bin wirklich Polizist. Das nur am Rande erwähnt.“

Ich verzog das Gesicht zu einem bitterbösen Lächeln – ich traute so langsam gar niemand mehr. Sollte er doch sein, was er wollte. Hauptsache, ich kam endlich zurück – zurück nach England! Es gab dort offensichtlich einiges zu regeln ...

Die Heimreise verlief problemlos – ich versuchte den Vampir-Inspektor, soweit möglich, zu meiden. Auf Fragen antwortete ich kurz und knapp, und auch sonst gab es keinerlei Gespräche zwischen uns.

Dank der Zeitverschiebung erreichten wir England bei Anbruch der Dunkelheit.

„Da haben Sie aber Glück gehabt, nicht wahr? Wäre ja sehr peinlich gewesen, wären Sie hier plötzlich zu Staub zerfallen“, spottete ich.

Er nahm meinen Koffer und lächelte mich von der Seite an – kein Zweifel, meine Wut amüsierte ihn köstlich.

„Sie sollten nicht so vorlaut sein, liebe Kimberly. Wer weiß, wann Sie in der Situation sein werden, dass Tageslicht Ihr Dasein gefährdet. Lassen Sie uns jetzt zu Nicolas und Vasco fahren.“

Ich blieb abrupt stehen.

„Was tun wir? Jetzt sind Sie wohl völlig übergeschnappt, oder? Dort fahre ICH ganz sicher nicht hin. Ich möchte nach Hause – und zwar in meine Wohnung. Ist das klar?“

Ich wollte ihm gerade meinen Koffer abnehmen, als ich eine wohl vertraute Stimme vernahm:

„Kimberly! Kim, Süße! Da bist du ja endlich. Ich bin ja so glücklich!“

Ich drehte mich um, und sah in ein wunderschönes Augenpaar: ANGELA!

Sie war tatsächlich gekommen, um mich abzuholen. Ich war überglücklich, und wir fielen uns in die Arme. Als wir uns, nach einer halben Ewigkeit, voneinander lösten, sah ich sie prüfend an. Irgendwas war vollkommen anders an ihr – sie hatte sich sehr verändert. Diesen Eindruck hatte ich bereits am Telefon, aber nun musste ich feststellen, dass dies auch optisch der Fall war.

Ihre Augen waren ausdrucksvoller als früher, ihre Lippen voller und wunderbar geschwungen. Sie sah schon immer gut aus, ohne Zweifel – aber DIESE Frau war ein echtes Vollblutweib. Schön und unglaublich sexy.

Ich bemerkte die Blicke der Männer, die an uns vorbei liefen. Und sie galten ganz sicher nicht mir ... auch Cedric betrachtete meine Freundin voller Verlangen. Er machte keinen Hehl daraus.

Die beiden reichten sich die Hände, und Cedric machte eine leichte Verbeugung. Dann küsste er zart Angelas Hand.

„Schön, dass wir uns nun auch kennenlernen. Vasco hat nicht übertrieben, Sie sind eine bildschöne Frau."

Ich verdrehte die Augen und hoffte, dass Angela dem Charme dieses Möchtegern-Casanovas nicht erliegen würde.

„Vielen Dank für das nette Kompliment. Vasco hatte recht, Sie verstehen es, zu flirten. Kim, mein Schatz, hat er dich wenigstens ein paar Minuten in Ruhe gelassen? Oder musstest du ihn permanent abwehren?"

Sie grinste und selbst DAS sah anders aus als früher ... ihre Züge wirkten allgemein härter und kühler ... und doch spürte ich, dass ihre Zuneigung für mich noch immer dieselbe war.

„Keine Sorge, Ihre Freundin ist nicht wirklich mein Typ. Und ich interessiere mich nicht so sehr für sterbliche Frauen. Sie dienen nur meiner Nahrungsaufnahme", lachte der amerikanische Vampir und Angela stimmte ein.

„Sehr witzig", brummte ich und nahm die Hand meiner Freundin.

„Du bringst mich jetzt nach Hause, oder? In meine Wohnung? Ich möchte mich eine Weile ausruhen. Ist das Okay?"

Angela sah mich ernst an:

Kim, also ... deine Wohnung gibt es nicht mehr. Ich habe sie die Tage an eine junge Studentin vermietet. Du wohnst bei uns – dort bist du auch viel sicherer. Glaube mir."

Jetzt fing Angela auch noch an, was sollte denn das? Ich wollte nicht bei Nicolas wohnen, wirklich nicht! Angelas Händedruck wurde stärker – es war fast so, als wollte sie mich festhalten.

„Du tust mir weh, Angela. Bitte lass das. Dann bringe mich bitte in ein Hotel. Ich werde ganz sicher nicht bei Nicolas wohnen. Tut mir leid."

Aber meine Freundin ignorierte meine Widerworte. Stattdessen zerrte sie mich nun fast zu der schwarzen Limousine, die ich sehr gut kannte.

Arthur stieg aus. Freundlich lächelnd streckte er mir die Hand zum Gruß entgegen. Ich erwiderte-, und als ich gerade erklären wollte, in welches Hotel er mich bringen möge, wurde die Beifahrertür geöffnet.

Ich glaubte meinen Augen nicht zu trauen, als Nicolas persönlich ausstieg. Vollkommen ernst blickte er mich an, und ich war nicht fähig, mich zu bewegen. Wortlos hielt er mir die Hintertür auf und deutete an, dass ich einsteigen sollte. Ich befolgte seinen Wunsch, weil ich im Moment einfach keine Kraft für eine weitere Auseinandersetzung hatte.

„Super, das habt ihr ja toll hingekriegt. Nun bin ich also genau da, wo alles irgendwie aufgehört hat, nicht wahr?", schimpfte ich leise vor mich hin.

Angela setzte sich neben mich und strich beruhigend über meine Hand.

„Es ist zu deiner eigenen Sicherheit, Kim. Nicolas ist sicher, Jacques bereits in England gesehen zu haben. Und er scheint nicht alleine zu sein. Es ist gerade sehr gefährlich für dich – bitte glaube mir."

„Warum bist du so anders, Angela? Was ist mit dir geschehen? Bitte sage es mir! Und warum will Nicolas mich schützen? Ich bin wertlos für ihn, ich trage sein Kind nicht mehr in mir."

Ich sah aus dem Autofenster, während ich sprach. Nicolas war inzwischen ebenfalls eingestiegen, und drehte sich kurz zu mir um. Doch er sprach kein Wort.

„Du bist meine Freundin, meine beste Freundin. Ich würde niemals zulassen, dass dir etwas passiert. Nicolas auch nicht – du bist nicht wertlos für ihn. Glaube mir."

Sie sprach so leise, dass uns niemand hören konnte.

„Hör mir bitte zu, Kimberly. Ich gehöre jetzt zu ihnen ... während du in Amerika warst, ist viel geschehen. Ich werde dir alles in Ruhe erklären, versprochen. Aber du sollst wissen, dass ich jetzt Vascos Frau bin. Wir haben den Bluttausch vollzogen ...Kimberly...verzeihe mir ... ich gehöre nicht mehr in deine Welt ..."

Ich verstand sofort, was sie meinte. Das erklärte die mysteriöse Veränderung ihrer Person. Entsetzt sah ich sie an, starrte unverblümt auf ihre blutroten Lippen. Angela wusste genau, was ich suchte. Leicht öffnete sie diese, und da waren sie ... zwei spitze Vampirzähne ...

„Oh mein Gott, Angela! Was hast du nur getan? Weißt du überhaupt, was du da getan hast? Warum nur?", schrie ich sie an.

Ich konnte nicht anders, zu groß war meine Wut, meine Enttäuschung – und mein Hass auf die anderen Vampire.

„Ich will aussteigen, hört ihr? Nicolas Santos, lass mich hier sofort raus. Sonst bringe ich dich um, ich schwöre es dir! Oder noch besser, Euch alle zusammen!"

Nicolas schoss wie ein Blitz zu mir herum, seine Vampiraugen weit aufgerissen, die Stimme vor Wut bebend:

„Arthur, halte bitte sofort den Wagen an. Ich glaube, ich sollte dringend mit Kimberly reden ... die Zeit ist reif dafür. Und zwar ... alleine ...".

Unverzüglich brachte Arthur den Wagen zum Stehen.

Er drehte sich zu mir um, und zuckte ratlos mit den Schultern. Ganz offensichtlich wusste er selbst nicht, was Nicolas Verhalten zu bedeuten hatte … dieser war bereits ausgestiegen, und riss nun energisch die Hintertür auf.

„Kimberly, komm bitte! Wir sollten reden – wir MÜSSEN reden. Jetzt!“

Die Art, wie er mich dabei ansah, ließ mir das Blut in den Adern gefrieren.

Angela hielt mich am Arm fest, als ich seinem Befehl folgen wollte:

„Kim, bitte bleib hier! Ich habe Angst um dich! Bitte!“

Meine süße Angela – ob nun Vampir oder Sterbliche, sie war noch immer MEINE BESTE Freundin. Und mein Wutausbruch, meine Vorhaltungen ihr gegenüber, taten mir nun von Herzen leid.

Liebevoll lächelte ich sie an, und hoffte, sie damit ein wenig beruhigen zu können. Leider half das wenig.

„Lass sie in Ruhe, hörst du? Sie hat genug gelitten. Bitte Nicci!“

Ich war schon halb ausgestiegen, als ich kurz in meiner Bewegung verharrte. Ich drehte mich zu Angela:

„Wie hast Du ihn eben genannt? NICCI?“

Ich konnte nicht anders, so sehr ich es auch zu unterdrücken versuchte – ich begann, lauthals zu lachen. Und am schlimmsten war, dass ich nicht mehr aufhören konnte. Grotesk in der momentanen Situation.

Alle starrten mich fassungslos an – bis auf Angela. Sie hatte es nur ganz kurz geschafft, ihre Selbstbeherrschung zu wahren, dann stimmte sie mit ein. Wir lachten und prusteten wie zwei alberne Schulmädchen. Arthur schien sich darüber zu amüsieren – Nicolas definitiv nicht …

„Könnten sich die Damen nun bitte wieder beruhigen? Es ist wohl durchaus nicht der passende Moment für solche Dummheiten. Ihr solltet nicht vergessen, wen ihr vor euch habt. Ich bin Nicolas Santos!“

Seine Augen schienen zu glühen. Ich erkannte, dass er kurz davor stand, zu explodieren. Dummerweise empfand ich keine Angst, im Gegenteil.

Er sah unverschämt sexy aus, wenn er diesen diabolischen Gesichtsausdruck hatte ... sein dunkles Haar flatterte im Abendwind. So wie er da stand, sah er noch größer aus, als er tatsächlich war. Dieser Mann raubte mir den Atem ...

Ich stand nun direkt vor ihm und lächelte ihn an:

„Gut, dann lass uns reden – Nicci!"

Angelas Kichern klang noch in meinen Ohren, als Nicolas mich unsanft am Arm packte:

„Dir scheint es ja schon wieder verdammt gut zu gehen, liebste Kim. Das freut mich sehr."

Er zerrte mich durch die Dunkelheit, und ich fühlte mich nun doch unwohl. Als Sterbliche waren meine Augen nicht einmal halb so gut wie die eines Vampirs.

Ich spürte, dass ich ihm hilflos ausgeliefert war. Und dieses Gefühl der Ohnmacht gefiel mir nun eindeutig gar nicht.

„Nicolas Santos, würdest du mir bitte verraten, wo du mich hinschleppst? Ich dachte, du wolltest mit mir reden?"

Er drehte sich zu mir, und ich vernahm den Spott in seiner Stimme:

„Erkenne ich da ein wenig Angst, liebste Kim? Wenn ich mich recht erinnere, wolltest du mich vor wenigen Minuten noch umbringen. Oder habe ich das falsch verstanden?"

Am liebsten hätte ich ihm die Zunge raus gestreckt, aber dann hielt ich ein Verhalten dieser Art doch für ziemlich albern und niveaulos. Zumal er recht hatte – ich war voller Angst. Vor allem diese Dunkelheit machte mich nervös – ich konnte kaum noch die Hand vor Augen sehen.

Wir liefen immer tiefer in den Wald hinein, soviel bekam ich gerade noch mit. Und ich fragte mich allmählich, warum? Wollte er mich hier diskret entsorgen oder lag ihm einfach daran, dass man meine Schreie nicht hören sollte?

Ich wollte eben nachfragen, als er plötzlich stehen blieb. Wortlos drehte er mich zu sich und sah mich ernst an. Erleichtert stellte ich fest, dass zumindest der Zorn aus seinen Gesichtszügen gewichen war. Doch als seine Augen mich langsam zu durchbohren schienen, konnte ich seinem Blick nicht länger Stand halten:

Verdammt, Nicolas – was willst du von mir? Was machen wir hier?"

Ohne zu antworten, zog er mich an sich – sanft und doch fordernd. Ich wollte gerade protestieren, als er seine Lippen auf meine presste. Ohne zu zögern, öffnete ich diese, als seine Zunge um Einlass bat. Die Art, wie er mich küsste, vernebelte mir auf wunderbare Weise die Sinne ... und ich ergab mich diesem Gefühl, das so stark und gleichzeitig gefährlich war.

Ich war darauf vorbereitet, dass seine Hände mich berühren würden ... und dass er nun vielleicht doch von meinem Blut trinken wollte. Mehrmals streiften seine Lippen meinen Hals, und ich war fast schon in freudiger Erwartung auf den süßen Schmerz ... doch dann löste sich Nicolas von mir – plötzlich und unerwartet. Genauso überraschend, wie er mich berauscht hatte, ließ er mich nun einfach stehen.

Er trat einen Schritt zurück, und starrte in die Nacht. Ich konnte es nicht glauben – hörte das denn niemals auf? Ich versuchte meinen Zorn und meine Enttäuschung zu unterdrücken, und sprach mit ruhiger Stimme:

„Ich wiederhole gerne meine Frage von vorhin, solltest du sie überhört haben. Was, um Gottes willen, willst du von mir? Ich habe unser Kind verloren – und somit auch dein Interesse an mir. Warum also lässt du mich nicht endlich gehen?“

Er reagierte zu Anfang nicht – er hielt es nicht einmal für nötig, mich anzuschauen.

Mir reichte es, ich wollte gehen. Ich lief einfach los, auch wenn ich keine Ahnung hatte, wohin ich laufen sollte.

„Bleib hier, Kimberly. Es tut mir leid – alles, was dir angetan wurde. Alles, was ICH dir angetan habe. Die Zeugung unseres Kindes ... verdammt, ich habe nicht bemerkt, dass ... ich wollte nicht ...“.

Er verstummte, und drehte sich wieder zu mir:

„Ich wollte dich nicht vergewaltigen. Das war so nicht geplant. Ich habe schon vieles in meinem langen Leben getan, was sicherlich nicht positiv war. Zumindest in den Augen der Sterblichen. Aber ich habe noch niemals eine Frau gegen ihren Willen genommen. Das ist nicht meine Art.“

Ich sah ihn an, und wusste, dass er die Wahrheit sprach. Aber wie sollte ich mich nun verhalten?

„Bist du wirklich so kalt? So kalt wie Atheka behauptet?“, fragte ich zaghaft.

Seine gerade noch traurigen Augen veränderten sich von einer Sekunde zur anderen. Nun leuchteten sie in einer für mich undefinierbaren Farbe ... und sie signalisierten Gefahr!

„Atheka sagt das, ja? Atheka...wegen ihr habe ich die einzige Frau verloren, die ich jemals geliebt habe. Sie hat sie verraten, obwohl die beiden Freundinnen waren!“, er sprach voller Hass.

Ich konnte nicht glauben, was ich eben hörte:

„Du ... du hast jemand geliebt? Du hattest eine Frau? Wer war sie?“

Unruhig lief Nicolas auf und ab. Als er erzählte, war mir so, als würde er meine Anwesenheit gar nicht bemerken.

„Sie hieß Tiana und war Französin. Sie war so wunderschön und ~~so~~ voller Herzensgüte. Ganz anders als Atheka. Während Tiana ein sehr ruhiges und sanftes Wesen besaß, war Atheka voll Feuer und Temperament. So unterschiedlich und doch beste Freundinnen. Dachte ich jedenfalls."

Ich hörte Nicolas zu, und trat einen Schritt näher. Würde er es akzeptieren, wenn ich ihn berührte? Ich zögerte noch. Er hatte nicht bemerkt, dass ich direkt hinter ihm stand. Wie in Trance sprach er weiter:

„Atheka hatte von Anfang an ein Auge auf mich geworfen. Doch ich wollte nichts von ihr ... bis auf ihr Blut. Das habe ich mir genommen."

Ich erschrak:

„Warst du es, der sie zum Vampir gemacht hat? Hasst sie dich deshalb?"

Nicolas schüttelte den Kopf:

„Sie hasst mich nicht, im Gegenteil. Sie liebt mich noch immer. Aber ja – ich habe ihr den Todeskuss gegeben. Kimberly, ich bin ein Vampir, und ich trinke das Blut der Lebenden. Athekas Bewunderung kam mir gerade Recht, um mir das zu nehmen, was ich in diesem Moment brauchte, was ich begehrte. Tiana war noch eine Sterbliche. Ich zögerte, sie zu verwandeln. Sie ... sie war so zart, so unbeholfen. Ich glaubte einfach nicht daran, dass sie stark genug sein würde, um als Vampir existieren zu können."

Ich konnte nicht anders, da war soviel Traurigkeit in Nicolas Stimme – ich legte ihm einfach die Hand auf die Schulter. Als er zusammenzuckte, wollte ich sie unverzüglich zurückziehen. Zu meinem Erstaunen hielt er sie fest.

„Aber sie hatte doch dich! Du warst doch da, um sie zu beschützen, um ihr beizustehen. Was ist denn schief gegangen? Was geschah mit Tiana?"

Ich wollte unbedingt die ganze Geschichte kennen, denn mir wurde immer klarer, dass dies alles auch mit mir zu tun hatte. Was damals geschah, bestimmte nun MEIN Schicksal ...

Ohne mich anzusehen, hielt Nicolas noch immer meine Hand fest und fuhr fort:

„Ich konnte unmöglich IMMER bei ihr sein. Jedes Geschöpf der Nacht muss in der Lage sein, sich verteidigen zu können. Vor allem aber, es muss zu dem stehen, was es ist. Ich konnte mir nicht vorstellen, dass Tiana als Vampir glücklich sein würde. Trotz meiner Liebe zu ihr. Und doch ist es geschehen ... ich habe sie verwandelt."

Ich spürte, wie mein Herz zu klopfen begann. Mit jedem Wort, das Nicolas sprach, offenbarte er mehr von sich und seinem Leben. Hatte er mich deswegen hier hergebracht?

„Warum hast du sie verwandelt? Wenn du doch so sehr gezweifelt hast?"

Er ließ meine Hand los, und lief einige Schritte. Noch immer vermied er es, mich anzusehen. Und noch immer hatte ich das Gefühl, dass er mich momentan gar nicht wirklich wahrnahm ... es schien ihn unendlich viel Kraft zu kosten, die Vergangenheit erneut aufleben zu lassen.

„Sie ... sie hat darum gebettelt. Tiana wollte mir endlich ganz gehören. Sie glaubte nicht daran, dass ein Vampir mit einer Sterblichen leben kann. Und verdammt, sie hatte ja auch recht!"

Nicolas lachte bitter, dann ballte er die Fäuste, als wäre er zum Kampf bereit.

„Es war diese Nacht damals ... eine Nacht voller Liebe und Leidenschaft. Sie betörte mich, verführte mich – und ich habe die Kontrolle über mich verloren. So ist es passiert, Kimberly."

Ich war überrascht, dass er mich mit Namen ansprach. Ich machte einen Schritt in seine Richtung, all meine Angst war verflogen. Ich wollte jetzt nur einfach bei ihm sein. Aber da er seine Abwehrhaltung aufrechterhielt, blieb ich trotzdem in sicherem Abstand.

„Und ... und was geschah dann? Warum ist sie nicht mehr bei dir?“

Nicolas schwieg eine ganze Weile, dann drehte er sich um, und kam auf mich zu. Er stand nun ganz dicht vor mir ... so nahe, dass er sicherlich meinen lauten Herzschlag hören konnte.

„Tiana war mit Atheka unterwegs. Lange, zu lange. Tiana war, gemäß meinen Erwartungen, sehr unbeholfen. Sie brauchte die Hilfe eines anderen Vampirs. Und da Atheka ihre beste Freundin war, vertraute sie ihr bedingungslos. Ein fataler Fehler! Als an jenem Morgen die Sonne aufging, lag Atheka bereits schlafend in ihrem Sarg. Tiana aber verbrannte, zerfiel zu einem Häufchen Asche. Sie hatte es nicht geschafft, rechtzeitig zurückzukehren.“

Ich war entsetzt und hielt mir die Hand vor den Mund, um nicht einen leisen Schrei aus zu stoßen. Das durfte doch nicht wahr sein – das KONNTE einfach nicht wahr sein! Atheka hatte zu gelassen, dass ihre beste Freundin starb? Unter Umständen hatte sie Tiana sogar absichtlich in ihr Verderben geschickt?

Ich war erstarrt, nicht fähig, mich zu bewegen. Nicolas strich mitfühlend über meinen Kopf – obwohl doch ER derjenige war, der Trost und Beistand verdient hatte.

„Weiß man denn nicht mehr über diese Nacht? Und Atheka? Wie hat sie sich verhalten?“

Ich musste daran denken, dass Atheka offensichtlich glücklich und zufrieden bei Nicolas und Vasco lebte. Warum nur? Wie konnte Nicolas das ertragen? Nicolas schüttelte den Kopf:

„Nein, was wirklich geschah, ist niemals aufgedeckt worden. Atheka behauptete, es sei ein Unfall gewesen. Ich glaubte ihr nicht, da ich von ihrer Hörigkeit mir gegenüber wusste. Aber ich hatte kein Recht sie zu bestrafen, da es keine Beweise gab. Als ich sie davon jagen wollte, mischte sich Vasco ein. Er hatte Mitleid mit ihr – weil sie doch so sehr unter dem Tod ihrer Freundin litt."

Nicolas verzog das Gesicht zu einer bösen Grimasse – und ich konnte ihn sehr gut verstehen.

Was für ein grotesker Gedanke: Mit der Mörderin der eigenen Frau unter einem Dach leben zu müssen!

„Durch MEINEN Biss wurde Tiana zum Vampir! Ich hatte sie damit ganz und gar an mich gebunden ... und an meine Art zu leben. Obwohl von vornherein ganz deutlich zu sehen war, dass sie dafür nicht geschaffen war. Sie war ... sie war einfach zu schwach ..."

Nicolas drehte sich zum wiederholten Male von mir weg, und ich fühlte mich wie ein lästiges Anhängsel – wie eine Frau, die sich in das Dasein eines mächtigen Mannes eingemischt hatte, ohne je ein Recht dazu gehabt zu haben. Ein Mann, der außergewöhnlich anziehend, und doch so gefährlich war.

Sollte ich nun einfach gehen? War das eventuell genau der richtige Zeitpunkt, um mich endgültig von Nicolas Santos zu verabschieden?

„Es tut mir so leid, Nicolas. Du musst schrecklich gelitten haben. Davon wusste ich nichts. Lass mich jetzt einfach gehen, ja? Bitte! Ich kann nichts für dich tun und du offensichtlich auch nicht für mich. Wir streiten nur, tun uns gegenseitig weh. Vielleicht würden wir sogar anfangen uns zu bekämpfen. Ich möchte nicht, dass noch mehr schlimme Dinge passieren ..."

Ungeduldig wartete ich auf seine Reaktion, aber nichts geschah. Und so nahm ich allen Mut zusammen, und entfernte mich, in langsamen Schritten, ein Stück von ihm ... ließ er mich tatsächlich gehen?

„Kimberly, da ist noch etwas, was du wissen solltest. Jacques ist Tianas Bruder."

Abrupt blieb ich stehen. Hatte ich eben richtig gehört?

„Schon alleine deswegen wird er nicht aufhören, dich zu jagen. Ob du es mir glaubst oder nicht, aber du hast keine Chance ohne mich ... keine Chance ihm zu entkommen. Entweder macht er dich zu seinem Eigentum- oder er tötet dich, falls du dich zu sehr widersetzen solltest. Wie also lautet deine Entscheidung? Willst du gehen oder bei mir bleiben?"

Ich stand da, ratlos ... verunsichert ... all diese Neuigkeiten, dazu noch die Ereignisse der letzten Zeit ... der Verlust des Kindes, die Veränderung Angelas ... es schien einfach nicht enden zu wollen.

„Aber Nicolas, ich habe Jacques mit Atheka zusammen gesehen. Sie haben sich sogar umarmt. Um Himmels willen, er ist mit der Mörderin seiner Schwester befreundet? Ist so ein Verhalten unter Vampiren etwa normal?"

Nicolas verneinte energisch:

„Nein, ganz sicher nicht. Aber Jacques glaubt Atheka – er ist davon überzeugt, dass es nur ein Unfall war. Und er glaubt, dass Atheka genauso sehr unter dem Verlust leidet wie er. Was für ein Hohn! Stattdessen klagt er mich an – wenn auch nicht öffentlich. Er sieht mich als Ursache allen Übels. ICH habe seine Schwester verführt, und ICH war letztendlich für sie verantwortlich. Und irgendwie hat er sogar recht ..."

Nicolas fühlte sich schuldig, das war ganz offensichtlich.

„Du bist nicht schuld am Tod von Tiana! Ganz sicher nicht. Aber bitte sage mir, Nicolas – warum macht das Jacques noch gefährlicher für mich? Das wolltest du doch andeuten, nicht wahr? Er hasst DICH und will sich an dir rächen, indem er mich zu seiner Gefährtin macht? Habe ich das richtig verstanden? Und welche Rolle spielt Atheka in der ganzen Angelegenheit? Mein Gott, ist das verwirrend! Worauf habe ich mich nur eingelassen!"

Ich schlug die Hände über dem Kopf zusammen, und fragte mich, wie viele Hiobsbotschaften mich wohl noch erreichen würden.

Ich mochte bisher wohl den Eindruck gehabt haben, dass Nicolas Santos ein unsensibles Wesen ohne Herz sei – aber in diesem Augenblick war er sich des inneren Kampfes, in dem ich mich befand, durchaus bewusst.

Er legte mir den Arm um die Schulter, zog mich an sich. Diese Geste tat mir sehr gut, denn sie war offensichtlich rein freundschaftlich gemeint.

„Du bist eine sehr kluge Frau, Kimberly. Aber das habe ich von Anfang an gespürt. Stur, anstrengend, und rebellisch, ja – aber verdammt klug. Du hast es ganz richtig erkannt, Jacques benutzt dich, um mir zu schaden. Was aber nicht heißen soll, dass er dich nicht wirklich will. Ich glaube sogar, dass er sich in dich verliebt hat. Er ist Tiana in vielen Dingen sehr ähnlich ... er ist sanft, sehr charmant – und sieht gefährlich gut aus, nicht wahr?"

Ich bemerkte Nicolas fragenden Blick – erwartete er jetzt eine Antwort von mir? Ich tat ihm den Gefallen:

„Oh ja, da hast du vollkommen recht. Jacques ist durchaus mehr als eine Sünde Wert."

Das böse Funkeln in den Augen des Vampirs überging ich mit einem spöttischen Grinsen.

„Jacques kann aber auch anders sein, das hast du inzwischen wohl bemerkt. Er hat, warum auch immer, Angst vor mir ... doch seine Kraft wächst von Tag zu Tag. Und damit auch sein Wille, mich zu vernichten. Ich muss schneller sein, Kimberly. Und Atheka? Ganz einfach, sie wird Jacques helfen, DICH zu bekommen ... denn damit bist du für MICH verloren. Und sie wird erneut meine Nähe suchen. Es endet nie ..."

Ich spürte, dass dies genau der Moment war, um Nicolas ein wenig auf den Zahn zu fühlen – das Vorhaben von Jacques und Atheka beeindruckte mich wenig in diesem Augenblick.

Ich war mir einfach sicher, dass Nicolas stärker war ... und mächtiger. Es würde ihm sicher nicht schwerfallen, die beiden Vampire zu besiegen.

Aber wo stand ich in seiner Gunst? Und sollte ich tatsächlich bleiben? Hatte ich überhaupt eine Wahl, wenn ich überleben wollte? Ganz abgesehen davon, dass ich Angela wieder näher sein wollte – und sie wohnte nun einmal bei Vasco und Nicolas.

Mit fast schon zittriger Stimme stellte ich Nicolas die Frage, die mir so sehr am Herzen lag:

„Wäre es denn so schlimm, wenn ich für dich verloren wäre, Nicolas? Was überhaupt willst du von mir? Unser Kind ist tot – und es wurde nur gezeugt, weil das Leben meiner Cousine Flora auf dem Spiel stand. Aber das weißt du ja."

Ich wagte es nicht, in seine schönen Augen zu sehen. Zu sehr fürchtete ich mich vor der Antwort aus seinem Munde ...

„Flora?", er wirkte überrascht.

„Ja, Flora! Die Frau, die meinetwegen leiden musste. Sag mal, du vergisst deine Gefangenen aber sehr schnell. Dabei sieht sie verdammt gut aus, das nur mal am Rande erwähnt."

Nicolas lachte laut auf – sehr unpassend, wie ich fand. Ich sah ihn nun doch an, allerdings voller Groll. Was ihn leider nur noch mehr amüsierte.

„Du hältst mich wirklich für ein eiskaltes Monster, nicht wahr? Du hast tatsächlich geglaubt, ich benutze deine Familie, um das zu bekommen, was ich möchte? Kimberly, du bist süß! Ich kenne Flora nicht persönlich. Ich habe mich nur informiert, dass du eine Cousine mit diesem Namen hast. Wenn sie aber so hübsch ist, wie du sagst, sollte ich sie unbedingt kennenlernen."

Nicolas zwinkerte mir zu, und als er lächelte, sah ich seine spitzen Vampirzähne aufblitzen.

Himmel, wie machte dieser Mann das nur? Ein Blick von ihm, und ich schmolz dahin ... und erneut entbrannte dieses Verlangen in mir, seine Fänge an meinem Hals zu spüren ... ihm das zu geben, was er brauchte, um existieren zu können: Blut!

Da mich der Anblick dieses Verführers so sehr ablenkte, registrierte ich erst jetzt, was er da eben gesagt hatte. Ich war fassungslos, dieses Ekel! Ohne zu überlegen, trommelte ich wie eine Wilde auf seine Brust, dabei wurde ich knallrot im Gesicht, das fühlte ich genau.

„Du hast mich reingelegt? Einfach so? Ohne mit der Wimper zu zucken? Nicolas Santos, ich hasse Dich!“

Nicolas lachte nur und hielt meine Hände fest. Dann zog er mich mit einem einzigen Ruck an sich und flüsterte in mein Ohr:

„Nein, Kim – du hasst mich nicht. Und das weißt du auch ... was ich von dir will? Das ist doch offensichtlich, nicht wahr? Ich begehre dich, ich will dich spüren ... deine nackte Haut, deine Zartheit ... deine Enge ... und ich will hören, wie du meinen Namen schreist, wenn du kommst ... das will ich von dir.“

Seine Worte erregten mich in höchstem Maße, und mir wurde beinahe schwindelig.

„Aber zwei Dinge sollst du wissen, mein hübsches Kind. Ich werde nur mit dir schlafen, wenn du mich ganz freundlich darum bittest. Ich habe dich einmal gegen deinen Willen genommen – das kommt nicht mehr vor. Und ich werde NIEMALS von dir trinken, hörst du? Egal, wie viel Selbstbeherrschung mich das kosten wird. Ich habe einmal eine Frau in ihr Unglück gestürzt ... diesen Fehler begehe ich kein zweites Mal. Schon gar nicht bei dir, Kimberly. Dazu bist du mir zu wichtig ...“Unverzüglich löste ich mich von ihm. Dieser Mann kostete mich wirklich den letzten Nerv! Eben noch voller Sinnlichkeit und knisternder Erotik kam jetzt die kalte Dusche.

Ich sollte ihn darum bitten, Sex mit mir zu haben? Das war ja wohl die Höhe! Das würde ich ganz sicher nicht tun! Hatte ich DAS nötig? NEIN! Dazu seine Angst, mich an sich zu binden ... und mich damit eventuell in Gefahr zu bringen ... er verglich diese Situation mit damals. Hatte ich es doch gewusst!

Ich stand in Tianas Schatten, und dort fühlte ich mich gar nicht wohl. Ich musste ihm beweisen, dass ich anders war. Ich war KIMBERLY – nicht TIANA!

„Lass uns von hier weggehen, Nicolas. Ich fühle mich nicht mehr wohl in diesem Wald. Außerdem wird es immer kälter, ich friere. Ich sehe ein, dass ich deinen Schutz benötige. Ich möchte keinesfalls in die Hände von Jacques geraten. Außerdem zieht es mich zu Angela. Ich habe sie so sehr vermisst, als ich in Amerika war. Und ich sollte mich dringend bei ihr entschuldigen, mein Verhalten von vorhin betreffend. Ach so, ehe ich es vergesse: Ich werde dich ganz sicher nicht darum bitten, mit mir zu schlafen. Das habe ich nicht nötig, Mr. Dracula! Da mache ich es mir lieber selbst, oder schnappe mir einen anderen Vampir. Können wir gehen?"

Nicolas nickte lächelnd und nahm meine Hand. Während wir zurückliefen, sprachen wir kein Wort. Dafür sah ich ihn immer wieder verstohlen an. Bildete ich mir das ein, oder grinste er unaufhörlich vor sich hin?

„Sag mal, Santos, du nimmst mich nicht ernst, oder? Du bist total von dir überzeugt! Du ... -du arroganter Typ! Und ich hasse dich eben DOCH!"

Ich ließ seine Hand los, und lief alleine weiter. Nicolas blieb mir dicht auf den Fersen, wohl schon aus Gründen der Sicherheit. Der Wald war so dunkel und hinter jedem Baum konnte sich Jacques versteckt halten ... oder andere Gefahren ...

Endlich erreichten wir die schwarze Limousine, und ich atmete erleichtert auf. Angela hielt mir bereits die Türe auf. Ehe ich einstieg, hielt mich Nicolas für einen weiteren kurzen Moment fest:

„Und du hasst mich eben doch nicht, süße Kimberly. Das wissen wir beide, nicht wahr? Du wirst mich bald anflehen, dich zu lieben ... -dich verrückt zu machen ... -dir die Sinne zu rauben. Warte nur ab."

Ich lächelte ihn spöttisch an:

„Träum weiter, Nicci! Wer auch immer meinen Körper besitzen wird, DU wirst es ganz sicher nicht sein."

Ich setzte mich neben Angela, die mich fragend ansah. Als Nicolas neben Arthur Platz genommen hatte, startete dieser den Motor und wir fuhren nach Hause oder zumindest dahin, wo in nächster Zeit mein zu Hause sein sollte.

Warum auch immer, ich fühlte mich plötzlich sicher und geborgen ... und ich hatte das Gefühl, dass ich mich jetzt gerade in einem Kampf befand, der anders war ... gefährlich ... spannend ... sinnlich und erotisch ...

Ich war bereit dazu – bereit es mit dem Mann aufzunehmen, der sich seiner Sache so verdammt sicher war. Es würde sich noch herausstellen, wer der Stärkere von uns beiden war ...

Es war ein seltsames Gefühl, das Anwesen von Nicolas und Vasco zu betreten. Hatte ich mir doch geschworen, dass es dazu nie wieder kommen würde. Nun stand ich da – in der großen Halle, und mir war fast so, als sei ich nie wirklich fort gewesen ...

„Da seid ihr ja endlich. Ich dachte schon, ich müsste euch allmählich suchen. So langsam habe ich mir Sorgen gemacht."

Ohne mich umzudrehen, wusste ich sofort, wer gesprochen hatte – der amerikanische Akzent war deutlich zu erkennen: Cedric Curtis! Ich hatte mich schon gewundert, wo er geblieben war. Doch dann vergaß ich, danach zu fragen.

Er steuerte unverzüglich auf Nicolas zu. Freudig strahlend umarmten sich die beiden Vampire. Die Vertrautheit, die sie verband, war nicht zu übersehen.

„Cedric, alter Freund, wie lange ist es her, seit wir uns zuletzt gesehen haben? Und wo war das noch mal?"

Nicolas schien überglücklich zu sein.

Cedric sah sehr elegant aus, er trug eine schwarze Hose, deren Stoff leicht glänzte. Ohne zu wissen, um welches Material es sich handelte, konnte ich mir ausrechnen, dass dieses Kleidungsstück ein Vermögen gekostet hatte. Aber so wie bei Nicolas und Vasco, spielte wohl auch in Cedrics Dasein Geld keine große Rolle.

Das weiße Hemd trug er halb offen, was einen nahezu perfekten Oberkörper offenbarte. Die dunklen Haare hatte er streng zurückgekämmt, was ihn noch vornehmer und sehr attraktiv aussehen ließ.

„Heißer Typ, nicht wahr? Der ist echt eine Sünde Wert. Wie wäre es, Kim? So richtig guter Sex würde dir bestimmt auch mal wieder gut tun. Naja, und das bisschen Blut, dass er dir dabei wohl abzapfen würde, das kannst du locker entbehren."

Ich sah meine Freundin entsetzt an, dann musste ich herzhaft lachen:

„Also in manchen Dingen hast du dich kein bisschen verändert, weißt du das? Aber ich muss dich enttäuschen, ich habe kein Interesse an Cedric. Obwohl er sehr gut aussieht."

Ich kniff sie in den Arm, und sie begann zu kichern.

Die beiden Männer drehten sich zu uns. Cedric lächelte mich charmant an, und kam in schnellen Schritten auf mich zu. Er reichte mir die Hand:

„Schön, Sie wiederzusehen, liebste Kimberly. Ich bin sehr erleichtert, dass mein guter Freund Nicolas in der Lage war, sie davon zu überzeugen, hier zu wohnen. Hier sind Sie in Sicherheit, glauben Sie mir."

Ich nickte stumm, als ich seinen Händedruck erwiderte. Instinktiv blickte ich zu Nicolas, was Cedric sofort auffiel.

„Gibt es Probleme? Ich habe den Eindruck, zwischen Nicolas und Ihnen gibt es gewisse Spannungen."

Nicolas sagte nichts dazu, aber ich konnte mir einen bissigen Kommentar leider nicht verkneifen:

„Nein, seien Sie unbesorgt, Cedric. Nur das alte Thema, der Herr Obervampir weiß nicht so richtig, was er will."

Ich grinste frech, was den ärgerlichen Gesichtsausdruck von Nicolas noch ein klein wenig verstärkte. Ehe es allerdings zu größeren Auseinandersetzungen kommen konnte, hatte Vasco die Halle betreten.

Angelas Gesicht erhellte sich umgehend, als der Mann, den sie so sehr liebte, mit ausgebreiteten Armen auf sie zu lief.

„Angela, mein Liebling ... -du hast mir gefehlt, weißt du das?"

Er küsste sie lange und hingebungsvoll. Nicolas verdrehte die Augen:

„Nun, wenn man bedenkt, dass ihr gerade mal ganze drei Stunden voneinander getrennt gewesen seid, ist das vielleicht etwas übertrieben."

Cedric lachte laut auf, dann legte er seine Hand die Schulter des Freundes:

„Nicolas, mein Freund. Du warst einmal genauso. Schon vergessen? Ich hoffe nicht, dass dein Herz inzwischen nur noch ein großer Steinbrocken ist."

Cedric drehte den Kopf und sah mich an – und wie er mich ansah! Es war ganz offensichtlich, dass er wusste, was ich für Nicolas empfand ... ja, er wusste alles, seine Augen verrieten es mir ...

Der Rest der Nacht verlief ohne Streitereien. Angela und ich sprachen über alte Zeiten, über ihr neues Dasein als Vampir und über ihre Liebe zu Vasco.

„Du musst mir unbedingt ganz genau erzählen, wie das war ... also deine Verwandlung."

Meine Neugier war so groß, dass ich rote Wangen bekam, als ich danach fragte. Angela lächelte mich vielsagend an:

„Das werde ich tun, meine Süße. Ganz sicher sogar. Kann es sein, dass es dich selbst reizt, dein jetziges Leben zu beenden? Vielleicht wegen des Mannes, der da drüben neben Cedric steht?"

Ich stieß ihr freundschaftlich meinen Ellenbogen in die Seite, worauf sie ihr Gesicht schmerzhaft verzog - gespielt theatralisch natürlich, wie es sich für Angela gehörte.

Es wurde, wider Erwarten, ein schöner Abend. Ich fühlte mich so wohl, dass ich, für kurze Zeit, nicht an all die schlimmen Dinge dachte, die sich zugetragen hatten. Ich lachte viel mit Angela und Vasco und musste ehrlich zugeben, dass die beiden ein wunderschönes Paar waren. Auch das Zusammensein mit Cedric entpuppte sich als echte Bereicherung – er war ein hervorragender Gesprächspartner mit sehr viel Humor.

Arthur, der inzwischen längst mein väterlicher Freund geworden war, strich mir ab und an über das Haar ... ich wusste, dass er mich trösten wollte, dass er um meinen Schmerz wusste. Und er zeigte ganz offen, dass er sehr glücklich über meine Rückkehr war.

Da ich allerdings noch immer zum Kreise der Sterblichen zählte, spürte ich allmählich meine Kräfte schwinden. Müdigkeit überkam mich in einem so atemberaubenden Tempo, dass ich fast eingeschlafen wäre – auf dem Sofa, neben Cedric sitzend.

„Tut mir leid, wenn ich Sie langweile, liebste Kim. Ich bin nun mal nicht Nicolas, ich weiß. Aber seine Gesellschaft meiden Sie im Moment ja wie die Pest, nicht wahr?"

Unverfroren zwinkerte er mir zu, doch ich konnte ihm nicht böse sein. Dieser Mann war einfach köstlich – nichts und niemand schien ihn jemals aus der Ruhe zu bringen.

„Mein lieber Cedric, Sie sind ein ausgezeichneter Unterhalter. Ich habe Nicolas daher nicht eine Sekunde vermisst, glauben Sie mir. Aber die Reise, die Ereignisse der letzten Zeit ... es war alles etwas zu viel für mich. Ich denke, ich sollte schlafen gehen. Und Sie? Gehen Sie noch auf die Jagd?"

Mist – so hatte ich das jetzt nicht formulieren wollen. Ich hielt die Hand vor den Mund, als wollte ich das Gesagte sofort rückgängig machen. Aber Cedric war nicht böse, im Gegenteil. Er lachte, und legte mir freundschaftlich den Arm um die Schulter.

„Kimberly, Sie sind wunderbar, wissen Sie das? Wenn ich nicht wüsste, dass mein alter Freund Nicolas ein Auge auf Sie geworfen hat, könnte ich fast schwach werden. Kommen Sie, ich bringe Sie auf ihr Zimmer. Wenn Sie das erlauben? Oder haben Sie Angst, dass Sie mein Jagdopfer werden?"

Für einen Moment erschrak ich, dann drehte ich mich zu ihm, und sah ihm direkt in sein Gesicht:

„Keine so schlechte Idee, Cedric. Ob Nicolas dann aufwacht? Wenn ein anderer Mann von mir trinkt?" Cedrics Lachen erstarb für einen Augenblick, dann nahm er meine Hand.

„Sie sollten wirklich ein wenig ausruhen, Kim. Sie scheinen sehr verwirrt zu sein."

Ich verabschiedete mich kurz von den anderen, die gerade dabei waren, das Haus zu verlassen. „Wir gehen noch was trinken", hatte Angela lachend gesagt.

„Aber keine Sorge, du bist nicht alleine. Arthur wird ständig ein Auge auf dich haben", beruhigte mich Vasco.

„Vasco meint, er habe heute Atheka in der Nähe des Hauses gesehen. Wir müssen daher sehr wachsam sein."

Arthurs warme Augen sahen jetzt sehr ernst und nachdenklich aus. Fast meinte ich, ein wenig Angst darin zu lesen.

War Jacques inzwischen doch viel stärker und mächtiger, als man es zugeben wollte?

„Ich werde nicht eher ruhen, bis ich Atheka und Jacques gefunden habe. Und ich schwöre euch, diesmal werde ich kein Mitleid haben. Niemals mehr!"

Nicolas Augen glühten rot, er sah aus wie ein gefährliches Raubtier. Sofort musste ich an die Kampfszene damals denken ... ich bekam Angst ... nicht nur Angst vor ihm, nein – ich bekam auch Angst um ihn ...

Cedric begleitete mich zu meinem Zimmer, das ich dieses Mal alleine bewohnen würde. Verständlich, denn Angela gehörte nun zu Vasco und seit ihrer Verwandlung unterschied sich ihr Tagesablauf ganz enorm von meinem.

Auf dem Weg dorthin hatten wir kaum ein Wort miteinander gesprochen. Cedric spürte offensichtlich meine Sorgen um Nicolas. Er hielt meine Hand und drückte sie ab und zu – ich verstand ihn auch ohne Worte. Dieser attraktive Vampir hatte eine ganz außergewöhnliche Gabe, mich zu beruhigen – und das, ohne nur ein Wort zu sagen ...

„Sie lieben Nicolas, nicht wahr? Warum bringe ich Sie dann nicht in seine Gemächer?"

Cedric lehnte sich lässig an die Tür meines Zimmers und sah mich prüfend an.

Ich fragte mich gerade ernsthaft, warum ich mich nicht in IHN verliebt hatte ... er sah nicht nur verboten gut aus, nein – er war klug und sensibel. Und zumindest Sensibilität konnte man Nicolas nun wirklich nicht vorwerfen – das war jedenfalls meine Meinung in diesem Augenblick.

„Sie meinen, in sein Bett, nicht wahr? Ich muss Sie enttäuschen, Cedric. Wenn ich Sex von ihm will, muss ich brav darum bitten. Und selbst wenn er sich dann herablassen sollte, meine körperlichen Gelüste zu befriedigen, wird er niemals mein Blut trinken. Das ist so ungefähr sein Wortlaut. Noch Fragen?"

Verbittert öffnete ich meine Zimmertüre und ging hinein.

Cedric blieb draußen stehen, und belustigt stellte ich fest, dass ich ihn offenbar in echtes Erstaunen versetzt hatte. Mit großen Augen starrte er mich an, dann veränderte er seine bequeme Position, kam ein Stück näher.

„Sie sollen was? Um seine Gunst betteln? Und er will Ihr Blut nicht? Ist er jetzt total verrückt geworden?"

Cedric raufte sich die Haare, lief ruhelos auf und ab.

„Er will Sie nicht an sich binden, stimmt's? Verflucht, ich dachte, er habe Tiana längst überwunden. Gut, dann sollten wir wohl wirklich das tun, was Sie vorhin angedeutet haben. Wenn auch auf etwas ungeschickte Art und Weise."

Nun war ich erstaunt. Was meinte er?

„Sie wollen mich- ... äh, Sie wollen mich beißen? Von mir trinken?", fragte ich zaghaft.

Cedric lächelte mich verführerisch an:

„Nein, das darf ich nicht, das würde ich niemals tun. Er würde uns beide dafür hassen. Der Vampirkuss, jedenfalls in so einem Falle, hat eine sehr große Bedeutung. Der Gedanke ist überaus reizvoll, glauben Sie mir, meine schöne Kim. Aber soweit gehe ich nicht ... wir werden einfach hemmungslos flirten. Ich werde Sie umgarnen, ständig in Ihrer Nähe sein. Können Sie damit leben?"

Ich lachte und streckte ihm meine Hand entgegen.

„Nun, dann müssen Sie aber wenigstens kurz mein Zimmer betreten. Oder ist das bereits unanständig?"

Cedric griff nach meiner Hand, aber anstatt sich von mir in den Raum führen zu lassen, zog er mich energisch an sich.

Damit hatte ich nun überhaupt nicht gerechnet, und wäre fast gefallen. Doch er hielt mich geschickt, und nun war ich ihm näher als jemals zuvor. Himmel, was für wunderschöne Augen hatte dieser Vampir – und ich fühlte ganz deutlich, es gab keinen Grund, ihn zu fürchten. Er würde mir nichts tun, niemals. Zu groß war sein Respekt vor Nicolas und vor mir.

„Ich denke, es ist der richtige Zeitpunkt, um uns beim Vornamen zu nennen. Was meinst du?"

Ich nickte und Cedric ließ mich genauso schnell los, wie er mich an sich gezogen hatte.

„Es wird alles gut, Kimberly. Vertraue mir, ja? Du bist eine atemberaubende Frau, wenn ich das so offen sagen darf. Und Nicolas weiß das auch, ganz sicher sogar. Er braucht wohl nur einen leichten Schubs, eine Lektion ... dann wird er um dich kämpfen. Geh jetzt schlafen, du brauchst ein wenig Erholung. Du hast in letzter Zeit viel ertragen müssen."

Mit einem zarten Kuss auf die Wange, verabschiedete er sich von mir. Ich wollte gerade noch etwas sagen, da war er bereits verschwunden.

Himmel, diese Geschöpfe er Nacht konnten sich wirklich schneller bewegen, als das menschliche Auge es erfassen konnte. Ich war beeindruckt.

Als ich mich entkleidet und gewaschen hatte, legte ich mich in das liebevoll hergerichtete Bett.

„Arthur, Du bist ein Engel", dachte ich bei mir, und zog die warme Decke hoch bis ans Kinn.

Das tat so unsagbar gut. Es dauerte nur einen kurzen Moment, bis ich eingeschlafen war ... ich fing an zu träumen ... ein Traum?

Ich wusste es nicht genau ... ich lag auf der Seite und spürte einen kühlen Luftzug. Ich wollte mich umdrehen, doch ich konnte es nicht. Ich hatte das Gefühl, wie betäubt zu sein. Plötzlich umfingen starke Arme, eindeutig Männerarme, meinen Körper. Ich wollte schreien, um mich schlagen. Doch die Person, wer immer es war, hielt mich fest, und eine Hand legte sich auf meinen Mund ...

Ich war verwirrt und erregt zugleich. Ein mir unbekannter Körper schmiegte sich eng an den meinen, und ich hörte seine leisen Atemzüge.

Verdammt, das war ein Traum, das musste ein Traum sein! Aber wer war es, der bei mir lag? Von wem träumte ich gerade?

Die fremde Gestalt küsste meinen Hals, und ich, ich erschauerte, als ich seine warmen, weichen Lippen fühlte. Und dann war da plötzlich noch etwas ... lang, spitz und gefährlich. Ich kannte dieses Gefühl, ich wusste, was es war: Vampirzähne!

Ich zuckte zusammen, und sofort beendete der Fremde sein erotisches Spiel an meinem Hals. Der Vampir – ganz offensichtlich war er ein Vampir – hatte nicht vor, mich zu beißen ... jedenfalls noch nicht ...

Ein Traum ... ein wunderbarer Traum, so dachte ich. Doch dann schob der Unbekannte mein Nachthemd hoch, und streifte langsam meinen Slip ab. Das war so wirklich, so real ... als er seinen Finger tief in mein feuchtes Geschlecht schob, wusste ich es ...DAS WAR KEIN TRAUM! Was dieses Wesen gerade mit mir machte, war absolut REAL! Sollte ich schreien? Sollte ich mich wehren? Wollte ich das überhaupt?

Ich hörte den schnellen Atem des Vampirs ... seine pralle Männlichkeit, die sich fordernd an mich drängte ... oh Gott, was geschah hier mit mir? Und wer war es, der mich so sehr erregte? Jacques? Es konnte nur Jacques sein – kein anderer Mann würde es wagen, das mit mir zu tun! Oder doch Nicolas? Er hatte schließlich zugegeben, dass er mich begehrte ... wollte er nun doch nicht darauf warten, dass ich um seine Gunst bettelte?

Doch zum Nachdenken hatte ich keine Zeit mehr. Der Fremde begann, langsam in mich einzudringen. Immer tiefer versenkte er seine Härte in mir, immer gieriger nahm ich ihn in mir auf.

„Oh Gott, jaaaa! Ja, bitte ... hör nicht auf ... jaaa!“

Mein lauter Schrei hallte durch die Nacht, und ich wusste, dass es wohl jeder hören musste, der sich im Haus befand. Aber das war mir gerade völlig egal – dieser starke Vampir, wer immer es auch war, liebte mich mit einem Feuer, das mich rasend machte. Ich wollte es auskosten, genießen ... egal, wie gefährlich dieses Spiel auch war ... egal, ob ich am Ende den Preis dafür bezahlen musste ...

Schweißgebadet fuhr ich hoch, als ein lautes Klopfen meinen wunderbaren Traum beendete … den Traum …?

Es dauerte einen Moment, bis ich wieder im Vollbesitz meiner geistigen Kräfte war. Was war eben geschehen? Wie konnte ein Traum so dermaßen real erscheinen?

Es war noch immer dunkel, doch da sich meine Augen daran schnell gewöhnt hatten, konnte ich die Lage überblicken: Ich war definitiv alleine im Zimmer! Um ganz sicher zu sein, streckte ich meine Hand aus, tastete das Bett ab – doch da war nichts, rein gar nichts! Erleichtert atmete ich auf – egal, wie sehr ich für einen Moment daran geglaubt hatte, dass mein fremder Liebhaber tatsächlich bei mir lag, so war es doch nur eine herrliche Einbildung gewesen …

Erneut klopfte es an meine Tür, diesmal wesentlich energischer:

„Kimberly, ich bin es, Angela. Kann ich reinkommen? Was ist denn bei dir da drin los? Oder störe ich?“

Ich glaubte, ein leises Kichern zu hören.

„Einen Moment, bitte. Ich öffne dir gleich!“, rief ich, und kletterte aus dem Bett.

Da erst bemerkte ich, dass ich kein Höschen trug. Ich wollte mir lieber nicht vorstellen, in welcher Form ich meinen Traum ausgelebt hatte, und schüttelte lächelnd den Kopf.

Als ich zur Türe ging, spürte ich, dass eine warme Flüssigkeit meinen Oberschenkel hinab lief. Und diese kam direkt aus mir – aus meinem Körper …

Mir war unverzüglich klar, um was es sich handelte ... der feurige Fremde war kein Traum gewesen – ich hatte tatsächlich Sex gehabt. Der sichere Beweis dafür kam gerade zum Vorschein.

Ich erinnerte mich an die letzten Minuten, ehe ich in einen tiefen Schlaf fiel … die immer schnelleren Bewegungen des Fremden, sein lautes Keuchen … meine Finger, die sich in das Kissen krallten … mein Schrei, als mich der Orgasmus überwältigte … und sein Körper, der sich noch einmal fest an den meinen presste … ein letzter tiefer Stoß … danach verließ mich die Erinnerung …

Als ich die Türe öffnete, stand eine frech grinsende Angela vor mir, deren spitze Fangzähne hervor blitzen.

„Darf ich reinkommen?“, fragte sie, wartete meine Antwort allerdings nicht ab.

Ich steckte kurz den Kopf nach draußen, um sicher zu sein, dass kein weiterer Besuch in der Nähe war. Schnell schloss ich die Türe und setzte mich auf das Bett, wo Angela bereits Platz genommen hatte. Ihre schönen Vampiraugen funkelten und sahen mich erwartungsvoll an.

„Sag mal, Süße, was grinst du eigentlich wie ein Honigkuchenpferd? Wirke ich so belustigend auf dich?“

Aber eigentlich ahnte ich schon den Grund ihres Verhaltens.

„Also entweder wurdest du heftig misshandelt, oder du hattest richtig heißen Sex. In beiden Fällen würde mich brennend interessieren, wer dein nächtlicher Besuch war. Und da ich keinerlei Verletzungen an dir feststelle, gehe ich davon aus, dass die zweit genannte Möglichkeit eher zutrifft."

Für einen kurzen Augenblick sah ich sie an, dann drehte ich den Kopf zur Seite. Ich wollte genau nachdenken, was ich jetzt sagen würde. Dann entschied ich spontan:

„Angela, du hast recht. Ich hatte Besuch, und er hat mich leidenschaftlich geliebt. Aber … aber ich habe keine Ahnung, wer es war", gab ich kleinlaut zu.

Angela wäre fast vom Bett gefallen, als sie mein Geständnis hörte. Sie begann, lautstark zu lachen:

„Kim, Süße – du bist einfach klasse, weißt du das? Ich dachte, mein Leben wäre jetzt neu und aufregend, seit ich ein Vampir bin, -aber du schlägst mich mal wieder um Längen. Das ist ein Scherz, oder? Du wirst von einem Mann genommen, den du nicht kennst? Und du hast wirklich keine Ahnung?"

Ich verneinte.

Angela war aufgestanden und zum Fenster gelaufen. Es war offensichtlich, dass sie nachdachte.

„Er war ein Vampir, das steht fest. Ich habe seine langen Fangzähne bemerkt. Aber er hat mich nicht gebissen. Vielleicht Jacques?"

Angela drehte sich zu mir, noch immer sah sie sehr nachdenklich aus.

„Das glaube ich nicht. Vasco hat ihn erst vorhin gejagt. Er ist sich ganz sicher, ihn hier in der Nähe gesehen zu haben. Obwohl … er hat ihn dann irgendwann verloren. Möglich wäre es also. Aber würde er es tatsächlich wagen, das Anwesen von Nicolas zu betreten? Ich weiß nicht …"

Wir gingen einige Möglichkeiten durch, kamen allerdings zu keinem befriedigenden Ergebnis.

„Da ist noch was, dass ich dir sagen muss, Kim. Also … nun, Nicolas hat dich ebenfalls gehört … das solltest Du vielleicht besser wissen."

Erneut grinste sie.

Himmel, wie peinlich das war! Und gleichzeitig war damit bewiesen, dass Nicolas als nächtlicher Besucher ausfiel.

Schade eigentlich – an diesen Gedanken hätte ich mich noch am ehesten gewöhnen können. Aber nach unserem Gespräch im Wald war mir klar, dass Nicolas es niemals wieder wagen würde, mich in irgendeiner Form beim Sex zu überrumpeln. Ich wollte gerade Angela eine Frage stellen, als meine Zimmertüre aufgerissen wurde.

Ich zuckte vor Schreck zusammen, als ein wutschnaubender Nicolas Santos in den Raum stürmte.

„Du kannst es wohl kaum abwarten, bis man dir den Rücken zudreht, was? Hast du nur darauf gewartet, dass ich das Haus verlasse, um ungestört deine Lust ausleben zu können? Ist das deine Rache, weil ich dir sagte, dass ich dich nicht anrühre, ehe du mich darum bittest? Aber ich habe dich gehört, Kimberly! Und verdammt, ich will sofort eine Erklärung von dir!"

Ohne Vorwarnung hatte er mich grob am Arm gepackt, und vom Bett hochgezogen.

„Nicolas, bitte! Lass sie los! Was soll denn das? Du tust ihr weh!", fauchte ihn Angela an.

Inzwischen waren auch Vasco und Cedric dazu gekommen. Kurz darauf folgte Arthur.

„Was ist das hier, eine Versammlung? Muss ich jetzt um Erlaubnis fragen, mit wem ich mich vergnüge? Was wollt ihr also wissen? Ob es mir gefallen hat? Ja, hat es! Das nur zur allgemeinen Information."

Trotzig hatte ich mich aus Nicolas festem Griff befreit und stand nun neben Angela. Schützend legte sie den Arm um mich. Aber

Nicolas tobte noch immer und seine Vampirzähne traten gefährlich weit hervor.

Zu meiner Schande musste ich gestehen, dass ich in diesem Augenblick große Angst vor ihm hatte. Er sah mich an, als wollte er mich jeden Moment schlagen. Vasco und Arthur waren näher getreten, während sich Cedric um Nicolas kümmerte.

Vorsichtig legte er ihm seine Hand auf die Schulter:

„Nicolas, beruhige dich, bitte. Was Kimberly in ihrem Bett tut, geht uns nun wirklich nichts an. Meinst du nicht auch?"

Obwohl ich vor Angst zitterte, betrachtete ich schmachtend die beiden attraktiven Vampire. Spielte mir meine Wahrnehmung einen Streich, oder hatte mir Cedric gerade zugezwinkert? Fast war mir so, als würde er sich über Nicolas lustig machen. Dieser bemerkte davon zum Glück nichts, stattdessen sprach er in ruhigem Ton zu seinem Freund:

„Das geht mich nichts an, meinst du? Sie befindet sich immerhin in meinem Haus, nicht wahr? Wir versuchen sie zu schützen, falls du das vergessen haben solltest. Jacques ist noch immer hinter ihr her – vielleicht war ER bei ihr?"

Er sah mich fragend an, und sein Blick bohrte sich tief in mich hinein.

Wer war es, Kimberly? Wer hat deinen Körper besitzen dürfen? Wer hat dich so leidenschaftlich geliebt, dass du vor Lust geschrien hast? Ich muss es wissen, hörst du? Sage es mir!

Oh Gott, er tat es wieder … und ich dachte, das hätte aufgehört.

Diese Stimme in meinem Kopf, die Stimme von Nicolas! Er war dabei, in mein Bewusstsein einzudringen, wollte auf diese Art und Weise das erfahren, was mein Mund nicht sagte – was er gar nicht sagen konnte. Außerdem ging es ihn nichts an!

„Verschwinde aus meinem Kopf, Nicolas Santos! Es geht dich überhaupt nichts an, mit wem ich schlafe. Hast du das kapiert? DU warst es jedenfalls nicht – und ich bin dankbar dafür!"

Er wollte erneut auf mich zu stürmen, doch Cedric hielt ihn zurück.

„Du solltest dich erstmal beruhigen, alter Freund. Sonst tust du eventuell noch etwas, was du später bereuen würdest. Glaube mir. Am besten, wir lassen die Frauen alleine. Wenn Angela bei Kimberly ist, kann ihr nichts geschehen einverstanden?"

Noch immer starrte mich Nicolas an, und er sah gefährlicher aus denn je. Doch er nickte Cedric zu, ließ sich von ihm aus meinem Räumlichkeiten führen. Noch einmal drehte er sich um:

„Kimberly, wir reden noch miteinander, hast du verstanden? Und bis dahin wird dein Zimmer nachts abgeschlossen. Widerrede ist zwecklos."

Damit verschwanden die beiden Männer.

Nun war ICH völlig außer mir:

„Spinnt der jetzt komplett? Ich bin doch nicht seine Gefangene! Angela, bitte – das lässt du nicht zu, oder?"

Meine Freundin sah ratlos aus. Sie fühlte sich ganz offensichtlich hin- und her gerissen zwischen Nicolas und mir. Vasco und Arthur, die diese unschöne Szene stumm beobachtet hatten, gesellten sich nun zu uns.

Vasco trat zwischen Angela und mich, legte seine Arme um uns. Dann lächelte er und sprach mit seiner wunderbar melodischen Stimme:

„Ich hatte tatsächlich mal Angst, mein Dasein könnte langweilig werden. Dann seid ihr beide mir begegnet. Und nun überlege ich mir schon, ob wir euch überhaupt gewachsen sind. Angela alleine ist schon ein Wirbelwind – aber zusammen mit DIR grenzt das schon fast an Chaos."

Wir mussten lachen, denn Vasco schaffte es, einen Moment lang sehr leidend auszusehen.

Ich mochte ihn – und seinen Humor dazu.

„Kimberly, bitte versuche Nicolas zu verstehen. Es ist nicht nur die tosende Eifersucht in ihm – er hat Angst! Angst um dich … wenn es jeder schafft, so einfach und unbemerkt in dein Zimmer zu gelangen, wie kann er dich dann schützen? Ich glaube, er fürchtet sich davor, nicht rechtzeitig bei dir zu sein, wenn du Hilfe brauchst."

Ich musste an die Geschichte von Nicolas und Tiana denken … und an das Schuldgefühl, das er wohl noch immer in sich trug.

Plötzlich tat mir Nicolas sehr leid. Und doch missbilligte ich sein Verhalten mir gegenüber. Ich wollte es keinesfalls zulassen, dass ich nachts eingesperrt würde.

„Weißt du was, Kim? Ich bleibe einfach den Rest dieser Nacht bei dir. Dann ist es gar nicht nötig, dass du eingeschlossen wirst. Was hältst du davon? Ich wache bei dir!"

Angela war von ihrer Idee begeistert. Ich nickte freudestrahlend – eine perfekte Gelegenheit, ungestört mit meiner Vampir-Freundin reden zu können.

Vasco lächelte seine Frau zärtlich an, als er begann, ungeniert ihre wunderbar geformten Brüste zu streicheln. Als sein Mund sanft ihren Hals streifte, stöhnte meine Freundin leise auf.

„Ich muss von dir trinken, Geliebte. Die Jagd heute Nacht hat mich viel Kraft gekostet. Und ich will noch mehr von dir …", flüsterte Vasco.

Doch ich konnte ihn deutlich hören. Ich war erstaunt, wie offen die beiden mit ihrer Lust umgingen. Es störte sie in keiner Weise, dass ich ihre eindeutigen Berührungen deutlich sehen konnte …

„Kim … ich ziehe mich mit Vasco kurz zurück. Aber ich verspreche dir, ich komme gleich wieder."

Sie war kaum noch fähig zu sprechen, so sehr hatte die Begierde Besitz von ihr ergriffen. Als sie mit dem blonden Vampir mein Zimmer verließ, flüsterte sie im Vorbeigehen:

„Kim, Vampire sind einfach fantastische Liebhaber. Und seit ich selbst ein Geschöpf der Nacht bin, ist es noch schärfer geworden. Oft bekomme ich schon den ersten Orgasmus, wenn er nur von mir trinkt …"

Sie kicherte leise. Lächelnd sah ich ihnen hinterher. Arthur blieb noch einige Minuten bei mir, dann verabschiedete er sich:

„Angela ist sicherlich gleich zurück. Und der Tag ist auch nicht mehr fern. Sie sind jetzt sicher, Kimberly. Davon bin ich überzeugt. Wenn Sie mich aber brauchen sollten, dürfen Sie jederzeit nach mir rufen."

Dankbar umarmte ich ihn und begleitete ihn zur Türe.

Als er fort war, konnte ich meine Neugier nicht mehr zügeln … ich sah noch immer Angelas Erregung vor mir, als Vasco sie liebkoste. Und ich erkannte die zügellose Gier in seinen wunderschönen Augen – diese Augen, die jeden Vampir so unwiderstehlich machten.

Ich wollte es sehen, ich wollte es wissen – wie war die Liebe eines Vampirs? Und wie musste es sein, wenn zwei Vampire ihre Lust miteinander auslebten?

War es wirklich so ganz anders als das, was Sterbliche miteinander verband? Ich wusste, dass die Gemächer von Angela und Vasco nicht weit von meinem Zimmer entfernt waren. Leise trat ich auf den Gang hinaus – Himmel, es durfte mich niemand erwischen, Nicolas schon gar nicht! Es war noch immer stockdunkel, Jacques lief frei herum, und meine Türe war nicht abgesperrt, wie er es befohlen hatte. Stattdessen geisterte ich hier alleine auf den Flur herum.

Er würde ohne Zweifel durchdrehen, falls er mich jetzt erwischen sollte …

Unsicher lief ich den schmalen, dunklen Gang entlang. Es war einfacher als ich dachte, Angela und Vasco zu finden. Die Türe war nur angelehnt, und ein dezenter Lichtstrahl aus ihrem Zimmer, zeigte mir den Weg. Doch nicht nur optisch wurde ich geleitet, nein – ich vernahm ein leises, aber sehr genussvolles Stöhnen, das ganz eindeutig von Angela kam.

Für einen Augenblick zögerte ich – durfte ich wirklich heimlich zusehen, was die beiden miteinander machten? Würde Angela mir das übel nehmen? Oder gar Vasco? Aber meine Neugier war einfach stärker … ich wollte Klarheit … Klarheit für mich selbst … etwas, das mir eventuell helfen konnte, wichtige Entscheidungen zu treffen. Vielleicht sogar die Entscheidung darüber, ob ich im Ernstfalle dazu bereit war, mein bisheriges Dasein aufzugeben … für den Mann, der mich zum Wahnsinn trieb, den ich oft am liebsten sofort pfählen wollte … und den ich doch so sehr begehrte … und liebte …?

Ich vergaß all meine Hemmungen und trat nun näher an das Zimmer des Paares heran. Ganz vorsichtig, und ohne ein Geräusch zu verursachen, schob ich die Türe noch etwas weiter auf.

Der Anblick, der sich mir nun bot, war erschreckend und sinnlich zugleich: Angela kniete auf dem großen Himmelbett, sie war vollkommen nackt. Vasco befand sich hinter ihr, umfasste gierig ihre großen Brüste. Mit schnellen Bewegungen stieß er zu, und Angelas Körper erzitterte bei jeder seiner Bewegungen. Als er das Tempo erhöhte, konnte sich meine Freundin kaum noch abstützen, und ihr Stöhnen wurde lauter:

„Vasco, trink endlich von mir, bitte! Ich brauche es jetzt so sehr. Trink!“

Ohne zu zögern, packte Vasco seine Frau an den langen Haaren und bog ihren Kopf nach hinten ...

Fasziniert beobachtete ich diese erotische Szene und musste zugeben, dass ich fast ein wenig neidisch war. Vasco und Angela waren ein hinreißender Anblick, ihre nackten Körper sahen vollkommen makellos aus.

Als sich Vascos spitze Vampirzähne in das weiche Fleisch meiner Freundin bohrten, schrie sie lustvoll auf. Ihre Augen waren hingebungsvoll geschlossen, während sie sich ihm entgegen bog.

Die beiden Geschöpfe der Nacht hatten inzwischen ihre Position verändert. Vasco lag auf Angela und trank genussvoll ihren roten Lebenssaft. Sie hatte ihre Beine weit für den Mann gespreizt, den sie so sehr liebte.

Unaufhörlich stieß er kraftvoll zu, worauf Angelas Keuchen lauter und schneller wurde. Der Anblick des Paares nahm mich dermaßen gefangen, dass ich alles um mich herum vergaß ...

„Ein wunderschönes Paar, nicht wahr? Und so sinnlich ... ja, die Liebe unter Vampiren ist voller Leidenschaft und Hingabe. Schau nur, jetzt trinkt sie von ihm."

Ich erschrak, als ich eine weibliche Stimme hinter mir vernahm. Ich wagte es nicht, mich umzudrehen, doch ich wusste auch so, wer sich gerade eng an meinen Körper presste.

Ohne zu antworten, starrte ich weiterhin auf die beiden Vampire, die immer mehr in Ekstase gerieten.

Jetzt war es Angela, die Vasco zu sich herunter gezogen hatte, um seine Halsschlagader mit ihren Fangzähnen zu öffnen. Ich sah, wie ein großer Schwall Blut aus der Wunde schoss, und die Bettwäsche färbte sich tiefrot.

Der Raum war erfüllt von Geräuschen, die mir die Sinne raubten ... das Aneinanderklatschen der nackten Körper, das erregte Stöhnen von Vasco und das intensive Saugen Angelas an dem Hals ihres geliebten Vampirs ... die Person hinter mir streichelte meinen Nacken, und fuhr dann meinen Hals entlang.

Obwohl ich mir der Gefahr durchaus bewusst war, verspürte ich nur wenig Angst. Stattdessen bemerkte ich die Feuchtigkeit zwischen meinen Beinen ... ich hätte meiner Freundin und Vasco noch ewig zuschauen können. Doch die Frau hinter mir zog mich langsam von der Türe weg.

„Es ist jetzt genug, meine süße Kim. Wenn dir nach Befriedigung deiner körperlichen Gelüste ist oder wenn du dieselbe sinnliche Umarmung ersehnst, die du eben gesehen hast, habe ich gute Nachrichten für dich. In wenigen Minuten wirst du den ewigen Kuss von dem Mann bekommen, zu dem du tatsächlich gehörst-, oder hältst du es nicht mehr so lange aus? Soll ich dich noch einmal so berühren, wie ich es damals tat? Ehe Nicolas dich genommen hat?“

Die Stimme klang nun heiser, was ich darauf zurückführte, dass auch SIE sehr erregt war- ... Sie ... Atheka!

„Lass mich in Ruhe, Atheka. Wie kommst du überhaupt hier rein? Ich dachte, das Haus wird gut bewacht. Wo sind Nicolas und Cedric?“, fragte ich ungeduldig.

Ich wollte ruhig und besonnen bleiben, Panik half mir jetzt nicht wirklich weiter.

Athekas Hände wanderten gierig über meinen Körper. Sie schoben sich fordernd unter mein Nachthemd.

„Oh Kim, du trägst kein Höschen und du bist feucht, so wunderbar feucht. Aber nicht nur der Anblick des Paares hat es dir angetan, nicht wahr? Ein Mann hat dich vor kurzem erst geliebt ... ein Vampir. Du bist noch immer aufgewühlt, und sein Samen ist noch immer in dir ... sag mir, wer war es?“

Ich wollte ihre Hand wegstoßen, die inzwischen meine Perle langsam streichelte. Ich konnte mich des Gefühls nicht erwehren, dass es mir verdammt gut tat, auf diese Art und Weise liebkost zu werden. Doch ich versuchte mich abzulenken, sprach in ruhigem Ton mit ihr:

„Das fragst DU MICH? Ich dachte, ihr beide habt etwas damit zu tun, Jacques und du! Wenn er es nicht wahr, der mich besucht hat, wer dann?“

Atheka lachte leise auf, dann schob sie mich in eines der naheliegenden Zimmer. Noch immer streichelte sie mich, und ihre Bewegungen wurden schneller.

Ich hatte vollkommen die Orientierung verloren, und wusste gerade nicht, wo wir uns befanden, aber Atheka schien ganz genau zu wissen, was sie tat – und warum sie es tat.

„Da hat dich also ein fremder Blutsauger geschändet? Ooooh, arme kleine Kim. Weiß Nicolas davon? Dumme Frage, natürlich weiß er es. Ich habe ihn beobachtet, von meinem Versteck aus. Er sah wütend aus, sehr wütend sogar. Meine süße dumme Kim, du hättest auf ihn hören sollen. Warum nur musstest du dein Zimmer verlassen? Warum bist du immer so stur und trotzig? Jetzt wirst du deinen Nicolas nicht mehr wiedersehen. Gleich wird Jacques hier sein – und er wird sich endlich das nehmen, was er so sehr begehrt. Dann ist Nicolas endlich wieder frei – frei für mich!“

Sie ließ mich los, und ich hatte endlich die Gelegenheit, der Frau ins Gesicht zu sehen, die so ein falsches Spiel mit uns allen spielte.

Hass entbrannte in mir und grenzenlose Wut. Hauptsächlich auf mich selbst, da ich mich ganz alleine in diese Situation gebracht hatte. Atheka stand direkt vor mir und sah mich siegessicher an. Ihre langen schwarzen Haare fielen weich über ihre Schulter, ihre Augen leuchteten voll Schadenfreude und Gier. Sie trug ein nachtblaues, bodenlanges Gewand, das fast durchsichtig war.

Ich musste zähneknirschend zugeben, dass sie einfach fantastisch aussah. Eigentlich hätte jeder der männlichen Vampire verrückt nach ihr sein müssen – und ohne Zweifel hatte sie keine Probleme, geeignete Opfer zu finden, wenn sie nachts auf Jagd ging ... wenn sie Hunger verspürte ...

„Komm her zu mir, Kim – ich werde deiner quälenden Lust ein Ende bereiten. Lass mich dich verwöhnen, bis Jacques sich deiner annimmt. Ich würde so gerne von dir trinken, meine schöne Freundin, nur einen Schluck, einen ganz kleinen ..."

Sie hatte ihre Arme ausgebreitet, und lächelte mich lasziv an. Aber als ich ihre langen Vampirzähne sah, wirkte es in diesem Falle keineswegs erotisch auf mich. Sie erinnerte mich lediglich an ein böses, hungriges Raubtier, das bereit war zu töten.

Sie dachte einzig und allein an eine Person, und nur diese liebte sie über alles: sich selbst! Das spürte ich so intensiv, dass mich dieses Gefühl fast überwältigte. Wie konnte irgendein Geschöpf auf dieser Welt nur so eiskalt sein? Und wie hatte ich mich so täuschen können?

Atheka kam immer näher, und jetzt registrierte ich, was sie zu tun versuchte: Sie wollte mich in dieselbe Trance versetzen, wie es Jacques bereits einmal getan hatte. Nur mit dem Unterschied, dass sie mich damit sowohl ruhigstellen, als auch ihren Durst stillen wollte.

Lächelnd leckte sie mit der Zunge über ihre Lippe, während ihre Augen mich gefangen nahmen.

„Kim, meine süße Kim, du wirst große Lust erleben, wenn ich dein warmes Blut trinke. Ich werde dich streicheln, liebkosen ... bis dein Körper vor Ekstase zittert. Das willst du doch auch, nicht wahr? Wehre dich nicht, du hast keine Chance. Und das weißt du auch ...".

Ich versuchte ihrem gefährlichen Blick auszuweichen, was viel schwieriger war als gedacht.

Für jeden Schritt, den sie nach vorne machte, ging ich ein Stück zurück. Da ich aber schon fast die Wand im Rücken hatte, wurde mein Spielraum kleiner, und meine Zeit knapp.

„Ich habe keine Lust auf dich, Atheka. Was genau bezweckst du eigentlich mit dem Theater? Du willst mich an Jacques ausliefern, damit du Nicolas für dich hast? Wozu? Er will dich nicht. Er weiß, dass du Tiana auf dem Gewissen hast. Sag mal, hast du ihrem Bruder auch davon erzählt? Oder soll ich es tun?"

Abrupt blieb sie stehen, und ihr Gesichtsausdruck veränderte sich. Wütend blitzten ihre Augen auf, und sie hob drohend die Faust.

Ich konnte nicht anders, dieser Anblick belustigte mich – ich grinste sie frech an. Doch das brachte sie noch mehr in Rage.

„Was glaubst du eigentlich, wer du bist? Und warum weißt du davon? Hat Nicolas dir das erzählt? Wie auch immer, höre mir gut zu: Ich werde jede Frau vernichten, die er begehrt, JEDE! Auf welche Art und Weise auch immer. Ich dachte, dich an Jacques zu verfüttern, sei die ideale Lösung. Doch nun muss ich zugeben, dass es wohl besser ist, dich sofort zu töten."

Sie machte einen weiteren Schritt auf mich zu. Mir war vollkommen klar, dass ich jetzt ein ernsthaftes Problem hatte. Sollte ich einfach schreien?

Nein, das würde nichts bringen, Atheka hatte sicherlich an alles gedacht.

„Sag mal, Atheka, hast du wirklich soviel Angst vor mir? Ich bin beeindruckt, wirklich. Und was willst du Jacques sagen? Und Nicolas? Welche Lügen wirst du ihnen auftischen, wenn sie mich tot auffinden?"

Ich sah ihr jetzt direkt in die Augen und hoffte, sie zur Vernunft zu bringen. Von Jaques gebissen zu werden, erschien mir in diesem

Moment als das geringere Übel. Jedenfalls im Vergleich zu dem, was Atheka eventuell mit mir vorhatte.

„Du bist stark, Kim. Viel stärker als Tiana es war. Und ich kann mir gut vorstellen, dass Jacques auf dich hören wird. Damit bringst du all meine Pläne in Gefahr. Sicherlich kannst du verstehen, dass ich das nicht zulassen kann."

Sie griff nach mir und leider war ich dieses Mal nicht schnell genug, um ihr auszuweichen.

Sie packte mich an den Haaren und schleuderte mich zu Boden. Ehe ich mich wieder aufrappeln konnte, lag sie bereits über mir. Ihr Mund war weit aufgerissen, und ihre langen Vampirzähne näherten sich mir auf bedrohliche Art und Weise.

Ich schlug um mich, zappelte wie verrückt und spukte sie sogar an. Doch Atheka lachte nur höhnisch.

Brutal riss sie meinen Kopf zur Seite, da spürte ich bereits ihren warmen Atem an meinem Hals.

Oh Gott, sie würde mich aussaugen, bis nichts mehr von mir übrig war – davon war ich fest überzeugt. Ich wurde panisch, was sollte ich nur tun? Ich versuchte noch einmal, meinen Kopf zu bewegen, doch sie hielt mich so fest, dass ich wie gelähmt unter ihr lag.

„Verabschiede dich von der Welt, meine hübsche Freundin. Sicherlich werden Jacques und Nicolas um dich trauern. Und sei unbesorgt, was deine liebe Angela angeht. Ich kümmere mich um sie. Ganz bestimmt werden wir beste Freundinnen werden."

Ich fühlte bereits den Druck ihrer Fänge an meinem Hals, als sie plötzlich laut aufschrie. Sie wurde von mir herunter gerissen, und eine starke Männerhand half mir auf.

Ich konnte es nicht fassen, dass ich soviel Glück haben sollte ... was war geschehen? Ich sah in die Augen eines Mannes, der mir so vertraut war – und von dem ich geglaubt hatte, ihn für immer verloren zu haben ...

„Michael! Oh Gott! Bist du es wirklich? Du lebst? Ich bin so glücklich!“

Unter Tränen fiel ich in seine Arme und heulte mich einfach nur aus. Während wir da standen, und kein Wort sprachen, tobte neben uns ein erbitterter Kampf.

Ich wagte einen Blick und sah Jacques, der zornig auf Atheka einschlug. Gerade hatte er sie am Hals gepackt, und an die schwere Eisentüre gedrückt.

„Du Miststück! Du böse Hexe! DU bist für Tianas Tod verantwortlich? Und du hast mich im Glauben gelassen, dass Nicolas die Schuld dafür trägt? Wie konnte ich dir nur glauben! Dafür wirst du büßen, ich schwöre es dir!“

Er schleuderte sie zu Boden, wo sie kläglich wimmernd liegen blieb.

Jacques wandte sich Michael und mir zu, unsere Blicke trafen sich. Oh nein, bitte nicht – würde er jetzt das tun, was Atheka prophezeit hatte? Würde er mich endgültig zu seinem Eigentum machen?

Michael ließ mich los, als Jacques näher trat. Fast war es so, als würde er ihm den Weg freimachen, um mich auszuliefern. Das konnte doch nicht wahr sein.

„Michael, du bist doch noch mein Freund, oder? Bitte, um der alten Zeiten willen, lass mich nicht alleine. Ich will nicht ... ich will nicht von Jacques gebissen werden! Ich gehöre nicht zu ihm, niemals!“

Meine Stimme brach, ich war nicht mehr fähig, klar und deutlich zu sprechen. Gerade erst war ich dem Tod entgangen, und nun? War das, was mich JETZT erwartete, wirklich soviel besser?

Michael lächelte mich an, und mir wurde warm, als er zu mir sprach:

„Hab keine Angst, Kimberly. Es ist alles gut. Vertraue mir, vertraue uns. Ich lasse dich mit Jacques erstmal alleine – ich denke, ihr habt vieles zu klären."

Dann deutete er auf Atheka.

„Was soll mit ihr geschehen, Jacques? Soll ich sie den Santos-Brüdern ausliefern? Oder sofort töten?"

Jacques überlegte einen Moment. Erneut trafen sich unsere Blicke. Instinktiv erinnerte er mich jetzt wieder an den Mann, den ich damals auf dem Fest kennengelernt hatte ... mein Engel ... mein schöner, gefallener Engel ...

Jacques wechselte einige Worte mit Michael, die ich allerdings nicht verstehen konnte. Sie flüsterten – es war offensichtlich, dass ich die Unterhaltung nicht mit bekommen sollte. Michael nickte, hob Atheka auf seinen Arm, und lief mit ihr zur Türe. Noch einmal lächelte er mich an, ehe die beiden das Zimmer verließen.

Nun war ich alleine – alleine mit Jacques ... flehend sah ich ihn an. Wie konnte ich nur verhindern, dass er seinem Trieb folgen und mich ins Verderben stürzen würde? Und wo, verdammt nochmal, waren all die Personen, die mich angeblich beschützen wollten? Wo befanden sich Nicolas, Cedric, Angela, Vasco und Arthur?

Schlimm genug, dass ich Michael als Freund wohl verloren hatte. Er war gegangen, überließ mich meinem Schicksal. Ich hatte so oft Glück und Hilfe erfahren, als es um Jacques ging. Aber jede Glückssträhne hatte bekanntlich einmal ein Ende ... und meine endete genau jetzt in diesem düsteren Raum. Hier würde sich mein Schicksal erfüllen ... endgültig ...

Jacques starrte mich an, ohne auch nur ein Wort zu sagen. Dann kam er langsam auf mich zu, ohne den Blick nur eine Sekunde abzuwenden. Ich gab auf – ich hatte weder die Kraft, noch den

Willen, erneut zu kämpfen. Ich hörte auf, mich zu wehren. Wenn Jacques mich also haben wollte, dann sollte er mich nehmen.

Das laute Geräusch seiner Stiefel, als er mit festen Schritten seinem Ziel immer näher kam, hallte durch den Raum ... ich schloss die Augen und drehte meinen Kopf zur Seite. Ich war bereit, ihm das zu geben, was er sich sowieso nehmen würde: Mein Blut, meinen Körper und meine Seele ... eine Träne rollte über meine Wange, als Jacques mich an sich zog ...

Ich war in Erwartung dessen, was ich mir eigentlich so sehr wünschte – aber nicht von IHM – nicht von Jacques!

Krampfhaft kniff ich die Augen zusammen, was den Tränenfluss leider nur noch verstärkte. Ich war in diesem Moment wohl der Meinung, dass das, was ich nicht sah, auch nicht passieren konnte.

Aber ich spürte Jacques Atem an meinem Gesicht und wusste, gleich würde es soweit sein … ich würde erneut diesen brennenden Schmerz fühlen … der Moment, wenn seine messerscharfen Vampirzähne meine Haut durchbohren würden …

Doch anstatt mir den Todeskuss zu geben, streichelte Jacques mein Gesicht, und wischte meine Tränen weg … völlig irritiert öffnete ich die Augen und starrte ihn an.

„Musst du mich so quälen, Jacques? Tue es endlich! Ich halte diese Spannung nicht mehr aus. Du willst mich besitzen? Gut, dann nimm mich – ich werde mich nicht wehren."

Aber der attraktive Vampir machte keinerlei Anstalten, mich anzugreifen, im Gegenteil. Traurig blickte er mich an, und wenn ich nicht genau gewusst hätte, dass Vampire im Normalfall nicht weinen, hätte ich sogar eine Träne vermutet.

Konnte das sein? Was ging in Jacques gerade nur vor?

Noch immer fühlte ich diese große Angst in mir – und ich begann zu zittern. Jacques hielt mich fest in seinem Arm, strich mir eine Haarsträhne aus dem Gesicht. Dann lächelte er sogar für einen kurzen Moment.

„Bitte hab keine Angst, meine süße Kim. Ich werde dir nichts tun – nie wieder. Ich habe schon soviel Schaden angerichtet und du hast endlose Qualen meinetwegen erleiden müssen. Zur Hölle, wie konnte ich nur so weit gehen? Wegen mir hast du sogar dein Kind verloren. Ich weiß, dass du mir das alles niemals verzeihen kannst. Und ich erwarte es auch nicht. Aber bitte glaube mir, dass ich dich liebe … mehr als du jemals wissen wirst."

Er löste sich von mir und lief in langsamen Schritten rückwärts in Richtung Türe. Irgendwie ahnte ich sofort, dass das nicht wirklich gut war:

„Jacques, wo willst du jetzt hin? Und warum warst du gerade so plötzlich zur Stelle? Und verdammt, was ist mit Michael los? Du schuldest mir noch einige Erklärungen, ehe du einfach so gehst!"

Mir war bewusst, dass ich in sehr unhöflicher Weise zu ihm sprach – aber ich sah gerade keine Notwendigkeit, freundlich zu dem Mann zu sein, der mein Leben so dermaßen durcheinandergewirbelt hatte – auf nicht wirklich angenehme Art und Weise.

„Ich war schon eine ganze Weile hier, Kim. Ich habe alles gehört, was du mit Atheka besprochen hast. Das war ein Schock für mich, bitte glaube mir. Doch schon vorher hatte ich nicht mehr vor, dich zu jagen. Das ist die reine Wahrheit! Du kannst jederzeit Michael fragen. Er hat mich nach England nur deshalb begleitet, weil er dich wieder sehen wollte … weil er noch immer dein Freund ist, meine Liebe. Als ich miterleben musste, wie du meinetwegen gestürzt bist, und als ich von deinem Verlust erfuhr, bin ich endlich aufgewacht. Zu spät, ich weiß … bitte … bitte verzeihe mir … irgendwann …"

Er hatte die Türe nun fast erreicht, als ich ihn am Arm packte und zurück hielt.

„Wo willst du jetzt hin? Du wirst nicht das tun, was ich glaube? So verrückt bist du nicht … oder? Du willst nicht zu Nicolas gehen? Sag mir bitte, dass ich mich täusche!“

Mein blonder Engel sah mich lange an, ohne ein Wort zu sagen. Es schien ihm gut zu tun, dass ich mich sorgte. Und verdammt, ja – das tat ich! Egal, was er jemals getan hatte, ich spürte keinen Hass in mir.

Instinktiv hatte ich immer gefühlt, dass er mich liebte. Das heiligte keinesfalls die Mittel, zu denen er griff, und doch erschien mir dadurch alles in einem anderen Licht.

Jacques nickte:

„Ich werde mich Nicolas und Vasco stellen. Nur so finde ich Ruhe und Frieden. Du … süße Kim … -du weißt es längst selbst, nicht wahr? Du liebst Nicolas, du gehörst zu IHM! Ich hoffe, dass ihr beide euren albernen Stolz bald überwinden werdet. Es tut mir sehr weh, das sagen zu müssen, aber nur ER hat das Recht, dich zu lieben und von dir zu trinken. Nur ER kann dir die Erfüllung schenken, die du so sehr begehrst. Denke daran …“

„Nein! Jacques, bitte bleib hier! Nicolas wird dich töten, auf der Stelle. Das will ich nicht. Bitte! Jacques!“

Ohne darüber nachzudenken, riss ich seinen Kopf zu mir herum, und küsste ihn leidenschaftlich auf den Mund. Nicht, dass mir wirklich danach gewesen wäre, aber ich wollte alles tun, um ihn abzulenken … um ihn aufzuhalten. Genau in dem Augenblick, als sich Jacques diesem intensiven Kuss ergab, wurde die Türe geöffnet – oder besser, sie wurde fast aus den Angeln gehoben!

Sofort löste ich meine Lippen von Jacques und starrte in ein böse funkelndes Augenpaar-Nicolas! Vasco folgte ihm, und dieser hatte alle Hände voll zu tun, meine aufgebrachte Freundin in Zaun zu halten.

„Hat das Schwein ihr etwas getan? Nicolas! Vasco! Sagt doch was! Ich kann nichts sehen!“, kreischte Angela hysterisch.

Dann kämpfte sie sich nach vorne und erkannte die Komik der augenblicklichen Situation. „Oh!“, war alles, was sie sagen konnte. Denn noch immer standen Jacques und ich in inniger Umarmung vor all den neugierigen Zuschauern.

Keiner sprach ein Wort, als nun auch Cedric und Michael hereinstürmten. Nicolas machte den Eindruck, als wüsste er gerade nicht, wen er mehr hassen sollte: Jacques oder mich! Ich versuchte, das Eis zu brechen, indem ich mich von Jacques löste, und neben Nicolas trat. „Bitte tue ihm nichts, ja? Er hat mich vor Atheka gerettet. Und er wollte eben zu dir, um sich zu stellen. Verschone ihn … bitte!“

Ich hatte eine Hand auf Nicolas Brust gelegt, und sah ihn flehend an. Sofort schüttelte Nicolas meine Hand ab, und sein Blick war fast tödlich:

„Über Jacques entscheide ich später. Athekas Schicksal hingegen ist besiegelt. Sie wird sterben – und zwar durch meine Hand. Dein Freund Michael hat sie mir bereits übergeben. Sie ist jetzt unsere Gefangene.“

Dann sprach er Jacques direkt an:

„Ich bin aber auch damit einverstanden, wenn DU es tun möchtest, Jacques. Wir beide haben durch diese Frau einen sehr wichtigen Menschen verloren. Und fast hätte sie erneut zugeschlagen.“

Nicolas sah mich nicht an, doch ich wusste, dass er von mir sprach.

Als Jacques lächelnd nickte, spürte ich Erleichterung in mir … ich war mir plötzlich sicher, dass Nicolas den Bruder seiner früheren Geliebten nicht töten würde. Zu vieles hatten sie gemeinsam erleben und erdulden müssen. Jacques war zu weit gegangen – doch er war nicht wirklich böse. Und Nicolas wusste das ganz genau. Er hatte es immer gewusst …

„Kim, du hast ja ein ganz besonderes Talent, in unangenehme Situationen zu geraten. Ich glaube, ich muss mich wirklich um dich kümmern. Komm, lass uns gehen", meinte Angela, und sie lächelte mich liebevoll an.

Doch besonders weit kamen wir nicht.

„Nicht so schnell, meine Damen!"

Nicolas kam auf uns zu. Noch immer war die blanke Wut in sein Gesicht geschrieben.

„Ist dir aufgefallen, liebe Kim, dass du erst wenige Stunden in meinem Hause bist, und seither in den Armen von zwei Männern lagst? Deine Libido scheint momentan extrem aktiv zu sein. Ich denke, es wird Zeit, dass ICH mich persönlich um dich kümmere."

Er lächelte spöttisch, und Angela sah mich verunsichert an.

„Also Nicolas, ich würde gerne bei Kim bleiben, wenn ...", aber er ließ, sie nicht ausreden, machte eine abfällige Handbewegung:

„Schluss jetzt, ich habe mir das alles lange genug angesehen. Und zur Hölle, ich war geduldig, zu geduldig, wie ich meine. Die anderen können jetzt gehen."

Ich hatte Nicolas noch nie in einem dermaßen herrischen Ton sprechen gehört. Und sofort brach meine natürliche Abwehr durch, das alte Spiel:

„Hallo Obervampir! Was soll denn das jetzt? Du hast mir gar nichts zu sagen, verstanden? Ich bin außer Gefahr, und daher werde ich dieses Haus bei Tageseinbruch endgültig verlassen. Zuvor möchte ich allerdings mit Michael reden."

Ich machte Anstalten zu gehen, aber Nicolas stellte sich mir in den Weg. Ich tobte innerlich, versuchte aber Haltung zu wahren.

„Lass mich bitte gehen, Nicolas. Es hat doch alles keinen Sinn, merkst du das nicht? Wir zerfleischen uns nur. Das muss ein Ende haben!"

Nicolas Augen verengten sich gefährlich, als Cedric zwischen uns trat.

„Ihr beide seid ja schlimmer als eine Horde Kleinkinder! Kim, Nicolas – kommt endlich zur Vernunft."

Cedric kam nahe an mich heran und flüsterte in mein Ohr:

„Es ist doch in Ordnung, dass ich dich ganz offiziell mit DU anspreche? Immerhin war ich tief in deinem Körper, vor wenigen Stunden erst. Grund genug, ein wenig persönlicher miteinander umzugehen. Was meinst du?"

Ich wurde leichenblass und war nicht fähig, nur ein Wort zu sagen. WAS hatte der schöne Cedric gerade gesagt? ER war also mein geheimnisvoller Liebhaber? Ich konnte es nicht fassen!

„Cedric, wie konntest du nur? Du? Ich glaube es nicht, ich glaube es einfach nicht! Warum hast du das getan?"

Im Gegensatz zu Cedric sah ich keine Veranlassung zu flüstern. Um dem Ganzen noch die Krone aufzusetzen, trommelte ich wie eine Wilde auf seine Brust. Cedric lachte, und hielt meine Hände fest.

„Aber es hat dir gefallen, nicht wahr? Sehr sogar. Und du hast es so dringend gebraucht, glaube mir."

Diesmal versuchte ich sein Schienbein zu erwischen, und die anderen standen nur fassungslos daneben. Nicolas war endgültig am Ende seiner Beherrschung, das war ihm deutlich anzusehen. Und als ich Cedrics Grinsen sah, wusste ich es ganz genau: Nicolas war nun genau da, wo Cedric ihn haben wollte ... sein Plan schien auf zu gehen.

Er hatte es geschafft, meinen Schlägen auszuweichen, und trat vor seinen alten Freund. Sein Lächeln war verschwunden –

stattdessen sah er ihn ernst an, und genauso klang auch seine Stimme:

„Du weißt es, Nicolas. Du fühlst es schon lange. Es ist soweit, und du kannst es nicht mehr verdrängen. Lass die Vergangenheit ruhen, endgültig. Sie ist stark – unglaublich stark. Vergleiche sie nicht mit Tiana. Tiana ist tot – und ihr Name ist Kimberly."

Die beiden Männer sahen sich lange an und es war, als würden sie uns gar nicht mehr bemerken. Nun war auch Vasco herangetreten, legte seinem Bruder eine Hand auf die Schulter:

„Willst du sie wirklich gehen lassen? Ist es das, was du willst? Sie gehört zu dir, verdammt nochmal!"

Auch Jacques und Michael standen jetzt bei Nicolas, Cedric und Vasco – es sah fast so aus, als würden sie einen Kreis bilden. Mir wurde das alles allmählich unheimlich und ich schlich, so leise wie möglich, in Richtung Ausgang.

„Nein Süße ... -du kannst jetzt nicht gehen. Es ist wichtig, dass du bleibst. Denn ich weiß genau, dass du es willst. Lauf nicht davon, nicht jetzt. Ich bitte dich!"

Angela hatte sich mir in den Weg gestellt, genauso, wie es Nicolas zuvor getan hatte. Ich verstand die Welt nicht mehr. Und verflucht, wovon sprach meine Freundin überhaupt? Was ging hier vor sich? Wollte sie nicht, vor wenigen Minuten erst, den Raum mit mir zusammen verlassen?

„Angela, ich liebe und schätze dich, das weißt du, nicht wahr? Und inzwischen finde ich sogar, dass dir deine spitzen Fangzähne ganz hervorragend stehen. Ehrlich! Aber würdest du mir bitte erklären, wovon du gerade sprichst? Wovon IHR ALLE redet? Ich möchte nämlich gerne gehen, ehe ich Herrn Santos die böse funkelnden Augen auskratze."

Angela kicherte, und Cedric musste sich einen Augenblick wegdrehen, um sein Lachen zu verbergen. Vasco grinste seinen Bruder frech an, während Michael und Jacques so taten, als seien sie gänzlich unbeteiligt.

Übrigens wenig erfolgreich, denn Michael prustete plötzlich ungehemmt los.

„Hört ihr das? Dieses unverschämte Weibstück würde mich sogar angreifen! MICH! Ich bin Nicolas Santos und habe schon mehr Menschen das Blut ausgesaugt, als sie jemals in ihrem kurzen Leben gesehen hat. Jeder fürchtet mich, jeder – nur SIE nicht! Ich werde ihr eine Lektion erteilen, und dann jage ich sie zum Teufel!"

Das war ja wohl die Höhe – ER wollte MICH zum Teufel jagen?

„Fahre zur Hölle, Nicci! Ich lasse mich lieber jede Nacht von deinem Freund Cedric besteigen, ehe du mich noch einmal berühren darfst. Ich hoffe, wir haben uns verstanden!"

Nicolas fixierte Cedric – denn erst jetzt hatte er verstanden, wer mein nächtlicher Liebhaber war.

Überraschenderweise blieb er völlig ruhig. Auch dann, als Cedric zu ihm sprach:

„Tut mir leid, mein Freund, aber das musste sein. Nur so sah ich eine Chance, dich aus deiner Reserve zu locken. Abgesehen davon möchte ich dieses herrliche Erlebnis nicht missen."

Nicolas stand wortlos in der Mitte des Raumes, die anderen Vampire versammelten sich um ihn herum. Ich betrachtete alles aus sicherer Entfernung ... dann geschah es ...

Nicolas stieß einen lauten Schrei aus, der dem wütenden Brüllen eines Löwen glich. Und er verwandelte sich erneut in das Monster, das ich damals gesehen hatte ... in der einen Nacht, als er mit Jacques kämpfte. Seine Augen waren nur noch kleine gelbe Schlitze, und er wuchs zu enormer Größe an.

„Mist! Das hat mir gerade noch gefehlt!“, fluchte ich vor mich hin.

Das Monster, das rein gar nichts mehr von dem attraktiven Nicolas Santos hatte, wollte sich zuerst auf Cedric stürzen – doch dann verharrte es in seiner Bewegung, und drehte sich zu mir.

Es streckte seine großen, furchterregenden Klauen nach mir aus, und allmählich spürte ich doch eine Art von Panik in mir. Ehe ich wusste, wie mir geschah, hatte mich Jacques gepackt. Er zerrte mich direkt zu Nicolas, sodass ich ihm-ins Gesicht blicken MUSSTE.

„Komm zu dir, Nicolas. Was willst du tun? Willst du Kimberly umbringen? Wach auf, bitte! Du hast schon einmal die Frau verloren, die du liebtest – genau wie ich. Muss das ein zweites Mal geschehen? Und diesmal durch DEINE Hand? Warum? Weil du eifersüchtig bist? Weil u es nicht zugeben möchtest, wie sehr du sie begehrst? Verdammt, nimm sie dir – nimm sie jetzt! Sie ist längst bereit für dich!“

Und mit diesen Worten bog der blonde Vampir mit sanfter Gewalt meinen Kopf nach hinten und drehte in ein Stück zur Seite. Mit der anderen Hand strich er liebevoll meine langen Haare zur Seite, und offenbarte Nicolas meinen nackten Hals.

Ich versuchte mich aus seinem Griff zu lösen, aber er hielt mich eisern fest. Verdammt, er bot mich Nicolas dar wie ein Stück Frischfleisch!

Ich fühlte mich armselig und hilflos, wollte einfach nur weglaufen. Doch da war noch etwas, das mich verwirrte ... es war still geworden im Zimmer. Die Vampire starrten uns erwartungsvoll an. Keiner wagte es, nur ein Wort zu sagen. Eine ganz eigenartige Stimmung kam plötzlich auf ...

Nicolas war inzwischen etwas zur Ruhe gekommen, und sah wieder so schön und verführerisch aus, wie ich es gewohnt war.

Dank der Position, in der ich mich gerade befand, konnte ich nicht allzu viel sehen ... und trotzdem spürte ich die gierigen Blicke von Nicolas auf meinem Körper – vor allem aber auf meinem Hals!

Gott, ich verstand jetzt, was Angela vorhin meinte. Ebenso war mir nun klar, wozu ihn die anderen Blutsauger aufgefordert hatten: Er sollte von mir trinken, jetzt sofort. Und somit wäre ich an ihn gebunden. Ich überlegte mir gerade, ob ich dazu noch wirklich bereit war – er konnte so ein grauenhaftes Ekelpaket sein!

„Trink endlich von ihr, Nicolas! Verdammt, sonst mache ich es, das schwöre ich dir! Wie kann man nur so stur sein? Diese Frau will dich und du willst sie! Binde sie endlich an dich, kennzeichne sie als DEIN Eigentum! Dann wird sie kein anderer Vampir jemals wieder berühren dürfen – auch ich nicht."

Cedric strich sanft über mein Haar und hauchte einen Kuss darauf. Leise flüsterte er in mein Ohr: „Das ist es doch, was du willst, nicht wahr? Gib dich ihm hin, Kim – denn nur das wird euch beide am Ende wirklich glücklich machen. Du liebst ihn – so wie er dich liebt. Das fühle ich."

Seine Hand liebkoste meinen Hals, als er erneut zu Nicolas sprach:

„Kannst du es riechen, alter Freund? Ihr wunderbar süßes Blut? Und spürst du endlich, wie sehr du es brauchst – in DEINEN Adern? Trink von ihr, stille deinen Durst an ihr. Hier und jetzt!"

Nicolas kam unaufhörlich näher – seine Schritte hallten laut durch den Raum, so still war es ... ich überlegte, ob ich schreien sollte ... ob ich mich wehren sollte ... oder einfach nur um Gnade bitten? Jacques hielt mich so fest, dass es beinahe weh tat. Dennoch war ich ihm nicht böse, denn er wollte mir helfen – er wollte UNS helfen, Nicolas und mir.

Ich fühlte mich hin- und her gerissen, denn da waren meine Gefühle für Nicolas ... sehr stark ... intensiv ... prickelnd. Und dann gab es da noch meine Angst vor all dem Neuen, das gerade auf mich einstürmte.

Würde ich es bewältigen können? War ich wirklich so stark, wie man vorhin behauptet hatte? Aber die wichtigste Frage überhaupt war eine ganz andere: Was fühlte Nicolas Santos für mich? Zuneigung, körperliche Begierde oder tatsächlich LIEBE? Sollte ich ihn das hier fragen? Vor all den anderen?

Nicolas stand nun direkt vor mir. Seine Hand fuhr über meinen schlanken Hals. Ich erschauerte, so sehr erregte mich diese Berührung.

Sofort bemerkte ich, dass sein Atem schneller ging – ein sicheres Zeichen dafür, dass auch ihn diese Szene keinesfalls kalt ließ. Ich fühlte seinen Hunger, seine grenzenlose Gier nach meinem Blut ... ich wollte ihn ansehen, wollte in seinen Augen lesen, was er empfand. Aber mein Kopf war noch immer nach hinten gebogen, was mich in meiner Bewegungsfreiheit enorm einschränkte.

Sag mir Kim, willst du es? Willst du es genauso sehr, wie ich es will? Zur Hölle, ja ... ich brauche dein Blut so sehr. Doch ich möchte nicht gegen deinen Willen von dir trinken.

Da war sie also wieder, die Stimme in mir – Nicolas! Ich wollte ihm antworten, und gleichzeitig so vieles fragen. Aber wie, ohne dass die anderen es mit bekommen würden?

Nicolas ... kannst du mich hören? Ich weiß nicht, was ich will ... sag mir, was fühlst du für mich? Begehrst du mich nur oder empfindest du mehr für mich? Ich muss es wissen, ehe ich dir mein Blut gebe ...

Nicolas zuckte zusammen, und zog seine Hand so schnell zurück, als habe er sich verbrannt. Irritiert von diesem Verhalten, ließ mich Jacques los, sodass ich endlich meinen Kopf wieder bewegen konnte. Nicolas hatte sich einige Schritte von mir entfernt, und starrte mich mit offenem Mund an.

Was war denn jetzt wieder los? Hatte ich irgendetwas getan, das ihn so sehr erschreckt hatte? Vasco reagierte zuerst, indem er neben seinen Bruder trat:

„Nicolas, was ist denn passiert? Du siehst aus, als wäre dir der Teufel persönlich begegnet. Sag doch was!"

Cedric fixierte Nicolas, dann mich. Unaufhörlich blickte er von einem zum anderen, was ich total verrückt machte.

„Cedric, kannst du damit bitte aufhören? Ich habe Nicolas nicht verhext, falls du das annehmen solltest", fuhr ich ihn wütend an.

Endlich lächelte er wieder und ich musste zugeben, dass ich diesen Gesichtsausdruck so sehr an Cedric liebte. Es ließ ihn unglaublich charmant und warmherzig erscheinen.

Jacques legte lässig den Arm um mich, was mir in der momentanen Situation als sehr unpassend erschien.

„Bitte lass das, Jacques. Nicolas ist sowieso schon der Ansicht, ich sei ein männermordender Vamp!"

Jacques dachte nicht daran, seinen Arm wegzunehmen, meinte stattdessen spöttisch:

„Liebe Kim, so wie er dich gerade anstarrt, gehe ich eher davon aus, er hält dich für einen Dämon. Habe ich Recht, Nicolas?"

Nicolas schloss für einen Moment seine Augen, dann drehte er sich weg. Er lief zum Fenster und stützte sich dort an der Fensterbank ab. Mit gesenktem Haupt stand er dort – und mir war, als konnte ich seine Verzweiflung deutlich fühlen. Aber WARUM empfand er plötzlich so?

Angela kam zu mir und nahm meine Hand. Ich schätzte diese Geste so sehr, denn ich bekam immer mehr das Gefühl, in einem schlechten Film mitzuspielen. Dieses ewige Auf und Ab – diese Achterbahnfahrt der Gefühle ... ich hatte allmählich wirklich genug.

Nicolas Santos, was spielst du gerade für ein Spiel? Ich hatte dir eine ernsthafte Frage gestellt, und du siehst mich nicht einmal an. Aber ... ich denke, du kannst mich gar nicht hören, nicht wahr?

Da drehte sich Nicolas um, und sein Blick bohrte sich tief in mich ... es war, als würde er meine Seele durchdringen ... ein so intensives Gefühl, dass es fast schon schmerzte.

„Kimberly, ich kann dich verstehen – klar und deutlich. Aber ... aber das ist nicht möglich, hörst du? Das kann nicht sein, das darf nicht sein! Wie machst du das?"

Ich wusste nicht, warum Nicolas in derart aggressiver Weise zu mir sprach. Obwohl ich allmählich an seine extremen Stimmungsschwankungen gewöhnt sein sollte ... trotzdem ärgerte es mich.

Ich konnte also Kontakt zu ihm aufnehmen, ohne zu sprechen. Das überraschte und faszinierte mich gleichermaßen. Nicolas aber schien von dieser Gabe wenig begeistert zu sein.

„Moment mal – willst du etwa sagen, dass Kimberly dich mental erreicht ...? Sie SPRICHT zu dir? Das kann nicht sein, Nicolas!"

Vasco schüttelte energisch den Kopf. Jetzt wurden auch Jacques aufmerksam. Angela und Michael standen ratlos daneben.

„Gibt es etwas, das wir wissen sollten? Wir sind ja sozusagen die jüngsten Vampire hier. Könnt ihr uns bitte aufklären?", fragte Michael ungeduldig.

Cedric sprach mit seiner bekannt tiefen Stimme, die sowohl dominant, als auch sehr beruhigend klang:

„Bist du sicher, Nicolas? Kim kann zu dir sprechen und du verstehst sie? Dann stimmt es also doch ..."

„Was stimmt? Lasst uns doch nicht total im Dunkeln stehen!"

Angela sah nun wirklich zornig aus.

„Es geht hier immerhin um meine beste Freundin und um meinen Schwager. Falls ich euch daran erinnern darf!"

Ich lächelte sie dankbar an, denn mir ging es ebenso wie ihr: Ich wollte Aufklärung. Jetzt und hier!

Es war Jacques, der zuerst die Sprache wieder fand. Während Cedric, Nicolas und Vasco sehr nachdenklich aussahen, lächelte der blonde Franzose:

„Kimberly kann ~~also~~ mit dir reden – damit ist wohl alles klar. Atheka hatte also recht, sie ist deine Auserwählte, deine Gefährtin – wie immer du es auch nennen magst. Deswegen wurde sie auch so problemlos schwanger von dir. Nur von DIR, lieber Nicolas. Kein anderer Mann, ob Vampir oder Sterblicher, könnte ein Kind mit ihr zeugen. Atheka wusste es. Sie hat uns die ganze Sache nur ein wenig anders erklärt. Und darum hasst sie Kim über alles. Noch viel mehr, als sie Tiana hasste. Durch dich, durch dein Blut, durch eure Verbindung, würde Kim mächtiger werden als jeder andere weibliche Vampir. Sie hätte keine Chance mehr gehabt, diese Frau zu zerstören, nachdem du sie verwandelt hättest. Nicolas, und das ist jetzt deine verdammte Pflicht. Das weißt du ganz genau!"

Angela und ich sahen uns fragend an. Wir verstanden kein Wort von dem, was Jacques eben gesagt hatte.

„Ich kann mit Vasco ebenfalls Kontakt aufnehmen, wenn er woanders ist. Nur durch unsere geistige Verbundenheit. Was ist daran so besonders?", fragte Angela zögernd.

„DU bist ein Vampir, Angela! Das ist der Unterschied. Kimberly ist eine Sterbliche, sie gehört noch nicht zu uns. Was hier geschieht, hat es in den letzten eintausend Jahren nur EINMAL gegeben. Viele glaubten sogar, es sei nur eine Legende. Kein Sterblicher auf Erden ist in der Lage, mental Kontakt zu einem Vampir aufzunehmen. Schon gar nicht zu einem Anführer. Nur wenn ..."

Nicolas unterbrach seine Ausführungen.

„Nur wenn die betreffende Person auserwählt ist. Auserwählt, als ewige Gefährtin für einen besonders mächtigen Vampir.

Verbunden durch ihre Liebe und durch ihr Blut. Aber das ist nicht alles – die Sterbliche wird durch den Biss nicht nur irgendein Vampir, oh nein! All die Kraft, das Wissen und die Macht ihres Geliebten, gehen auch auf sie über. Sie hat von diesem Tag an dieselbe Stellung wie er", vollendete Cedric den Satz.

Angela und ich sahen uns an, und ich bemerkte, wie die Augen meiner Freundin lustig zu funkeln begannen:

„Das ist ja der Hit – soll das heißen, dass Kimberly genauso viel Macht und Einfluss hätte wie du, Nicolas? Du hättest also kein Recht mehr, ihr Befehle zu erteilen, oder sie sonst in irgendeiner Weise zu dominieren? Das nenne ich doch mal ein gutes Geschäft! Kimberly, ist das nicht genial? Ein kurzer Bluttausch und du steckst Nicolas in die Tasche!"

Als Angela von Nicolas Blick getroffen wurde, verstummte sie augenblicklich.

„Niemand steckt mich in die Tasche oder sonst wo hin. Nur zu deiner Information, liebe Angela. Vasco, deine Frau benötigt dringend ein wenig Erziehung. Und ganz nebenbei, ich kann mich nicht erinnern, dieser Verbindung bereits zugestimmt zu haben."

Ohne ein weiteres Wort verließ Nicolas den Raum. Völlig perplex schauten wir ihm nach.

„Perfektes Timing, um zu gehen, wirklich! Ich bekomme gerade zu hören, dass ich so etwas wie Gräfin Dracula werden könnte, und der Herr Graf macht sich aus dem Staub. Wie darf ich denn das verstehen? Wären meine künftigen Untertanen bitte so gnädig, mich aufzuklären? Mir ist das alles nämlich etwas zu hoch. Oder um deutlich zu werden, eigentlich verstehe ich rein gar nichts mehr!"

Ich zuckte die Schultern und setzte mich auf den kalten Boden – ich konnte und wollte nicht mehr stehen. Allmählich spürte ich, dass mein Kreislauf kurz davor stand, komplett zusammenzubrechen. In Anbetracht all der Ereignisse in dieser Nacht schien mir das nur wenig verwunderlich.

Für einen kurzen Moment herrschte absolute Stille im Raum – jeder schien peinlich berührt von dem, was eben geschehen war. Vasco räusperte sich, dann sprach er zu Cedric:

„Komm, lass uns mit Nicolas reden. So geht das nicht. Er kann sich jetzt nicht einfach davon schleichen. Das ist ... das ist ..."

Ich saß noch immer auf dem kalten Boden, blickte zu ihm hinauf.

„Feige? Wolltest du DAS eventuell sagen? Nicht? Gut, dann mache ich das für dich. Nicolas ist ein Feigling!"

Keiner sagte etwas dazu, nur Angela kam näher, und reichte mir die Hand.

„Steh auf, Süße – du bist so leicht bekleidet und sitzt auf dem eiskalten Steinboden. Du holst dir noch den Tod."

In Anbetracht der Situation empfand ich diese Bemerkung schon fast grotesk. Doch ich nahm ihre Hand dankbar an, und sie zog mich hoch. Sie legte mir ihre schwarze Stola um, die sie zuvor selbst getragen hatte.

„Das wärmt dich ein wenig. Und ich denke, dann ziehen wir uns allmählich zurück, oder? Ich bleibe heute Nacht bei dir. Ich glaube, wir haben viel zu bereden. Was meinst du?"

Ich nickte ihr zu, und langsam liefen wir zur Türe. „Ich werde mit Michael zusammen nach Atheka sehen. Ich denke, ich gehöre nicht zu den Personen, die Nicolas im Moment um sich haben möchte. Und der arme Arthur ist ganz alleine mit dem verrückten Weib. Er wird froh sein, abgelöst zu werden."

Jacques lächelte mir ein letztes Mal zu, dann verließ er mit Michael das Zimmer. Vasco, Cedric, Angela und ich folgten ihnen nach draußen.

Ehe sich unsere Wege trennten, drehte sich Cedric noch einmal zu mir um:

„Kim, falls es Angela nicht gelingt, dich ordentlich zu wärmen, dann gib mir Bescheid, ja? Du weißt ja inzwischen, dass ich ein Profi auf diesem Gebiet bin."

Vasco verdrehte die Augen und zog den frech grinsenden Cedric mit sich. Ich wollte noch etwas erwidern, doch da waren die beiden bereits verschwunden.

„Unglaublich – wie macht ihr Vampire das nur? Eben standen Vasco und Cedric noch hier, und jetzt sind sie verschwunden. Wie vom Erdboden verschluckt! Kann man das lernen? Löst ihr Euch zwischenzeitlich auf, oder wie funktioniert das?", fragte ich Angela fasziniert.

Sie lachte nur und meinte:" Das kann man nicht lernen, Kim. Das klappt ganz automatisch, wenn du verwandelt wurdest. Du wirst schon sehen."

Angela sah mich verlegen an, als sie sich ihrer gerade ausgesprochenen Worte bewusst wurde.

„Tut mir leid, Kim. Das war jetzt ziemlich blöd von mir."

Ich winkte lässig ab, und hoffte, sie würde mir meine Leichtigkeit abnehmen.

„Ist schon gut, Angela. Ich weiß, dass ich gerade das Gespött aller Vampire bin. Der Herr Obervampir will mich – und doch nicht. Er bittet um mein Blut, dann lässt er mich eiskalt stehen. Sag mir Angela, warum erniedrigt er mich so sehr?"

Der Vorhang war gefallen, ich konnte meine Gefühle nicht mehr verbergen. Fast hätte ich geweint, doch diese Blöße wollte ich mir nicht auch noch geben.

Ich hatte gerade meine Zimmertür geöffnet, und deutete Angela an, einzutreten. Da vernahmen wir ein lautes Gepolter und aufgebrachte Männerstimmen.

„Was ist denn nun schon wieder los? Erlebt Nicolas gerade einen weiteren Tobsuchtsanfall?", fragte ich spöttisch.

Doch dann sahen wir sie, Jacques und Michael! Sie stürzten auf uns zu, und es sah fast aus, als würden sie fliegen. Und wie sie aussahen ... ihre Augen waren raubtierhaft geschlitzt, ihre Hände glichen Bärenpranken, die Vampirzähne blitzten drohend auf. Tödlicher Hass stand in ihren Gesichtern geschrieben – Gesichter, die mir gerade so fremd erschienen.

Jacques öffnete den Mund, doch anstatt zu sprechen, stieß er einen ohrenbetäubenden Schrei aus. Nein, es war nicht wirklich ein Schrei, es klang eher wie das Brüllen eines Löwen, der bereit war zu töten.

Vor Schreck erstarrt, beobachteten wir die Szene. Keine von uns beiden wagte, auch nur ein Wort zu sagen. Dann erschienen auch Nicolas, Vasco und Cedric. Sie waren nicht minder schockiert, als sie Jacques und Michael gegenüberstanden.

Nicolas packte Jacques bei den Schultern und schüttelte ihn.

„Beruhige dich, Jacques! Komm zu dir! Was ist denn passiert? Verdammt, rede endlich!"

Nicolas Tonfall ließ keinen Zweifel daran, dass er bereits ahnte, dass etwas Schreckliches geschehen war. Doch Jacques war außer sich, und noch immer nicht in der Lage, wie ein Mensch zu sprechen.

„Es ist ...Atheka...sie ist entwischt. Sie konnte Arthur überwältigen."

Nur mühsam kamen die Worte über Michaels Lippen.

Cedric und Nicolas wurden noch blasser, als sie es ohnehin schon waren. Vasco trat instinktiv hinter seine Frau und legte schützend den Arm um sie.

„Wie konnte das geschehen? Verdammt, warum haben wir nicht selbst auf dieses Monster aufgepasst? Und wo ist Arthur jetzt?", fragte Nicolas ungeduldig.

Nun war es Jacques, der seine Sprache wieder fand. Seine Stimme klang heiser, und er flüsterte beinahe.

„Arthur ist tot. Sie hat ihn ... sie hat ihn eiskalt umgebracht ... einfach das Genick gebrochen. Ich schwöre euch, wenn ich diese Hexe in die Finger bekomme, wird mich niemand mehr zurückhalten können. Keine Gnade, hört ihr? Keine Gnade für Atheka!"

Wütend schlug er mit der Faust an die Wand. Es störte ihn nicht, dass er sich dadurch verletzte. Blut tropfte herunter. Doch niemand achtete darauf ... jeder schien unter Schock zu stehen ...

Ich stand einfach nur da, nahm nichts mehr von dem wahr, was um mich herum geschah – Arthur war tot? Das konnte doch nicht sein, das war einfach unmöglich!

Ich hatte den alten Herrn längst in mein Herz geschlossen und ich wusste, dass es Angela genauso ging. Ich hatte die einzige Bezugsperson zu meiner Welt der Sterblichen verloren – der einzige Mensch in diesem Schloss, der mir auch bei Tage beistehen konnte.

Was sollte nun geschehen? Wie würde es weiter gehen? Ich konnte keinen klaren Gedanken fassen ... ich war wie erstarrt ...

Wie im Traum nahm ich wahr, dass Vasco sich auf den Boden sinken ließ – voller Verzweiflung blickte er zu Angela, die Tränen in den Augen hatte.

Nicolas stand mit dem Gesicht zur Wand, an der er sich abstützte. Es war fast so, als wollte er sich vor den neugierigen Blicken der anderen schützen. Niemand sollte sehen, wie sehr er unter dem Verlust des treuen Dieners litt, der längst ein väterlicher Freund für ihn geworden war.

Cedric lief zu Vasco und half ihm wieder auf die Beine. Angela unterstützte ihn dabei. Dann lagen sich die drei Vampire in den Armen – ein Anblick, der mich unglaublich rührte und der mir gleichzeitig wieder bewies, dass diese Geschöpfe der Nacht keineswegs gefühlskalte Ungeheuer waren.

„Kimberly, soll ich dich von hier fortbringen? Möchtest du lieber in ein Hotel? Ich könnte es gut verstehen."

Es war Michael, der sich zu mir gesellt hatte und zärtlich meine Hand nahm. Ich lächelte ihn dankbar an und war mehr als versucht, sein Angebot anzunehmen.

Es war soviel geschehen, seit Nicolas in mein Leben getreten war ... die ungewollte Zeugung eines Kindes, die Bedrohung durch Jacques und Atheka, der Verlust des Kindes und schließlich die Verwandlung von Angela und Michael.

Doch das hier war anders – Arthur war tot, unwiderruflich. Ich würde ihn niemals mehr wiedersehen ... sein herzliches Lächeln, seine warme Ausstrahlung, seine Hilfsbereitschaft, und diese wunderbar beruhigende Stimme ... es war vorbei, für immer ...

„Zur Hölle, Michael – was redest du denn da? Du willst Kimberly alleine lassen? Ohne Schutz? Ist dir eigentlich bewusst, was gerade geschehen ist? Abgesehen von der Tragödie, dass Arthur sterben musste, ist da noch etwas: Atheka ist frei! Und nun rate mal, auf wen sie es in erster Linie abgesehen hat ... na? Dämmert es dir?"

Jacques Stimme bebte vor Aufregung, als er zu Michael sprach.

„Sie muss hier bleiben, bei uns. Wir müssen sie strengstens bewachen, hörst du? Sie ist in großer Gefahr!"

Ich hatte Jacques zugehört, ohne ein Wort zu sagen.

Verdammt, hörte das denn nie auf? Konnte dieser ganze Wahnsinn nicht endlich ein Ende haben? Ich hatte einfach keine Kraft mehr. Plötzlich spürte ich, wie mein Kreislauf nun endgültig zusammenbrach.

Es war Michael, der mich gerade noch auffing.

„Ist alles in Ordnung, Kim? Komm, lege dich hier auf das Sofa. Das wird dir gut tun."

Die anderen Vampire wurden durch meinen Schwächeanfall aufmerksam. Als Nicolas an mich herantrat, erschrak ich: Sein Blick war voller Entsetzen, voller Verzweiflung!

Er wusste es – er hatte genau DAS erkannt, was Jacques gerade eben zu Michael gesagt hatte. Er drehte sich zu seinem Bruder, legte ihm den Arm um die Schulter:

„Bruder, bitte gehe mit Cedric zusammen zu Arthur. Der Gedanke, dass seine Leiche unbeachtet in einer dunklen Ecke liegt, erfüllt mich mit großer Scham. Er sollte zumindest von dort weggebracht und zugedeckt werden. Und sicherlich wollen wir ihn alle noch einmal sehen. Bitte vergewissere dich, dass den Frauen sein Anblick zumutbar ist."

Vasco, der noch immer einem Häufchen Elend glich, nickte zustimmend. Ehe er mit Cedric dorthin ging, wo Arthur zuletzt die flüchtige Atheka bewacht hatte, sprach er noch einmal zu Nicolas.

„Sie will Kimberly, nicht wahr? Und gerade jetzt ist sie ein leichtes Opfer – sieh sie dir an. Sie hat keine Kraft mehr, und ich kann es so gut verstehen. Es war einfach zu viel für eine Sterbliche ... all diese schrecklichen Erlebnisse."

Cedric und Nicolas sahen sich tief in die Augen – es machte den Anschein, als würden die Blutsauger in diesem Moment miteinander kommunizieren, ohne dabei die Lippen zu bewegen.

Dann nickten beide zustimmend und Nicolas fuhr sich nervös mit der Hand durch die schwarzen langen Haare.

Selbst jetzt, in diesem Zustand, bemerkte ich erneut, wie unverschämt gut dieses Wesen der Nacht aussah.

Cedric setzte sich zu mir auf das Sofa und lächelte mich freundlich an. Er berührte mich in keiner Weise, und doch tat mir seine Nähe so gut. Längst hatte ich ihm verziehen, dass er sich meines Körpers bemächtigt hatte – zumal es ein wundervolles Erlebnis gewesen war ...

Cedric sprach leise und bedacht – und seine Augen, die fast immer fröhlich funkelten, blickten diesmal ernst und nachdenklich.

„Kim, meine hübsche freche Kim. Du musst jetzt sehr stark sein, hörst du? Bitte, ich flehe dich an – mache jetzt wirklich genau das, was Nicolas von dir erwartet. Es ist wichtig ... lebenswichtig! Und zwar für dich! Atheka wird versuchen dich zu finden und zu töten. Das lassen wir aber niemals zu, sei unbesorgt. Allerdings benötigen wir DEINE Hilfe. Du brauchst Kraft, sehr viel Kraft ... mehr, als eine Sterbliche jemals haben KANN. Und diese Stärke, die nötig sein wird, erhältst du von Nicolas."

Ich hatte nicht wirklich Ahnung von dem, was mir Cedric gerade erzählt hatte, als Nicolas das Wort ergriff:

„Ich werde dich zu dem machen, was offensichtlich deine Bestimmung ist. Du wirst meine Stärke, mein Wissen und meine Macht erhalten. Ich werde dich verwandeln, das ist deine einzige Chance, Atheka nicht zu erliegen."

Mit diesen Worten war Cedric aufgestanden, um Nicolas Platz zu machen. Die anderen verfolgten gebannt die Szene und ich bemerkte, wie sich Angela fast hilfesuchend an Vasco klammerte.

Alle Augenpaare waren jetzt auf uns gerichtet. Erst langsam registrierte ich, was Nicolas eben gesagt hatte. Als ich in seine Augen sah, traf mich sein Blick bis tief in meine Seele. Er hielt mich dadurch gefangen ... ich glaubte fast vergehen zu müssen, so gewaltig war das Gefühl. Doch ich nahm all meine Willenskraft zusammen und sprach leise zu ihm:

„Du ... -du wirst mich beißen? Nur damit ich eine würdige Gegnerin für Atheka bin? Aber ... aber das hat doch Zeit! Sie ist fort. Wann willst Du das tun, Nicolas? Bitte sage es mir."

Er strich sanft mein Haar zur Seite, als er kaum hörbar antwortete:

„Jetzt, meine Liebe. Wir dürfen keine Zeit verlieren. Atheka wird das auch nicht tun. Glaube mir."

Abrupt setzte ich mich auf, um panisch aufzuspringen. Doch Nicolas hielt mich fest und brachte mich erneut zum Liegen. Cedric stand noch immer daneben, und ich hatte den Eindruck, er würde Nicolas zur Hilfe eilen – falls es nötig wäre.

„Sei vernünftig, Kim. Es ist wirklich die einzige Lösung. Nicolas hat recht! Vertraue ihm, ja? Wir sind bei dir, wir alle stehen zu dir. Du wirst endlich zu uns gehören. Glaube mir, Arthur hätte es auch so gewollt."

Es war Angela, die mit liebevoller Stimme zu mir sprach. Aber ich wollte selbst entscheiden, mir ging das alles gerade viel zu schnell.

„Aber Nicolas, du sagtest mir vorhin, du würdest mich nicht überrumpeln. Und genau das tust du jetzt – ich will das im Moment noch nicht. Bitte lass mich darüber nachdenken, ja? Bitte!"

Doch Nicolas schüttelte dermaßen entschlossen den Kopf, dass eine lange Strähne seines schwarzen glänzenden Haares in sein Gesicht fiel.

„Nein, Kim – es tut mir leid. Auch wenn du mich dafür hassen wirst, ich werde es notfalls auch mit Gewalt tun. Arthur ist tot, das ist ein schreckliches Unglück. Ich werde ganz bestimmt nicht dabei zusehen, wie auch du dein Leben verlierst."

Erneut versuchte ich zu entfliehen, doch diesmal war Nicolas darauf vorbereitet. Er legte sich mit seinem ganzen Körper auf mich und nahm mir so jede Möglichkeit auf ein kleines bisschen Bewegungsfreiheit.

Wehre dich nicht, Kim! Schließe einfach die Augen – es wird nur ein kurzer Schmerz sein. Das verspreche ich dir. Gib mir dein Blut, so wie auch ich dir von meinem Blut zu trinken geben werde ...

Wieder hörte ich seine Stimme in mir.

„Nein!“, entgegnete ich noch einmal, als Nicolas zu den anderen Vampiren sprach:

„Lasst uns jetzt bitte alleine. Das geht nur Kimberly und mich etwas an.“

Ohne jegliche Widerrede entfernten sie sich, und meine Panik wuchs.

„Du wehrst dich noch immer. Wie kann man nur so stur sein? Gut, dann muss ich dir wohl ein wenig helfen. Sieh mir in die Augen, Kim!“

So sehr ich mich auch dagegen sträubte, ich konnte mich seinem Befehl nicht entziehen. Als er tief in meine Augen sah, war es sofort um mich geschehen.

Die Trance, in die er mich versetzte, war wesentlich stärker als das, was Jacques mir damals angetan hatte. Mein Körper wurde steif, sodass ich nicht einmal die kleinste Bewegung machen konnte. Ich wollte sprechen, ein letzter Versuch, um nach etwas mehr Zeit zu betteln, doch es ging nicht! Ich brachte nicht ein Wort heraus ... und ich wurde so unsagbar müde ...

Oh Gott, Nicolas! Nein, bitte nicht!

Ich ließ stattdessen meine Gedanken zu ihm sprechen, doch es half nichts - ich konnte bereits seine Lippen spüren ... und die spitzen Fangzähne an meinem Hals ... war es wirklich soweit? Würde ich nun mein Leben geben müssen, um ein anderes Dasein zu erlangen? Und würde Nicolas dann wirklich für mich da sein?

Ich fühlte mich plötzlich unbeschreiblich alleine – und ausgeliefert an den Mann, der soviel Macht besaß ... sogar über mich. Dann durchfuhr ein unglaublich tiefer Schmerz meinen Körper und ich verlor das Bewusstsein ...

„Kimberly! Wach auf! Verdammt nochmal, hörst Du mich nicht?“

Die energische Stimme, die ich besser kannte, als mir lieb war, glich einer eiskalten Dusche. Zusätzlich wurde ich unsanft an den Schultern gepackt, und heftig geschüttelt. Mir blieb keine Wahl, ich musste die Augen öffnen – ob ich nun wollte oder nicht.

Nicolas starrte mich an und ich bemühte mich zu erkennen, was er gerade empfand … war es Wut oder doch eher Sorge? Ich meinte, beides in seinen Augen lesen zu können …

Ich erschrak, dann fasste ich instinktiv an meinen Hals … ich erinnerte mich an den heißen Atem von Nicolas … er war mir so nahe gewesen … dann der Schmerz, dieses furchtbar stechende Gefühl, das mir die Luft zum Atmen genommen hatte … doch da war nichts! Immer wieder tastete meine Hand über die weiche Haut – doch diese schien gänzlich unversehrt.

Ich runzelte die Stirn, als ich das spöttische Grinsen des Vampirs bemerkte, der mich eben so grob aus meiner Ohnmacht befreit hatte. Er war noch immer über mich gebeugt, als wollte er jeden Augenblick zubeißen.

„Darf ich höflichst anfragen, was du so krampfhaft suchst, liebe Kimberly? Vielleicht kann ich dir ja helfen."

Das konnte doch nicht sein, ich hatte es doch gefühlt … seine Fänge, den Biss … war die Wunde bereits verheilt?

„Nicolas, ist es schon geschehen? Bitte sage es mir, bin ich ein Vampir?"

Seine schlanke, und doch so kräftige Hand strich langsam über meinen Hals. Obwohl ich mich dagegen zu wehren versuchte, erregte mich diese Berührung mehr als mir lieb war.

„Nein, mein hübsches Kind, leider noch nicht. Ehe ich überhaupt in den Genuss kam, meine Zähne in dein wunderbar weißes Fleisch zu schlagen, warst du bereits völlig abgetreten. Ich hätte nicht gedacht, dass es dich so mitnehmen würde."

Das war ja wohl die größte Frechheit – dieser verrückte Kerl machte sich tatsächlich lustig über mich!

„Ich finde das nicht witzig, Nicolas! Ich habe den Biss wirklich gespürt."

Ich konnte nicht verhindern, dass meine Stimme zitterte. Das Grinsen verschwand unverzüglich aus dem Gesicht des schwarzhaarigen Vampirs, der nun mit leiser, einschmeichelnder Stimme zu mir sprach:

„Es tut mir leid, ich wollte dich nicht verletzen. Du hast wohl einfach eine sehr ausgeprägte Fantasie--- ... oder du besitzt zusätzlich die Fähigkeit das zu erleben, was kurz danach tatsächlich geschieht. Man weiß, dass einige, sehr mächtige Vampire dazu in der Lage sind."

Erneut streifte Nicolas Atem meinen Hals. Ich lag wie erstarrt in seinen Armen und hoffte noch immer, das alles würde bald ein Ende haben.

Kimberly...Kim ... bitte gib dich mir hin. Lass dich fallen und genieße es einfach. Du brauchst diese Kraft, um dich gegen Atheka wehren zu können. Bitte tue es für dich selbst – und für mich!"

Seine Worte in meinem Kopf beruhigten mich, und doch hatte ich noch immer nicht DAS gehört, was ich hören wollte. Wie stand Nicolas Santos zu mir? Was fühlte er, wenn er überhaupt irgendwelche Gefühle für mich hegte.

Du denkst darüber nach, was ich für dich empfinde? Du weißt es wirklich nicht, Kim? Bin ich solch ein Rätsel für dich, oder wirke ich tatsächlich kalt wie Eis?

Ich mochte es gar nicht, wenn er einfach so in meinem Kopf „stöberte" und sah es an der Zeit, ihm das unmissverständlich klar zu machen.

„Lass das, Nicolas! Hast du schon einmal von dem Wort „Privatsphäre" gehört? Ich bestehe darauf. Wenn es um die Dinge geht, die in meinem Kopf geschehen, lege ich ganz besonders viel Wert auf Diskretion. Ach, so ganz nebenbei, ja – du bist mir ein Rätsel. Und nochmals JA, du hast sehr viel gemeinsam ... mit einem Eisklotz. Tut mir leid, dir das sagen zu müssen."

Sein Gesicht verfinsterte sich für einen kurzen Augenblick, ehe seine Hand fordernd über meinen Körper strich. Herrgott, musste das jetzt wirklich sein? So würde ich es nie schaffen, längere Zeit wütend auf ihn zu sein. Ob ich es nun gut fand oder nicht: Seine streichelnden Hände erweckten die schamlosesten Gelüste in mir.

Nicolas, nicht ... bitte lass das! Ich kann nicht ... ich will nicht ... ich meine, nicht so richtig ... oh Gott!

Doch er dachte keine Sekunde daran, seine Hände von mir zu nehmen, im Gegenteil. Zärtlich berührte er meine zarten Knospen, die sich sofort steil aufrichteten. Ich stöhnte leise, ich konnte nicht anders.

Du willst es nicht? Tatsächlich? Dein Körper spricht aber eine ganz andere Sprache, meine schöne Kim. Du willst es, du willst mich und du brauchst es viel mehr, als du zugeben magst ...

Als er vorsichtig meine Beine spreizte, um meine intimste Stelle zu reizen, war es um meine Beherrschung geschehen. Mein Körper bäumte sich seiner Hand entgegen, gierte nach mehr ... ich spürte, wie ich immer feuchter wurde, wie mein Verlangen nach diesem gefährlichen Vampir unaufhörlich wuchs. Mein Stöhnen wurde lauter, und Nicolas Hand rieb mich in immer schnellerem Tempo.

Sag mir, was du willst, Kim. Sag es mir jetzt. Du weißt, was ich für dich empfinde. Ich begehre dich mehr als ich jemals eine Frau zuvor begehrt habe. Ja, und ich liebe dich, Kim ...

Verdammt, was hatte er da gerade gesagt, ohne zu sprechen? Konnte das sein oder vernebelte mir meine Erregung schon dermaßen die Sinne, dass ich das zu hören glaubte, was ich hören wollte? „Nicolas ... äh, was hast du mir gerade mental übermittelt? Könntest du das vielleicht laut wiederholen?“

Ich war kaum noch fähig zu sprechen, als er plötzlich seinen Finger tief in meinen Körper stieß.

Aber anstatt mir zu antworten, trieb er mich dem absoluten Wahnsinn entgegen.

Abwechselnd rieb er meine stark angeschwollene Perle, um kurz darauf erneut seinen Finger tief in mir zu versenken. Ich spürte, dass ich kurz davor stand, einen gigantischen Höhepunkt zu erleben.

Nicolas, oh Gott ... ich halte es nicht mehr aus, bitte! Erlöse mich endlich. Ich verliere gleich den Verstand.

Als ich für einen Moment die Augen öffnete, trafen sich unsere Blicke. Er sah so verändert aus ... bildschön wie immer, aber seine Augen ... sie veränderten permanent ihre Farbe, und ein geheimnisvoller silberner Glanz war darin zu sehen.

Kim, ich kann mich nicht mehr zügeln, und ich will es auch nicht. Ich werde jetzt von dir trinken ... ich werde sehr, sehr viel von dir trinken. Es ist soweit, mein Liebling. Ich mache dich nun zu dem, was deine Bestimmung ist. Du wirst meine Gefährtin für alle Ewigkeiten.

Ich konnte und wollte mich nicht mehr dagegen wehren. Erwartungsvoll bog ich meinen Kopf weit nach hinten und strich mir das Haar zur Seite. Nicolas war über mir. Ich bemerkte seinen schnellen Atem. Lustvoll leckte er über meine Halsschlagader, was mir erneut einen Schauer über den Rücken jagte.

Du wirst den Schmerz kaum wahrnehmen. Ich verspreche es dir.

Wie er das genau meinte, erfuhr ich, als sein Finger erneut in meine Enge eintauchte. Mein ganzer Körper begann zu zittern, und die Wellen des Höhepunktes überrollten mich so heftig, dass ich aufschrie. Die intensiven Kontraktionen in meinem Unterleib wollten nicht enden. Und genau in diesem Augenblick geschah es: Messerscharf bohrten sich die spitzen Fangzähne meines schönen Blutsaugers tief in meinen Hals.

„Nicolas! Oh Gott! Was tust du mit mir?“, schrie ich auf.

Der Schmerz war unbeschreiblich stark – noch viel stärker, als ich es kurz davor in meiner Vorstellung erlebt hatte. Instinktiv versuchte ich sogar, mich aus Nicolas Umarmung zu befreien. Aber ich hatte keine Chance, sein starker Körper hielt mich unter sich gefangen.

So schnell, wie der Schmerz aufgetreten war, verschwand er auch wieder. Dann veränderte sich mein Empfinden auf so extreme Art und Weise, wie ich es nie für möglich gehalten hätte ... in dem Moment, als er anfing, von mir zu trinken, durchströmte eine wunderbare Wärme meinen gesamten Körper. Ich fühlte, wie mein Blut in seinen Körper lief, wie es ihn stärkte ... wie es ihn erregte ...

Ich griff in sein langes Haar und presste seinen Kopf noch fester an meinen Hals. Himmel, was für ein irrsinnig schönes Gefühl durfte ich erleben ... bei jedem Schluck, den er gierig von mir nahm, stöhnte ich auf und wand mich lustvoll unter ihm. Mir war fast so, als würde ich jeden Moment explodieren.

Ich hätte es niemals für möglich gehalten, dass der Vampirkuss so erotisch sein würde ... oder lag es einfach an Nicolas? Und an meinen Gefühlen für ihn?

Mit jedem Tropfen meines Blutes wuchs seine Kraft – während ich allmählich schwächer wurde. Ich wurde von einem starken Schwindelgefühl erfasst, und glaubte eine Sekunde lang, ich würde das Bewusstsein verlieren.

Sofort löste sich Nicolas von mir und ich sah, wie mein Blut an seinem Kinn herunterlief. So verrückt es klingen mag, doch das ließ ihn noch fantastischer, noch geheimnisvoller aussehen.

„Bitte Nicolas, hör nicht auf! Hör nicht auf, mach weiter! Es ist so wunderbar ...", bettelte ich, und meine Stimme wurde leiser, meine Kräfte schwanden immer mehr.

„Kim, Liebes ... -du musst jetzt von mir trinken, hörst du? Du brauchst mein Blut, sonst wirst du sterben." Mit diesen Worten setzte er sich auf und öffnete sein Hemd. Verrückt vor Verlangen, trotz meines Dämmerzustandes, betrachtete ich seinen herrlichen Oberkörper.

Mit seinem spitzen Fingernagel ritzte er die Haut oberhalb seiner Brust auf – sofort sickerte der rote Lebenssaft aus der fast unscheinbar wirkenden Wunde. Ich starrte ihn an, unfähig mich zu bewegen. Seine Hand griff unter meinen Kopf, um ihn anzuheben. Ich war inzwischen viel zu schwach, um das selbst zu tun.

„Trink, meine schöne Kimberly. Nimm mein Blut ... dann wirst du unsterblich ... und ein Teil von mir!"

Als er das sagte, blickte er mir tief in die Augen. Ich erkannte seine Sehnsucht, sein Begehren ... totale Hingabe ... an mich?

„Nicolas ... ich ... ich kann das nicht! Ich schaffe es nicht, dein Blut zu trinken. Mir wird gleich schlecht, bitte!"

Liebevoll streichelte er meinen Nacken, dann presste er meinen Kopf energisch gegen die blutende Wunde.

„Verdammt, Kimberly – du MUSST trinken, sonst verliere ich dich! Hörst du, was ich sage? Bitte bleib bei mir ... trink! Und ich verspreche dir, all die Lust, die du eben empfunden hast, wird dir lächerlich erscheinen. Lächerlich im Vergleich zu dem, was gleich geschehen wird. Willst du wissen, wie es ist, vor Lust fast verrückt zu werden? Möchtest du das Gefühl haben, zu fliegen?"

Ich hörte seine Worte, während ich kaum noch Luft bekam. Er drückte mein Gesicht an seine Brust.

„Sag mir Kim, willst du wissen, wie Vampire wirklich lieben?", flüsterte Nicolas, als ich zögernd meinen Mund öffnete.

„Nimm mein Blut! Nimm, soviel -du trinken kannst. Dann wirst du es erfahren, mein Engel ... du wirst -fliegen ...“

Vorsichtig leckte ich mit meiner Zunge ein wenig von dem Blut ab, das inzwischen an Nicolas herunterlief. Ich überlegte mir noch, wie ich es wohl schaffen würde, den Würgreflex zu unterdrücken, als ich es zum ersten Mal schmeckte ... Blut ... das Blut des Mannes, den ich begehrte ... den ich liebte ... es schmeckte angenehm und süßlich. Keine Spur von Ekel, im Gegenteil – ich wollte mehr, viel mehr!

Hungrig trank ich von dem, was mir Nicolas so großzügig anbot. Und als der erste große Schwall seines warmen Lebenssaftes meinen Körper durchströmte, veränderte sich alles ... ich hatte das Gefühl, den Boden unter den Füßen zu verlieren ... ja, ich schwebte! Zumindest war mir so, als schwebte ich durch den Raum. Es war wie ein Rausch ... ein wunderbarer, faszinierender Rausch, der einfach nicht enden wollte. Im Gegenteil! Ich war dabei, mich ganz und gar zu verlieren. Irgendetwas geschah in mir, verwandelte mich auf ganz extreme Art und Weise.

Ich löste mich von Nicolas, brauchte für einen Moment das Gefühl der Freiheit und Ungebundenheit. Ich setzte mich auf, hob den Kopf ... und schrie! Ich wusste nicht, warum ich es tat, es war wie ein Zwang.

Erstaunt stelle ich selbst fest, dass mein Schrei eher ein lautes Brüllen war – ein Brüllen, das ich in dieser Form bisher nur von Tieren oder Vampiren gehört hatte.

Nicolas legte mir zärtlich den Arm um die Schulter, als wollte er mich beruhigen. Doch das konnte er nicht ... der Zustand, in dem ich mich befand, wurde immer verrückter ... und intensiver ...

„Nicolas, was ist das? Was geschieht mit mir? Zur Hölle, mein Körper brennt und verzehrt sich nach dir. Bitte ... meinetwegen mache ich das, was du dir einmal von mir gewünscht hast, ich bitte -dich ..."

Ich sah Nicolas flehend an, verlor mich in diesen wunderbar ausdrucksstarken Augen, deren Farbe im Moment wieder unergründlich war. Er fixierte mich voller Begierde, und dieser Blick steigerte mein Verlangen erneut.

„Du bittest mich um was? Was ist es, was du so sehr begehrst, mein Liebes? Sag es mir ... ich, will es hören", flüsterte er, und seine Stimme klang anders als sonst.

Noch dunkler, noch geheimnisvoller ... und sie wirkte wie eine gefährliche Droge auf mich.

„Du weißt es doch, nicht wahr? Verflucht, was ist das? Was geschieht mit mir? Bitte Nicolas, hilf mir!"

Mein Körper stand in Flammen, und das Kribbeln zwischen meinen Beinen machte mich wahnsinnig. Es gab nur noch eines, woran ich denken konnte: Nicolas! Ich brauchte ihn, seine Nähe, seine Liebe. Und ich musste ihn tief in mir spüren, wollte mit ihm verschmelzen.

„Schlaf mit mir, bitte! Lass mich nicht so lange leiden. Ich weiß nicht, was du mit mir angestellt hast, aber du machst es verdammt gut. Das muss ich dir lassen!"

Ohne ein weiteres Wort zu verlieren, zog mich Nicolas zurück auf das Sofa. Ehe ich mich versah, lag er über mir und streifte mir das dünne Nachtkleid vom Leib. Ich zitterte – doch es war keineswegs die Kälte im Zimmer. Nein, diese bemerkte ich längst nicht mehr. Mein Kälte- und Wärmeempfinden hatte sich komplett verändert, wie alles in mir.

Mein Körper bebte vor Lust und Verlangen, und so begann ich, ungeduldig an den Kleidern meines Vampirs zu zerren. Er lachte frech:

„Nun, da ist aber jemand sehr ungeduldig. Willst du mich denn so sehr? Bist du dir sicher, meine schöne Kim?"

Ich nickte und zog seinen Kopf zu mir herunter. Wir versanken in einem endlosen Kuss, der an Leidenschaft nicht zu überbieten war. Voll Freude stellte ich fest, dass nun auch Nicolas allmählich die Beherrschung verlor. Nun war ER es, der sich hastig seiner Kleidung entledigte. Unsere nackten Körper waren ineinander verschlungen, als Nicolas mich mit Küssen bedecken wollte. Doch diesmal wehrte ich ihn ab.

„Oh, das ist schön, wunderschön. Aber können wir das mit den Küssen vielleicht ein wenig- ... äh ... verschieben? Ich brauche jetzt die härtere Gangart, wenn du verstehst, was ich meine ...? Also, wenn es dir nichts ausmacht, könntest du mich jetzt vielleicht richtig nehmen, ja?", stammelte ich.

Es fiel mir inzwischen zunehmend schwer, klar und deutlich zu sprechen. Doch der schöne Mann an meiner Seite hatte mich mehr als deutlich verstanden. Sein Lächeln und das wilde Funkeln in seinen Augen sagten mehr als tausend Worte ... ohne weiteres Zögern spreizte er meine Beine und brachte sich in Position.

Obwohl mir der Anblick nicht ganz fremd war, stockte mir der Atem, als ich seine mächtige Erektion sah. Doch ich hatte keine Angst, ich verspürte nur unsagbare Lust nach diesem gefährlich aussehenden Vampir.

Ich presste erwartungsvoll meinen Körper an seinen, öffnete mich noch etwas mehr für ihn, und stöhnte ihm leise ins Ohr:

„Nicolas ... ich will dich so sehr ..."

Seine Härte bat fordernd um Einlass und ich spürte den leichten Druck an meinem Geschlecht. Doch ich bemerke seine Zurückhaltung, seine Vorsicht – er beherrschte sich, offenbarte mir nicht seinen wahren Trieb.

„Du ... -du musst mich nicht mit Samthandschuhen anfassen, mein Geliebter. Liebe mich so, wie es deiner Natur entspricht, bitte! Du wolltest mir zeigen, wie Vampire lieben – dann tue es!“

Er sah mich erstaunt an:

„Kim ... ich begehre dich so sehr. Aber ich habe dir schon einmal wehgetan. Du erinnerst dich? Ich möchte diesen Fehler kein zweites Mal begehen.“

Dankbar lächelte ich ihn an, und küsste ihn liebevoll auf den Mund.

„Du wirst mir nicht wehtun, Nicolas. Und nun zeige mir dein wahres Gesicht. Ich habe ein Recht darauf, meinst du nicht? Ich bin nun deine Gefährtin.“

Als habe er nur auf diese Worte gewartet, veränderte sich sein Verhalten unverzüglich. Seine Augen signalisierten zügellose Gier, und ihr silberner Schein strahlte jetzt so hell, dass es fast unmöglich war, längere Zeit seinem Blick Stand zu halten.

Er packte meine Arme, um sie mit eisernem Griff über meinem Kopf festzuhalten. Mit nur einem einzigen heftigen Stoß versenkte er seine pralle Männlichkeit in meinen feuchten Schoß.

Ich schrie laut auf – doch es war kein Schmerzensschrei, es war die pure Lust! Ich bäumte mich auf, war bereit, jeden seiner Stöße dankbar zu empfangen. Und er gab mir, wonach ich verlangte. Ich stand kurz davor, den Verstand zu verlieren. So etwas hatte ich noch nie erlebt, es war einfach unbeschreiblich ...

Seine Bewegungen wurden immer schneller, und ich hörte sein lautes Keuchen. Unsere Körper waren bereits nass geschwitzt, als sich mein Höhepunkt ankündigte.

„Nicolas, oh Gott – ich halte es nicht mehr aus. Bitte erlöse mich, lass mich kommen!“, schrie ich voller Ekstase.

In diesem Augenblick riss er seinen Kopf nach oben, und das laute Heulen eines Wolfes war zu hören. Ich bemerkte seine gefährlichen Vampirzähne, als er den Mund öffnete, und seine Augen sahen vollkommen unnatürlich aus. Doch ich liebte diesen Anblick, weil ich wusste, was gleich geschehen würde ... er war nun bereit, sich zu ergießen ... tief in meinem Körper. Und ich sehnte mich so sehr danach.

Das wäre die Vollendung, der letzte Schritt um seine Auserwählte, seine Frau zu werden ... für jetzt und für alle Ewigkeiten ...

Mein Orgasmus kam gewaltig und mit jeder Zuckung in meinem Unterleib, schmiegte ich mich enger um das harte Geschlecht meines feurigen Liebhabers. Mit einem spitzen Schrei ergab ich mich dem Gefühl. Nicolas hatte recht gehabt, ich glaubte zu schweben, sah viele kleine leuchtende Punkte vor meinem Auge-- … Ich war wie im Drogenrausch, nicht fähig, klar zu denken, oder mich gar zu bewegen.

Genau in dieser Minute schlug Nicolas erneute seine Fangzähne in meinen Hals, um seine Gier nach meinem Blut zu stillen. Diese Kombination aus Lust und Schmerz war unermesslich und ich ließ ihn mit geschlossenen Augen gewähren.

Plötzlich hielt er für einen Moment inne, und packte mich, fast schon grob, an der Hüfte. Ein letztes Mal stieß er tief in meinen Körper, ehe sein hartes Geschlecht in meinem Schoß zu pulsieren begann. Er schrie meinen Namen, als er sich unter großem Druck in mir entlud. Erst als sich unser Atem allmählich wieder normalisiert hatte, rollte er von mir herunter.

Glücklich sah ich ihn an – den Mann, der nun ganz und gar zu mir gehörte. Der Vampir, über den ich mich so unsagbar oft geärgert hatte ... und den ich doch von Anfang liebte und begehrte ... was auch immer geschehen war.

Er zog mich an sich und streichelte liebevoll über mein Haar.

„Du musst trinken, Kim. Ich habe heute viel von Deinem Blut genommen. Sehr viel sogar. Du bist noch schwach – und hast dich gerade sehr verausgabt."

Er grinste mich frech an. Ich runzelte die Stirn:

„Was meinst du damit? Was muss ich trinken? Blut? Schon wieder? Ich dachte, wir hätten den Bluttausch bereits vollzogen? Habe ich etwas verpasst?"

Nicolas seufzte, und verdrehte die Augen. Ich schmunzelte, denn er sah einfach hinreißend aus, wenn er empört oder auch genervt war. Ich war mir in diesem Moment nur nicht ganz sicher, was eher zutraf.

Er legte seine Hand in meinen Nacken, und mit sanftem Druck brachte er meinen Kopf in seine Halsbeuge.

„Du brauchst nun regelmäßig Blut, Kimberly. Und zwar von mir! Wenn ein Paar sich gefunden hat, ernähren sich die beiden fast ausschließlich vom Blut des Partners. Das ist alles, was sie brauchen. In unserem Falle ist das noch wichtiger, weil der eine die Kraft des anderen benötigt. Verstehst du, was ich meine? Wir sind anders als die meisten der anderen Vampire ... mächtiger und stärker. Bald wirst du es selbst erfahren."

Seine Worte erschreckten mich und so fuhr ich langsam mit meiner Zunge über die obere Zahnreihe. Verdammt, er hatte recht – es war schon soweit!

Ich spürte die spitzen Fangzähne und war mir unklar darüber, was ich davon nun halten sollte. Ich löste mich aus der Umarmung meines Gefährten und stand auf. Schnell griff ich nach meinem Nachthemd und streifte es über. Ich war verwirrt, alles war jetzt anders. ICH war anders – aber würde ich als Vampir auch glücklich sein können? Konnte ich damit leben, niemals mehr die Sonne sehen zu dürfen? War es richtig gewesen, die Gefährtin von Nicolas Santos zu werden? Würde er wirklich zu mir halten? Für jetzt und für alle

Ewigkeiten? Und da war noch Atheka, die mich offensichtlich so sehr hasste ... die plötzlichen Zweifel überwältigten mich ...

„Alles in Ordnung, Kim?"

Nicolas war ebenfalls aufgestanden. Er sammelte seine Kleidungsstücke vom Boden auf, und zog sich langsam an.

Er trat von hinten an mich heran und legte seine starken Arme um mich. Ich wusste, was er mir sagen würde, dass er nicht bereit war aufzugeben.

„Du musst trinken! Ich habe es dir doch erklärt, Kim. Bitte sei jetzt nicht so stur – es geht um dein Wohlergehen. Bitte glaube mir, du brauchst mein Blut!"

Er klang nun wesentlich ungeduldiger als zuvor, aber auch besorgt. Daher nahm ich ihm den herrischen Befehlston nicht übel – zum ersten Mal! Ich schüttelte den Kopf und drehte mich zu ihm:

„Ich will jetzt nicht, Nicolas. Mir geht es soweit gut. Aber bitte gebe mir ein wenig Zeit, ja? Ich bereue nicht, deine Auserwählte zu sein. Doch mein neues Dasein als Vampir ist ein wenig gewöhnungsbedürftig. Verzeih mir."

Nicolas verstärkte den Druck seiner Arme und küsste sanft mein Haar. Es war so, als ob er verstanden hatte – doch ob er meine Entscheidung auch akzeptieren würde, war im Moment noch unklar.

Ich wollte seine Zärtlichkeit gerade erwidern, als plötzlich die Türe aufgerissen wurde.

„Kimberly, geht es dir gut? Wie war es? Nun erzähl doch mal! Habt ihr den Bluttausch vollzogen? Bist du nun seine Frau?"

Meine Freundin Angela war bereits in den Raum gestürmt, während Vasco und Cedric diskret vor der Türe stehen geblieben waren. Ihr plötzliches Eindringen hatte mich dermaßen erschreckt, dass ich sie nur wortlos anstarrte.

„Angela, bist du verrückt geworden? Was soll denn diese Aktion? Vasco, zum letzten Mal, bitte erziehe dieses unmögliche Weib. Sonst tue ich es!“, drohte Nicolas mit erhobenem Zeigefinger.

Diese Szene war so lustig, dass ich nun doch anfing zu lachen. Meine Freundin stand wie ein Häufchen Elend vor Nicolas und mir. Mein Schreck und das wütende Fauchen meines Gefährten hatten sie offensichtlich sehr verunsichert.

„Tut ... tut mir leid, Kim ... Nicolas. Ich habe mich um Kimberly gesorgt. Ich wollte Euch nicht in Verlegenheit bringen oder gar in Angst versetzen. Wie dumm von mir.“

Lächelnd streckte ich meine Arme aus, wollte Angela einfach nur an mich drücken und trösten. Sie war einfach wunderbar – sie sorgte sich IMMER um mich, auch jetzt noch.

Wir waren nun beide Vampire, doch manche Dinge schienen sich nicht ändern zu wollen. Und dieses Gefühl war genau das, was ich gerade brauchte. Ein wohliges Gefühl der Geborgenheit überkam mich. Doch nicht nur das ... als ich Angela in die Arme nahm, die diese Geste dankbar erwiderte, spürte ich es plötzlich ... Himmel, konnte das sein? Und warum konnte ich es überhaupt fühlen ... und wissen?

Angela spürte meine Starre und sah mich kritisch an:

Kim, Süße – was ist denn los mit dir? Tut dir was weh? Wow, also diese Vampirbeißerchen stehen dir verteufelt gut, weißt du das? Richtig sexy, echt!“

Ich ignorierte ihr Kompliment, packte sie stattdessen am Arm, und zog sie ein Stück von Nicolas weg.

Zu Anfang reagierte er etwas irritiert, doch dann wandte er sich Vasco und Cedric zu.

„Was ist denn los? Du siehst aus, als ob du ein Gespenst gesehen hast! Hat dir das Blut von Nicolas nicht gut getan?“

Ich zog ärgerlich die Augenbraue hoch, dann flüsterte ich leise in ihr Ohr:

„Wehe, du lachst jetzt laut auf, schreist oder begehst eine andere Verrücktheit – ich warne dich! Ich muss dir was sagen, das echt irre klingt."

Meine Freundin sah mich mit großen Augen an und legte ihren Zeigefinger auf den Mund. Sie wollte mir damit wohl andeuten, verschwiegen zu sein.

„Also, du hältst mich jetzt sicherlich für absolut durchgeknallt, aber ich fühle ... ich fühle, dass ich gerade von Nicolas erneut geschwängert wurde."

Angela presste sich selbst die Hand auf den Mund, um einen Schrei zu unterdrücken. Ich war ihr dafür mehr als dankbar, und für einen kurzen Moment sahen wir uns nur wortlos an. Jetzt war es meine Freundin, die mich aus dem Zimmer drängte.

„Wo wollt ihr denn hin?", fragte Cedric, dem unsere Geheimniskrämerei längst aufgefallen war.

„Man kann diesem Mann nichts vormachen, das ist grauenvoll!", jammerte Angela.

„Wir wollen uns nur die Beine ein wenig vertreten. Außerdem müssen wir dringend wichtige Frauengespräche führen, du verstehst?"

Ich schenkte Cedric das süßeste Lächeln, das ich so spontan auftreiben konnte.

„Kim, wir haben unser Gespräch noch nicht beendet. Du erinnerst dich? Du bist noch zu schwach, du brauchst mein Blut! Ich meine das verdammt ernst!", mischte sich nun auch noch Nicolas ein.

Allmählich nervten mich diese Besserwisser, und ich nickte Nicolas lediglich zu. Dann verließen wir endgültig den Raum. Wir bemerkten die Blicke der Männer im Rücken, doch das störte uns nicht.

„Du hast nicht genug Blut von Nicolas getrunken? Süße, das ist nicht gut, weißt du das? Dein Körper hat sich erst gerade verwandelt – und schon DAS hat dich sehr viel Kraft und Energie gekostet. Wenn du nicht rechtzeitig neue Kraftreserven erhältst, brichst du mir zusammen. Und es ist ausschließlich Nicolas, dessen Blut dir alles gibt, was du brauchst. Gerade jetzt."

Nun fing meine beste Freundin auch noch damit an!

„Jaja, ich denke daran. Aber nun lass uns mal bitte das Thema wechseln, in Ordnung? Hast du verstanden, was ich dir eben gesagt habe? Ich bekomme ein Kind, und ich kann es FÜHLEN! Nur wenige Minuten nach der Zeugung. Angela, wie kann das sein? Wie ist das möglich? Ich spüre es in mir, wie es wächst. Himmel, ist das verrückt. Oder sage mir, bin ICH verrückt? Ist es das? Ist bei der Verwandlung etwas schief gegangen?"

Verzweifelt sah ich sie an.

Meine Freundin lächelte mich verständnisvoll an, dann legte sie ihre Hand behutsam auf meinen Bauch.

„Erinnerst du dich, Atheka hatte diese Fähigkeit ebenfalls. Sie konnte erkennen, dass Du fruchtbar warst ... bereit für Nicolas. Du bist kein Mensch mehr, meine süße Kim. Du bist nun ein Vampir. Und nicht irgendeiner. Nicolas und du, ihr seid ein ganz besonderes Paar. Wie besonders ihr seid, wirst du wohl erst im Laufe der Zeit erfahren. Es ist eine enorme Umstellung, ich weiß. Aber du wirst dich daran gewöhnen, du wirst es sogar lieben. Sieh mich an ... ich möchte niemals wieder in mein altes Leben zurück. Und nun sind wir beide Geschöpfe der Nacht. Ich finde es einfach toll. Wenn du glaubst, schwanger zu sein, dann ist es so. Warum freust du dich nicht einfach? Es ist einem weiblichen Vampir normalerweise nicht vergönnt, ein Kind zu empfangen. Aber Eure Verbindung ist einmalig ... und daher wundert mich dieses Ereignis nicht wirklich, wenn ich ehrlich sein soll."

Angela nahm mich in den Arm und hielt mich einfach fest. Sie hatte recht – alles war so neu und ungewohnt für mich. Aber ich wollte mich meinem Schicksal fügen – ich liebte Nicolas, und ich würde auch unser Baby lieben. Davon war ich überzeugt. Angelas Worte taten mir gut und ich schöpfte neuen Mut.

„Und ohne dich nerven zu wollen, meine liebe Freundin, du musst jetzt unbedingt zurück zu Nicolas. Du brauchst sein Blut, hörst du? Ich erinnere dich ungern daran, aber du könntest echte Probleme bekommen. Ich finde, du siehst gerade jetzt, sehr erschöpft aus."

Ich wusste, dass Angela recht hatte, aber noch wehrte ich mich innerlich dagegen, regelmäßig Blut zu trinken. Und der Gedanke, von Nicolas abhängig zu sein, störte mich zusätzlich.

Doch ich spürte, dass ich langsam schwächer wurde ... und unendlich müde ... ich musste das tun, was mein Körper verlangte. Schon alleine des Kindes wegen, das in mir heranwuchs. Ich war mir inzwischen ganz sicher ...

„Kim ... da ist noch was. Ich wollte dir keine Angst machen, aber nun solltest du es doch wissen. Wir haben nicht ohne Grund Euer intimes Zusammensein gestört. Ich hatte mich gesorgt ... um -euch ... vor allem aber um DICH!"

Ich sah meine Freundin erstaunt an.

„Warum denn? Was ist geschehen? Der Tod von Arthur ist schrecklich genug. Sag mir bitte nicht, dass noch jemand zu Schaden gekommen ist."

Ich spürte, wie die Angst in mir hochstieg. Bitte keine weitere Katastrophen – die letzten Tage und Wochen waren einfach die Hölle gewesen!

„Also ... Jacques wollte nach Arthur sehen. Beziehungsweise nach dem, was von unserem armen Freund übrig geblieben ist. Er ist sich absolut sicher, dass Atheka noch im Schloss ist. Er meint sogar, dass er sie mehrmals gesehen hat. Er verfolgte die Erscheinung, aber leider ohne Erfolg. Sie war entweder viel zu schnell oder Jacques ein wenig zu langsam“, schmunzelte Angela.

Es erleichterte mich, dass sie ihrem Humor nicht verloren hatte – dann konnte sie Situation ja doch nicht so ernsthaft sein. Vielleicht hatte sich Jacques das alles nur eingebildet. Es wäre nur allzu verständlich gewesen, denn der Schock über Arthurs Tod saß tief in jedem von uns. Auch in Jacques.

„Wer weiß, wen oder was Jacques wirklich gesehen hat, Angela. Wir sollten auf keinen Fall panisch werden. Komm, wir gehen zurück zu den Männern, ja? Ich sollte Nicolas auch schleunigst davon erzählen, dass wir wieder ein Kind bekommen. Ich hoffe nur, er freut sich ein wenig. Wir alle könnten momentan ein paar gute Nachrichten durchaus gebrauchen, oder?“

Ich hakte mich bei Angela unter, und wir wollten gerade den Rückweg antreten. Da vernahmen wir eine Stimme, die uns keineswegs fremd war:

„Schau mal an, der gute Nicolas war also nicht faul. Er hat bereits sein neues Weibchen gedeckt. Ist das nicht herrlich, die perfekte Familienidylle! Ich bin zu Tränen gerührt.“

Angela und ich erstarrten, blieben unverzüglich stehen. Vor uns stand die Frau, der wir einmal vertraut hatten – und die am Ende für soviel Unglück und Leid verantwortlich war.

Ich sah in ihre wunderschönen, aber eiskalten Augen, und ein völlig neues Gefühl entbrannte in mir: HASS! Als ich daran dachte, wie intim ich einmal mit ihr war, wurde mir fast übel.

Dann sah ich die beiden Menschen vor mir, die Nicolas so sehr geliebt hatte: Tiana und Arthur. Sie mussten sterben, weil Atheka es so wollte – und dafür sollte sie büßen!

Ich löste mich von Angela und machte einen Schritt nach vorne. Zu allem entschlossen baute ich mich vor ihr auf, meine Hände waren zu Fäusten geballt.

„Was willst du von uns, Atheka? Du hast kein Recht mehr, hier zu sein. Du bist eine eiskalte Mörderin. Ich verachte dich zutiefst. Verschwinde von hier, ehe Nicolas dich in seine Finger bekommt!"

Atheka warf den Kopf nach hinten und lachte laut auf. Dann packte sie mich am Handgelenk und zog mich nahe an sich heran.

„Was glaubst du eigentlich, wer du bist, kleine Kimberly? Nur weil Nicolas dich begehrt, heißt das nicht, dass du über MICH bestimmen kannst. Hast du überhaupt eine Ahnung, wie mächtig ich bin? Wie stark? Und ich habe kein Mitleid mit dir, sei dir sicher. Also pass gut auf, wie du mit mir redest. Verstanden?"

Ich entriss ihr meinen Arm und spürte die kalte Wut in mir. Abwechselnd wurde mir heiß und kalt, und ich hatte den Eindruck, dass meine neueste Errungenschaft, meine Vampirzähne, gefährlich hervor traten.

„Falsch, meine Liebe – Nicolas begehrt mich nicht nur, er liebt mich. Es tut mir außerordentlich leid, dir das mitteilen zu müssen. DU hast ihn nie interessiert, im Gegenteil. Er hasst dich, seit du Tiana umgebracht hast. Und jetzt Arthur. Es wird Zeit, dass er dir das Handwerk legt."

Ihr Lachen war zwischenzeitlich verstummt, stattdessen funkelten ihre Augen so böse, dass ich glaubte, den leibhaftigen Teufel vor mir zu haben. Ich bemerkte sofort, dass die Lage ernst war – sehr ernst. Ich wollte Angela in Sicherheit wissen, das hatte im Augenblick Priorität.

Oh Gott und ich wünschte mir, dass endlich einer der Männer auftauchen würde. Nicolas, Cedric, Vasco ... egal wer, Hauptsache, man würde uns helfen. Ich wurde immer schwächer, Angela immer ängstlicher und Atheka immer zorniger.

Ein Blick in ihre dämonischen Augen signalisierte mir, dass sie zu allem bereit war, wirklich zu allem!

Ich wollte mich gerade zu Angela umdrehen, da spürte ich einen heftigen Schlag auf den Hinterkopf ... sofort sank ich zu Boden, und nahm nur noch schemenhaft war, was im Anschluss geschah ...

Ich sah Atheka, die dabei war, Angela fortzuzerren. Ein kurzer Schrei, dann presste ihr der Dämon die Hand auf den Mund.

Ich wollte aufstehen, wollte helfen – doch ich war viel zu schwach. Ich konnte meiner Freundin nicht beistehen, weil ich mich geweigert hatte, das zu tun, wozu mir alle geraten hatten. Und wie sehr ich es brauchte, erfuhr ich jetzt auf schmerzhafte Art und Weise. Blut ... das Blut meines Auserwählten ... Nicolas! Warum war ich nur so stur gewesen?

Um mich herum schien alles zu verschwimmen, und noch immer war keiner der männlichen Vampire zu sehen. Ich hörte Angelas klägliches Wimmern und Athekas drohende Stimme, die zu mir sprach:

„Ich nehme deine kleine Freundin jetzt mit, Kimberly. Ob sie dieses fröhliche Beisammensein überleben wird, hängt von dir ab, von dir ganz alleine. Gib dein Leben für sie – dann hat sie eine Chance. Ich habe kein Interesse an IHR, ich will nur DICH! Überlege gut und schnell, ich gebe dir nicht viel Zeit. Das ist ein Kampf zwischen dir und mir, verstanden? Dein Leben für das deiner Freundin. Du wirst mir Nicolas nicht wegnehmen, hast du verstanden?"

Dann zerrte sie meine verzweifelte Freundin davon ... ich versuchte mir zu merken, in welche Richtung die beiden liefen, doch dann wurde es allmählich dunkel um mich herum. Ich brauchte Blut, unbedingt ... jetzt sofort ... ich war am Ende meiner Kräfte.

Endlich hörte ich Schritte ... Nicolas? Cedric? Oder gar Jacques? Ich bekam es nicht mehr mit, war nicht mehr dazu fähig, die Augen offen zu halten. Das Letzte, woran ich dachte, war Angela – meine geliebte Freundin Angela. Würde ich sie retten können? Hatten wir eine Chance?

Atheka wollte mich – und ich musste diesen Kampf gewinnen. Egal um welchen Preis. Dann verlor ich das Bewusstsein ... halb verrückt vor Durst ...

„Kim, mein Liebling, bitte trink von mir – jetzt sofort!“

Es war Nicolas, der zärtlich und voller Sorge zu mir sprach. Als ich langsam die Augen öffnete, sah ich sein blutendes Handgelenk. Er hielt es mir direkt vor den Mund.

BLUT, SEIN BLUT – das war alles, was ich wahrnehmen konnte. Ich bemerkte zu diesem Zeitpunkt weder die anderen Vampire, noch wurde mir bewusst, dass ich inzwischen auf einem weichen Bett lag. Mir war so unsagbar kalt, und der Hunger machte mich fast wahnsinnig.

Ohne weiter nachzudenken, ergriff ich das mir angebotene Handgelenk. Sofort saugte ich gierig daran, und es schmeckte einfach wunderbar. Als der erste Schwall meine Kehle hinunter lief, meinte ich im Paradies zu sein.

Blitzartig war mein Körper mit neuem Leben erfüllt, und auch meine Sinne begannen zu erwachen. Ich nahm mein Umfeld wieder wahr, und die Erinnerung kam zurück … die Erinnerung an Angela!

Himmel, ob es die anderen schon wussten? Ich hörte auf zu trinken, und sah mich stattdessen im Zimmer um.

„Du bist in meinem Schlafgemach. Oh, bitte verzeihe mir, in UNSEREM Schlafgemach natürlich."

Nicolas lächelte mich an und entzog mir seinen Arm. Die Wunde innerhalb von Sekunden.

„Wie hast du denn das gemacht?", fragte ich ihn erstaunt.

Ehe er antworten konnte, war Vasco herangetreten. Der arme Kerl sah grauenvoll aus – als habe er mindestens drei Nächte nicht mehr geschlafen. Mir war sofort klar, warum es ihm so schlecht gehen musste: Er hatte Angelas Verschwinden bemerkt!

„Kim, was ist passiert? Wir hörten laute Geräusche, fast wie ein Kampf. Aber als wir den Raum betraten, fanden wir nur dich – ohnmächtig. Wo, um alles in der Welt, befindet sich Angela? Ich habe bereits Haus und Grundstück nach ihr abgesucht. Nichts!"

Verdammt, was sollte ich nur tun? Langsam setzte ich mich auf. Voll Unmut stellte ich fest, dass ich noch immer dieses dünne Nachtkleid trug und bat Nicolas um einen Morgenrock.

Als ich diesen übergezogen hatte, verließ ich das Bett, was Nicolas nicht wirklich gefiel:

„Kimberly, bitte schone dich! Du warst am Ende deiner Kräfte, ehe du gerade mein Blut getrunken hast. Übertreibe es nicht, alles dauert seine Zeit."

Aber ich schüttelte energisch den Kopf. Ich fühlte mich, rein körperlich gesehen, vollkommen fit und gesund. Das Blut meines Geliebten hatte wahre Wunder bewirkt. Und ich wusste, dass ich meine Kraft noch in dieser Nacht benötigen würde.

Atheka hatte Angela, meine Angela! Und ich war keinesfalls bereit, tatenlos zuzusehen, wie sie ihr ein Leid zufügen würde. Sie wollte mich, sie wollte einen Kampf – sie sollte ihn bekommen. Aber ohne die Männer …

„Vasco, bitte sorge dich nicht! Angela und ich hatten einen kleinen Streit. Dann ist sie davon. Sie meinte, sie wolle sich abreagieren, indem sie auf die Jagd ginge. Ein wenig frisches Blut, du verstehst? Du bist doch jetzt nicht eifersüchtig?"

Ich schenkte ihm mein charmantestes Lächeln und hoffte, er würde mir diese irrsinnige Lüge abkaufen. Zuerst wirkte er irritiert, aber dann grinste er:

„Soso, wenn die Damen sich streiten, benötigt meine Liebste ein wenig Blut von anderen Männern? Ja, das ist typisch Angela! Aber bitte jagt mir niemals wieder so einen Schrecken ein, ja? Und was ist mit dir geschehen? Warum bist Du ohnmächtig geworden? Und diese Beule an deinem Kopf. Oh, sie scheint bereits verheilt." Vasco strich mir sanft über den Hinterkopf. Und ich schämte mich immer mehr für meine Lügen.

„Nicolas hatte recht. Ich war einfach zu schwach ohne sein Blut. Ich spürte, wie mir die Sinne schwanden, dann stürzte ich. Dabei habe ich mir wohl eine kleine Verletzung zugezogen. Nicht der Rede wert. Angela war bereits fort, sonst hätte sie mir natürlich geholfen."

Himmel, was für einen Schwachsinn erzählte ich den Vampiren, aber Vasco machte den Eindruck, als sei er damit zunächst zufrieden. Jacques und Michael tuschelten miteinander, dann machten sie Anstalten zu gehen.

„Ich denke, ihr beide braucht uns im Moment nicht mehr, oder? Die Nacht ist noch jung, und wir wollen uns auf die Suche nach Atheka machen. Dieser Frau muss endgültig das Handwerk gelegt werden. Ich warte keine Minute länger!"

Jacques lächelte mich gequält an und ich konnte seinen Schmerz deutlich fühlen.

Der Verlust der Schwester und die Wahrheit über deren Tod. Seine unerfüllte Liebe zu mir, und nun auch der Tod von Arthur – das alles war selbst für einen Vampir ein bisschen zu viel.

Ich fühlte mich schuldig – nicht nur in Bezug auf Jacques … ich log gerade meine neue Familie an und ich war mir nicht sicher, ob sie mir das jemals verzeihen würden. Aber ich musste Atheka alleine stellen – sie wollte mich, nur mich!

Die anderen zu informieren, oder gar mitzunehmen, würde alle in Gefahr bringen. Vor allem Angela, meine liebe Freundin! Sie fehlte mir so sehr – und meine Angst um sie wuchs unaufhörlich. Ich musste schneller sein als Jacques und Michael, das stand fest!

„Ich komme mit, wenn du nichts dagegen hast?"

Nicolas sah mich fragend an. Ich nickte, und war mehr als erleichtert. So konnte ich ungehindert nach Atheka und Angela suchen, ohne dass mir Nicolas im Wege stand.

„Ich finde das alles sehr seltsam", hörte ich plötzlich Cedric sagen, der bisher wortlos am Fenster gestanden hatte.

Er drehte sich herum und sah mir direkt in die Augen. Verdammt, diese wunderbar blauen Augen, die im Moment unnatürlich leuchteten, konnten einen fast in den Wahnsinn treiben!

Cedric bemerkte meine Lüge, denn sein Blick sagte mehr als jedes gesprochene Wort. Er hörte nicht auf mich zu fixieren, bis ich den Augenkontakt unterbrach.

„Hör auf zu grübeln, alter Freund. Komm lieber mit uns. Wir können einen so starken Vampir wie dich gebrauchen, wenn wir Atheka zur Strecke bringen."

Nicolas legte seine Hand auf Cedrics Schulter. Eine Geste, die mir zeigte, wie tief die Freundschaft der beiden Männer war, obwohl Cedric mich verführt hatte. Doch Nicolas wusste, warum das geschehen war – und er hatte uns beiden verziehen.

„Können wir Kim denn einfach so alleine lassen? Das ist doch ein ganz enormes Risiko, oder?"

Ich hätte Cedric umbringen können, wäre mir das möglich gewesen. Warum warf er mir nun Knüppel zwischen die Beine? Konnte er wissen, was ich vorhatte, oder war er wirklich nur in Sorge? Cedrics Plan schien aufzugehen, denn nun sah mich Nicolas besorgt an:

„Du hast Recht, Cedric. Ich glaube zwar nicht, dass Atheka heute Nacht noch einmal unser Anwesen betreten wird, aber ganz sicher kann man das nie wissen. Kim wäre eine verdammt leichte Beute für sie!“

Oh nein, das durfte doch nicht wahr sein! Was sollte ich jetzt tun? Würde Nicolas oder einer der anderen Vampire bei mir bleiben, wären meine Chancen zu entfliehen, mehr als gering.

„Bitte sorge dich nicht um mich, mein Liebling. Ich fühle mich weder schwach noch hilflos. Wir beide sind doch mental miteinander verbunden, nicht wahr? Ich verspreche dir, ich werde dich sofort alarmieren, wenn ich meine, in Gefahr zu sein. Jetzt, durch dein Blut, habe ich wieder die Kraft dazu. Können wir uns darauf einigen?“

Erneut setzte ich das schönste Lächeln auf, das ich so schnell herbeizaubern konnte.

Zum Glück wirkte es bei Nicolas hervorragend. Wir waren frisch verliebt, es musste wohl so sein. Cedric allerdings lächelte nicht, er starrte mich noch immer an. Als ich mich von Nicolas, Vasco, Michael und Jacques verabschiedet hatte, packte er mich plötzlich am Arm, und zog mich beiseite.

„Verdammt Kim, was hast du vor? Ich glaube dir diese Geschichte von vorhin nämlich keineswegs. Keine Ahnung, warum die anderen so blind sind. Bei Nicolas kann ich es noch nachvollziehen, er befindet sich gerade im absoluten Liebestaumel. Aber ich will die Wahrheit wissen, verstehst du mich? Wo ist Angela? Und warum bist du mehr als froh, uns loszuwerden? Rede mit mir!“

Aber ich schüttelte nur seinen Arm ab und funkelte ihn zornig an:

„Cedric, du spinnst! Mische dich nicht in Dinge ein, die dich nichts angehen. Hast du mich verstanden? Ich bin kein dummes kleines Mädchen, das ständig beschützt werden muss. Hilf deinen Freunden und lass mich in Ruhe. Bitte!“

Ich wusste, dass meine Stimme zitterte, denn es machte mir durchaus Angst, alleine gegen Atheka kämpfen zu müssen. Außerdem tat es mir weh, alle zu belügen – auch Cedric! Aber alles andere wäre einfach zu riskant. Für einen Moment schaute er ratlos zu Boden, dann kam er ganz nahe heran, und flüsterte in mein Ohr:

„Ich weiß, dass ich kein Recht habe, dir Vorschriften zu machen. Aber verflucht, ich mag dich, Kim! Du bist eine so außergewöhnliche Frau, und ich schätze dich als gute Freundin. Ich möchte dich nicht verlieren. Ich lasse dich tun, was du tun musst. Aber bitte ruf nach mir … nach uns, wenn du Hilfe brauchst. Das ist keine Schande, hast du mich verstanden? Verspreche es mir, hier und jetzt!“

Cedric war so ein lieber Kerl, auch wenn ich wusste, dass er ein genauso gefährlicher Vampir war, wie alle anderen – und ich schloss mich dabei keineswegs aus.

Ich hatte von Anfang an seinen Sinn für Humor, seinen Charme und seine Intelligenz hoch geschätzt. Und ich kannte ihn gut genug, um zu wissen, dass er auf dieses Versprechen bestehen würde. Ehe ich es ihm gab, würde er keine Ruhe geben.

Ich seufzte, dann reichte ich ihm die Hand.

„Ich verspreche es dir, Cedric Curtis. Du bist eine totale Nervensäge, aber ich möchte dich unbedingt wieder sehen. Ich werde also nicht zulassen, dass mein Vampirleben, das gerade erst begonnen hat, jetzt schon wieder endet. Reicht dir das?“

Cedric nahm meine Hand und hauchte einen zarten Kuss darauf. Wie oft hatte er das schon getan, auch bei Angela. Sofort wurde mein Herz schwer, als ich wieder an sie dachte …

Cedric lächelte mich an, doch es war nicht das fröhliche, unbeschwerte Lächeln, das ich so sehr an ihm mochte. Er spürte ganz genau, dass die Lage todernst war – und doch ließ er mich ziehen.

„Pass auf dich auf, liebe Kim. Ich werde ein Auge auf dich haben. Jedenfalls hoffe ich, dass mir das möglich sein wird. Und bitte denke an dein Versprechen. Nicolas musste schon einmal Abschied nehmen – lass nicht zu, dass er noch einmal die Frau verliert, die er liebt."

Mit diesen Worten drehte er sich um, und folgte seinen Freunden. Einen Moment sah ich ihnen nach. Nicolas und Vasco, die Anführer dieser Nacht, waren bereits nicht mehr zu sehen. Aber Cedric, Jacques und Michael winkten mir noch einmal flüchtig zu.

Himmel, ich wünschte mir so sehr, dass ich alle wohlbehalten wieder sehen würde … vor allem Nicolas, der sich nun endlich zu mir bekannt hatte … und den ich über alles liebte … mein Geliebter … mein Mann … mein Gefährte …

Als sie endlich das Anwesen verlassen hatten, spürte ich, wie hilflos ich im Moment eigentlich war. Ich musste Angela finden – und Atheka. Aber wo sollte ich anfangen zu suchen? Ich hatte keinerlei Hinweis, wohin sie gegangen waren.

Obwohl ich verzweifelt versucht hatte mir die Richtung einzuprägen, in die Atheka meine Freundin verschleppt hatte, war ich ratlos.

„Verdammt, Atheka – wo bist du hin? Wo kann ich dich finden und zum Kampf herausfordern?", flüsterte ich leise.

Doch mir war, als würden die Mauern des alten Gebäudes meine Worte tief in sich aufsaugen und wiedergeben. Ich glaubte meine Echo zu hören ... immer wieder ... und immer lauter.

Ich stand einfach nur da und starrte in die Luft, bis ich plötzlich das Gefühl hatte, ganz genau zu wissen, wohin ich gehen musste.

Wie von Geisterhand geführt, lief ich vorwärts, ohne nachzudenken. Ich lief und lief, meine Schritte wurden schneller und zielstrebiger. Gleichzeitig spürte ich eine unsagbar starke Energie in mir wachsen.

Ich wusste, wo Atheka meine liebe Freundin hingebracht hatte. Und dieser Ort war mir keineswegs fremd ...

Die beiden hatten das Schloss keine Sekunde verlassen, auch wenn die Männer davon fest überzeugt waren. Mir war dieser Irrtum mehr als Recht, denn so konnte ich ungestört das tun, was nötig sein würde.

Meine Angst war vollkommen erloschen, ich wurde nur noch von meinen Emotionen geleitet. Diese waren mehr als gegensätzlich: Auf der einen Seite die tiefe Zuneigung zu meiner Freundin und der unbändige Wille, sie zu retten. Auf der anderen Seite der Hass auf Atheka und all die Grausamkeiten, die sie bereits vollbracht hatte. Sie musste vernichtet werden, noch in dieser Nacht. Sonst würde keiner von uns jemals Frieden finden – und mein ungeborenes Kind würde keine Chance erhalten, in Ruhe aufzuwachsen.

Mein Kind – unser Kind. Zärtlich strich ich mit der Hand über meinen Bauch. Mir war so, als könnte ich es schon fühlen ... als würde es mich leiten und auch schützen. Auch wenn das nicht möglich sein konnte, so gab es mir doch Kraft und Mut, Atheka gegenüberzutreten.

Nachdem ich scheinbar endlos gelaufen war, blieb ich vor der großen schweren Türe stehen, wie schon einmal ... es war noch nicht lange her, und doch kam es mir wie eine halbe Ewigkeit vor.

Das Kellergewölbe ... der Raum, in dem das Zeugungsritual vollzogen wurde, damals ... nie wieder hatte ich diesen betreten wollen, doch nun blieb mir keine andere Wahl. Angela war dort drinnen gefangen und Atheka wartete auf mich.

Ich atmete tief durch, als ich die Türklinke herunter drückte. Ich kehrte zurück an diesen verfluchten Ort. Doch ich kam als eine andere Frau – ich war nicht mehr Kimberly, die Sterbliche, oh nein! Ich war inzwischen ein Vampir und die Gefährtin von Nicolas Santos. Und wenn es stimmte, was man erzählt hatte, verlieh mir diese Verbindung sehr viel Kraft und Macht ... ich musste einfach daran glauben!

Ohne weiter nachzudenken, trat ich ein. Ich musste keine Sekunde nach den beiden Frauen suchen, sie hatten mich bereits erwartet.

Angela lag auf dem Altar, den ich ebenfalls bereits kennenlernen durfte. Sie war an Armen und Beinen gefesselt, sah aber auf den ersten Blick unversehrt aus. Ich trat näher heran, worauf sich mir Atheka sofort in den Weg stellte.

„Nicht so eilig, liebste Freundin. Ich habe dir keinesfalls erlaubt, Angela nahe zu kommen. Aber schön, dass du hier bist. Ich wusste, dass ich mich auf dich verlassen kann."

Spöttisch grinste mich die schwarzhaarige Vampirin an. Neidisch musste ich zugeben, dass sie trotz ihrer Bösartigkeit einfach unverschämt gut aussah.

Ich wollte besser nicht wissen, wie viele unschuldige Männer diesem Monster bereits in die Falle gegangen waren. Sie hatte sicherlich leichtes Spiel, mit jedem von ihnen.

„Wage es nie mehr, mich als deine Freundin zu bezeichnen. Hast du mich verstanden? Du bist Abschaum, Atheka! Nicht mehr und nicht weniger. Es wird Zeit, dass du stirbst. Und zwar richtig!"

Ich funkelte sie böse an. Gleichzeitig spürte ich, wie meine spitzen Eckzähne gefährlich hervor traten. Das schien wohl immer dann zu geschehen, wenn ich in irgendeiner Form erregt war – oder hungrig.

Ich warf einen Blick auf meine Freundin, die mich allerdings nicht bemerkte. Sie sah aus, als würde sie schlafen. Sofort war mir klar, dass sie von Atheka in Trance versetzt worden war.

Himmel, Hauptsache, sie hatte ihr sonst nichts angetan! Die Wut in mir war kaum noch zu zügeln ... und die Kraft, die sich daraus entwickelte, machte mir fast schon Angst. Ich veränderte mich, das konnte ich ganz deutlich spüren ... auch wenn ich es nicht sehen konnte, irgendetwas geschah mit mir ...

Zuerst lachte Atheka laut auf, und warf ihre lange schwarze Haarpracht theatralisch nach hinten. Sie war einfach eine Meisterin des großen Auftritts – aber im Moment konnte sie mich nicht wirklich beeindrucken.

„Und DU willst mich töten? Tatsächlich? Ach Kimberly, du bist herzig, weißt du das? Du meinst, nur weil Nicolas dich gevögelt hat, besitzt du nun seine Fähigkeiten? Mache dich nicht lächerlich! Sag mir, soll ich dir noch einmal soviel Lust bereiten, wie ich es hier schon einmal tat? Du erinnerst dich? Ein letzter Orgasmus, ehe ich dir den Hals umdrehe. Klingt das gut?“

Ohne zu zögern, griffen ihre Hände nach meinen Brüsten und kneteten sie. Dabei lachte sie erneut und diesmal klang es vollkommen irre. Genau das war Atheka: Eine Irre – und verdammt gefährlich dazu!

Nun konnte ich meine Wut nicht mehr verbergen und stieß sie heftig von mir. In diesem Augenblick wurde ich mir der Kraft bewusst, die ich zuvor so intensiv gespürt hatte.

Atheka flog kurz durch die Luft, ehe sie gegen die harte Mauer knallte und zunächst regungslos liegen blieb.

Kleine Blutflecke auf dem Boden zeigten mir, dass sie sich verletzt hatte. Doch ich fühlte kein Mitleid, im Gegenteil. Jetzt kam ich erst richtig in Fahrt!

Meine Gegnerin erholte sich schnell. Sie stand wieder auf und grinste mich boshaft an. Allerdings erlosch dieser Ausdruck von Freude und Triumph viel schneller, als erwartet. Hatte sie eben noch vorgehabt, mich anzugreifen, so verharrte sie nun in ihrer Bewegung. Ihre Augen starrten mich voller Angst und Entsetzen an ...

„Oh Gott, Kim ...", hörte ich Angela sagen. Schnell blickte ich zu ihr hinüber und war mehr als erleichtert, dass sie bei Bewusstsein war.

„Wie siehst du aus? Das ist ... gewaltig! Mach sie fertig, hörst du? Zeig diesem Biest, wer hier das Sagen hat."

Ich war versucht zu schmunzeln, als ich Angelas Worte hörte. Aber dazu war die Lage zu ernst. Stattdessen versuchte ich festzustellen, was sich an mir so verändert hatte. Sehr schwierig ohne Spiegel, wie ich zugeben musste. Ich spürte lediglich meine spitzen Vampirzähne, die sich fast in meine Lippen bohrten. Und meine Arme, meine Beine ... alles erschien mir kräftiger, muskulöser. Eine mir unbekannte Energie ergriff Besitz von mir, und ich fühle mich fast unbesiegbar.

Doch ich wollte mich von diesem Empfinden nicht in die Irre führen lassen. Atheka war gefährlich – und stark! Ich durfte sie keinesfalls unterschätzen.

„Deine Augen, Kim – sie glühen förmlich. Du ... -du siehst aus wie eine wunderschöne aber todbringende Raubkatze. Wenn Nicolas das sehen könnte ..."

Als der Name fiel, begann Atheka wütend zu fauchen und stürzte sich auf mich. Zum Glück reagierte ich schnell. So konnte ich ihr geschickt ausweichen.

„Wenn ich dich nicht bekomme, dann töte ich eben deine kleine Freundin. Auch das wird mir eine große Freude sein."

Ehe ich mich versah, stand sie bei Angela am Altar. Ihre Bewegungen waren blitzschnell, mit bloßem Auge nicht wahrzunehmen.

Als sie meiner Freundin die Hand um den schlanken Hals legte und zu drückte, verlor ich jegliche Kontrolle über mich ...

„Lass sie sofort in Ruhe, du widerwärtige Kreatur!“, schrie ich.

Frei von jeglicher Angst oder Schuldgefühl griff ich die gefährliche Vampirin an. Sie ließ Angela los, um nach mir zu greifen. Aber diesmal war ICH es, die lachte! Erneut packte ich sie und warf sie gegen die Steinmauer.

Wimmernd lag sie in der Ecke, und diesmal war ihre Verletzung deutlich sichtbar. Blut lief aus einer großen Kopfwunde, aber auch jetzt verspürte ich kein Mitleid.

„Jetzt ist Schluss, hörst du? Endgültig!“

Kaum hatte ich diese Worte ausgesprochen, stand ich vor ihr. Ich beherrschte also ebenfalls diese beeindruckende Gabe, mich schneller als ein Sterblicher bewegen zu können. Allmählich gefiel es mir, ein Geschöpf der Nacht zu sein – es hatte doch ganz enorme Vorteile!

„Schlag ihr den Kopf ab, Kim! Oder verbrenne sie. Irgendwas in der Art. Nur so kannst du sie wirklich töten. Vergiss nicht, sie ist eigentlich unsterblich!“

Angela hatte recht – und ich hatte das beinahe vergessen. Wie gerne hätte ich ihr einfach das Genick gebrochen – genauso, wie sie es mit unserem geliebten Arthur getan hatte. Doch das würde in diesem Falle leider nicht funktionieren.

Ein Blick auf Atheka genügte, um ihre momentane Wehrlosigkeit klar zu erkennen. Aber lange würde das nicht mehr anhalten. Hastig sah ich mich nach einem Gegenstand um, der dazu geeignet erschien, dieses Monster zu enthaupten.

„Kim ... bitte mute dir nicht zu viel zu. Auch wenn du gerade über enorme Kräfte verfügst. Hole Hilfe, bitte! Denk an euer Kind!“

Angelas Stimme klang heiser – Atheka hatte wohl doch kräftiger zugedrückt, als ich es geahnt hatte. Das erweckte meine Wut erneut, und ich setzte meine Suche fort. Es musste doch irgendwas in diesem Raum sein, womit man ihren Kopf abtrennen konnte! Verdammt!

„Suchst Du das hier?“, fragte mich eine warme Männerstimme, die mir sofort einen wohligen Schauer über den Rücken jagte.

Ich drehte mich um, und blickte in die wunderschönen Augen des Mannes, der mein Auserwählter war. Er hielt einen altmodischen Degen in seiner Hand, der gefährlicher aussah, als jede andere Waffe, die ich jemals zu Gesicht bekommen hatte.

„Nicolas! Ich bin so froh, dass du da bist!“

Ich wollte ihm um den Hals fallen, doch mir war klar, dass dafür im Moment keine Zeit war.

Ich erkannte, dass er es erneut geschafft hatte, in mein Bewusstsein einzudringen, meine Gedanken zu lesen. In der jetzigen Situation war ich sehr erleichtert darüber.

Inzwischen waren auch Cedric, Vasco, Michael und Jacques erschienen. Ich fühlte mich unendlich glücklich, meine Freunde, meine Familie wiederzusehen. Meine Kräfte ließen allmählich nach, und ich machte mir Sorgen um das Leben, das in mir heranwuchs.

Nicolas behielt Atheka im Auge, während er mir einen flüchtigen Kuss auf den Mund hauchte. Dann schob er mich zur Seite.

„Befreie Angela, und dann verlasst bitte den Raum. Das ist jetzt unsere Sache.“

Die Art, wie Nicolas diese Worte sprach, ließ keinen Zweifel daran, dass Widerspruch absolut zwecklos war. Und auf einen Streit hatte ich in diesem Augenblick wirklich keine Lust. Stattdessen nickte ich und trat beiseite. Jacques kam langsam auf Nicolas zu, und die beiden Vampire sahen sich an. Es war nicht nötig zu sprechen, in keiner Weise. Sie verstanden sich auch so ...

Jacques und Nicolas hatten eine Rechnung mit Atheka zu begleichen. Der Grund dafür war Tiana – die Frau, die beide so sehr geliebt hatten. Die Frau von Nicolas, die Schwester von Jacques.

Ich empfand großes Verständnis für die Rachegelüste der Männer. Ich löste die Fesseln meiner Freundin Angela und half ihr vom Altar herunter.

Dankbar lächelte sie mich an und wir umarmten uns innig. Als ich eine Hand auf meiner Schulter spürte, drehte ich mich um und erblickte ein warmes Lächeln, das zu einem äußerst gutaussehenden Vampir gehörte.

„Das war fantastische Arbeit, meine liebe Kim. Ich hätte dich doch zuerst beißen sollen, ehe Nicolas das Vergnügen hatte. Nun ja, es ist leider nicht mehr zu ändern. Aber nun geht bitte hinaus. Es gibt Dinge, die Frauen nicht unbedingt sehen sollten. Auch dann nicht, wenn sie Vampire sind."

Cedric grinste uns beide an, dann nahm er uns an den Händen und führte uns zur Türe. Ehe wir den Raum verließen, sah ich noch einmal zu Nicolas und Jacques.

Sie bewegten sich in langsamen Schritten auf Atheka zu. Deren Wimmern wurde immer lauter, und sie hielt schützend die Hände über ihren Kopf.

Nicolas hielt das Schwert in der Hand. Sein Blick zeigte mir, dass er zu allem entschlossen war. Vasco und Michael traten von der anderen Seite an Atheka heran – sie wollten sichergehen, dass diese nicht plötzlich einen Versuch startete zu flüchten.

Mit sanfter Gewalt schob uns Cedric aus dem Kellergewölbe und ich konnte es mir doch nicht verkneifen, auf seine Bemerkung von vorhin zu reagieren:

„Weißt du, Cedric, es wäre sicherlich ganz nett gewesen, von dir gebissen zu werden, aber ..."

Er sah mich verdutzt an:

„Aber was?“

Nun war ich es, die ihn belustigt anfunkelte: „Naja, wie soll ich es dir nur sagen? Nicolas ist einfach der bessere Liebhaber. Tut mir leid!“

Und damit zog ich die Tür hinter uns zu. Angela, die bis dahin noch recht mitgenommen gewirkt hatte, sah mich einen Moment überrascht an, dann prustete sie laut los.

„Kim, du bist unmöglich! Der arme Cedric wird nun für alle Ewigkeiten an Minderwertigkeitskomplexen leiden.“

Ihr Lachen steckte mich an, und für den Bruchteil einer Sekunde vergaßen wir, was Nicolas und die anderen Vampire gerade tun wollten.

Plötzlich erstarrte Angela und deutete mit dem Finger in Richtung der großen Wendeltreppe, die sich unmittelbar vor uns befand.

„Himmel, was ist denn das? Oder sollte ich besser fragen, WER ist denn das?“

Mein Blick folgte Angelas Finger, und was ich dann sah, rührte mich so sehr, dass ich fast geweint hätte:

Eine wunderschöne Frau, mit langen dunklen Haaren, stand oben an der Treppe und lächelte uns an. Sie glich einem Engel, soviel Wärme und Herzensgüte strahlte sie aus. Sie trug ein langes weißes Kleid, das ihren zierlichen Körper umschmeichelte. Die ganze Erscheinung war so unwirklich, als handelte es sich um einen Traum.

„Ist das ... ist sie ein Geist?“, fragte mich Angela unsicher.

Ich nickte wortlos, denn ich wusste sofort, wer dieses anmutige Wesen war.

„Tiana ... du bist hier ... wie ist das möglich?“, flüsterte ich.

Aber Angela hatte mich sehr gut verstanden und ergriff meine Hand.

Die Erscheinung der Frau, die Nicolas und Jacques soviel bedeutet hatte, machte ihr Angst. Verständlich, wann begegnete man schon einem Geist? Und das unmittelbar nach der grauenvollen Entführung, die Atheka zu verantworten hatte?

Die arme Angela war völlig durcheinander, als die geisterhafte Erscheinung mit ruhiger Stimme zu uns sprach:

„Ja, ich bin Tiana. Ich wusste, dass du mich sofort erkennen wirst, liebste Kimberly. Ich freue mich so sehr, dir einmal begegnen zu dürfen. Und dir, Angela! Ihr seid wirklich zwei außergewöhnliche Frauen. Und ich habe euch zu verdanken, dass ich nun bald in Frieden ruhen darf."

Mit diesen Worten kam Tiana langsam die vielen Stufen der Treppe herunter. Es sah aus, als würde sie schweben – so anmutig und voller Grazie.

Himmel, ich konnte Nicolas so gut verstehen, dass er sich in diese Frau verliebt hatte. Fast schon spürte ich ein wenig Eifersucht in mir. Was wäre, wenn Nicolas jetzt zu uns stoßen würde? Wenn er seine Tiana wieder in die Arme schließen könnte ... wenn auch nur für einen kurzen Moment? Hätte ich ihn dann verloren? Wie stark war seine Liebe für mich wirklich?

Tiana unterbrach meine Gedanken, indem sie ganz nah an mich herantrat. Obwohl ich sie nicht berühren konnte, spürte ich ihre Nähe und ihre tiefe Zuneigung für mich. Auch Angela hatte sich inzwischen entspannt und lächelte Tiana freundlich an.

„Du musst dich nicht sorgen, Kim. Ich bin tot – endgültig. Und Nicolas liebt dich, dich ganz alleine. Ich war für kurze Zeit seine Geliebte, seine Gefährtin. Doch DU bist seine Auserwählte, Kimberly! Die einzige Frau auf dieser Welt, die seine Macht und Kraft mit ihm teilen darf. Es gibt keine Konkurrenz für dich. Weder unter den Sterblichen noch unter den Vampiren. Bitte vergiss das nie!"

Wir reichten uns die Hände, obwohl wir uns nicht wirklich anfassen konnten. Doch dieser Moment war wunderschön – und eine tiefe Trauer überkam mich.

Warum nur hatte diese Frau sterben müssen? So schön, so jung – fast noch ein Kind! Ich hasste Atheka, ich hasste sie so sehr, dass es wehtat.

Genau in diesem Augenblick durchbrach ein lauter Schrei die Stille der Nacht – der verzweifelte Schmerzensschrei einer Frau!

Keine von uns sprach ein Wort, denn wir wussten genau, was eben geschehen war: Atheka war tot ... endlich! Nicolas und Jacques hatten Rache genommen und das böse Spiel des Geschöpfes beendet, das sowohl Tiana als auch Arthur und beinahe ein weiteres Leben vernichtet hatte.

Mir war klar, was der Tod Athekas für Tiana bedeutete und eine Träne lief über meine Wange. Liebevoll lächelnd wischte Tiana diese ab. Und erstaunlicherweise konnte ich diesmal ihre Berührung fühlen!

„Kein Grund traurig zu sein, im Gegenteil! Ihr alle habt mich erlöst, endlich! Bei Gott, wie gerne würde ich zu euch gehören, wäre eure Freundin! Eure Freundschaft ist einzigartig, so tief und ehrlich. Ob in der Welt der Sterblichen oder jetzt als Vampire. Das gilt auch für die Männer, die ihr liebt: Nicolas und Vasco. Haltet immer zusammen, versprecht ihr mir das? Ich danke euch von ganzem Herzen ... für alles!“

Ich hatte schon den Mund geöffnet, um etwas zu erwidern, als die Türe des Kellers aufgerissen wurde, in dem, offensichtlich, Atheka soeben den Tod gefunden hatte.

Die Erscheinung Tianas löste sich buchstäblich in Luft auf, worauf Angela ein trauriges „Oh, schade!“, von sich gab.

Ehe ich wirklich registrierte, was eben geschehen war, lief bereits ein wütend schnaubender Nicolas Santos in schnellen Schritten auf mich zu – gefolgt von Vasco, Cedric, Jacques und Michael. Bei genauem Betrachten fiel mir auf, dass eigentlich ALLE einen finsteren Gesichtsausdruck hatten – bis auf Cedric.

Vasco drängte sich an seinem Bruder vorbei, um seine geliebte Angela in die Arme zu schließen.

„Du lebst und es geht dir gut – ich bin überglücklich, mein Schatz! Was hätte ich nur ohne dich gemacht!"

Es war Nicolas deutlich anzusehen, dass er weniger liebevolle Worte für mich parat hatte, und instinktiv wich ich einen Schritt zurück, als er mich fast erreicht hatte.

Er packte mich an beiden Handgelenken und zog mich an sich heran.

„Kimberly Santos, bist du nun komplett verrückt geworden? Wie konntest du es wagen, uns alle anzulügen ...MICH anzulügen? Hast du wirklich gedacht, du könntest es mit Atheka aufnehmen? Wolltest du die Heldin spielen oder wie? Du hättest sterben können, ist dir das überhaupt bewusst?", schrie er mich an, und seine Stimme bebte dabei.

Obwohl es sicherlich nicht seine Absicht war, begann dieselbe Metamorphose, die ich schon einmal erlebt hatte – damals, als er sich im Kampf mit Jacques befand.

Sein Körperbau veränderte sich auf dramatische Weise, er wirkte viel größer und stärker als zuvor. Seine Augen glühten, und sein Gesicht glich dem eines gefährlichen Raubtieres. Die spitzen Eckzähne traten deutlich sichtbar hervor, und ließen nichts Gutes erwarten.

„Himmel, jetzt sieht Nicolas genauso aus wie du vorhin!", rief Angela und hielt sich die Hand vor Augen.

„Sag mal, drehst du jetzt durch? Ich bin dir keine Rechenschaft schuldig, Nicolas Santos! Und wie du unschwer erkennen kannst, lebe ich. Natürlich konnte ich es mit Atheka aufnehmen, das hast du doch gesehen. Du wolltest sie töten, zusammen mit Jacques. Aber ich hätte das durchaus alleine geschafft!"

Ich war so zornig, dass sich alle Muskeln in meinem Körper anspannten – und dann geschah es wieder ... plötzlich hatte ich das Gefühl, stärker denn je zu sein ... mein Körper veränderte sich. Und wie ich nun aussah, wusste ich – Angela hatte es gerade erwähnt. Doch es machte mir keine Angst. Ich akzeptierte es als einen Teil meines neuen Lebens, das mir Nicolas geschenkt hatte.

Dieser ließ unverzüglich meine Handgelenke los, und starrte mich verblüfft an.

„Das ist klasse, besser als die Rocky Horror Picture Show. Ihr beide solltet gemeinsam auftreten!", lachte Cedric, worauf er einen bösen Blick von Nicolas einstecken musste.

Da er sich aber langsam beruhigte, war er innerhalb von Sekunden wieder der schöne Vampir, in den ich mich verliebt hatte. Seine Ruhe übertrug sich unverzüglich auf mich, was auch meine Verwandlung abrupt beendete.

Wortlos standen wir uns gegenüber, es herrschte absolute Ruhe in dem langen kalten Gang des Hauses. Nicolas schloss für einen Moment die Augen und atmete tief durch. Dann nahm er meine Hände in die seinen und lächelte mich an:

„Meine Hochachtung, Frau Santos! Ich hätte niemals gedacht, dass du schon jetzt über diese Fähigkeit verfügst. Die arme Atheka muss ja zu Tode erschrocken sein, als sie dich so gesehen hat!"

Sein Lächeln wurde ein breites Grinsen, und die anderen Vampire konnten ihr Lachen nicht mehr zurückhalten.

„Und den Rest haben wir übernommen – Atheka ist tot. Und zwar endgültig! Ich denke, das ist ein Grund zu feiern, oder?"

Jacques trat an mich heran und hauchte mir einen zarten Kuss auf die Wange.

„Das haben wir hauptsächlich dir zu verdanken, meine wunderbare Kim. Obwohl ich Nicolas recht geben muss, es war ein sehr gewagtes Unterfangen. Und doch gebührt dir all unser Dank und Respekt."

Und leise flüsternd fügte er hinzu:

„Meine Liebe hast du ja schon – für jetzt und für alle Ewigkeiten."

Ich erschrak, als er mir das so klar und deutlich sagte. Unsicher lächelnd hoffte ich, dass keiner seine Worte gehört hatte.

Mit einer tiefen Verbeugung, und einem letzten intensiven Blick in meine Augen, zog sich der blonde Vampir zurück. Es war für lange Zeit das letzte Mal, dass ich ihn sehen sollte ...

„Hast Du Jacques wirklich verziehen?", fragte ich Nicolas, der besitzergreifend seinen Arm um mich gelegt hatte.

Er nickte. Dann nahm er mein Gesicht in seine Hände und küsste mich hingebungsvoll.

„Ja, all der Hass, und all die Missverständnisse sind aus dem Weg geräumt. Für immer! Als Athekas Kopf fiel, veränderte sich alles für uns. Ich spürte plötzlich ein mir völlig unbekanntes Gefühl der Freiheit. Als hätte man die Fesseln gelöst, die mich seit Ewigkeiten gefangen hielten. Es ist kaum zu beschreiben. Und Jacques ... seine harten Gesichtszüge wurden wieder weich, wie ich ihn immer gekannt und geschätzt hatte. In diesem Augenblick erinnerte er mich so sehr an Tiana – an ihre Wärme und Herzlichkeit."

Nicolas sagte das in einem Ton, der mir keinen Grund zur Eifersucht gab. Ich erkannte nur tiefen Respekt und Freundschaft für die beiden Menschen, die einmal eine Familie waren: Tiana und Jacques!

Einen Moment dachte ich daran, von Angelas und meiner Begegnung mit Tiana zu erzählen. Doch dann hielt ich es für be[...] schweigen.

Ihr Geist war bei uns gewesen, bei uns allen – auch bei Nicolas und Jacques. Und keiner von uns würde sie jemals vergessen!

Noch einmal sah ich ihr wunderschönes, mädchenhaftes Lächeln vor mir ... und ich war unsagbar dankbar, dass ich das erleben durfte. Auch wenn es nur für einen kurzen Augenblick gewesen war.

„Woran denkst du, mein Liebling?", fragte mich Nicolas, der wohl bemerkt hatte, dass meine Gedanken gerade ganz woanders waren.

Ich schüttelte den Kopf und erwiderte lachend:

„Daran, dass du jetzt sicherlich sehr hungrig bist, oder?"

Doch anstatt einer Antwort begann er lüstern, meinen Körper mit seinen Händen zu erforschen. Als er mit seiner Zunge über meinen Hals strich, zitterte ich am ganzen Leib.

„Nicolas, die anderen schauen uns zu. Sollten wir nicht besser ... nun, wir können uns doch diskret zurückziehen, oder?"

Zu meinem Erstaunen bemerkte ich erst jetzt, dass wir sowieso längst alleine in dem wohl unheimlichsten Bereich des Anwesens standen. „Ja, lass uns gehen. Hier ist es kalt und ungemütlich. Unser Schlafzimmer ist wesentlich schöner und wärmer."

Liebevoll strich er mit der Hand über meinen Bauch, was mich verunsicherte.

„Äh, Nicolas, was machst du da?", fragte ich zögernd.

Die Art, wie er mich ansah, ließ jeden Teil von mir buchstäblich schmelzen – und mir war, als würde ich mich gerade noch einmal in ihn verlieben.

„Hast du wirklich gedacht, du kannst es vor mir verstecken? Deine Schwangerschaft? Unser Kind? Ich fühle, was du fühlst – hast du das vergessen, mein Liebling? Und ich lese deine Gedanken. ...l ich natürlich weiß, dass dir das keineswegs gefällt."

Gespielt empört boxte ich ihm in die Seite, was er mit einem lauten Lachen quittierte.

„Heißt das nun, dass wir keinen wilden hemmungslosen Sex haben werden? Du wirst mich nicht benutzen, wie ich mir das erträume?"

Verblüfft sah mich der schwarzhaarige Vampir an, als ihm eine lange Haarsträhne in die Stirn fiel. Zum wohl fünfhundertsten Mal fiel mir auf, wie verdammt gut dieser Mann aussah – und er gehörte mir! Mir ganz alleine! Ich konnte es noch immer nicht wirklich glauben ...

„Du sehnst dich danach, dass ich dich benutze? Wie eine Hure? So richtig wild, ohne jegliche Tabus? Ist das dein Ernst?"

Ich nickte und löste mich von ihm. Lasziv lief ich auf und ab und wackelte provokativ mit meinem Hinterteil. Ich spürte, wie sich Nicolas gieriger Blick förmlich in meinen Körper einbrannte. Es tat so gut, seine Begierde zu sehen und zu spüren.

Eine kurze Weile beobachtete er das Schauspiel, dann lief er auf mich zu und hob mich auf seine Arme.

„Du hast mich lange genug gequält, du Teufelin. Es wird Zeit, dass ich meinen Durst und meine Lust an dir stille. Aber nicht hier. Und was den wilden Sex angeht, nun ... ich komme mit Sicherheit darauf zurück, wenn unser Kind geboren ist. Das, meine schöne Kim, ist ein Versprechen! Und dann wirst du um Gnade winseln, ich schwöre es dir!"

Nicolas brachte mich in unser Schlafzimmer, wo wir herrliche Stunden der Liebe und Zärtlichkeit miteinander verbrachten. So gierig wir unseren Durst aneinander stillten, so behutsam vereinigten wir uns in dieser Nacht.

Unser Kind hatte Priorität – ich hatte es schon einmal verloren. Wenn auch unter anderen Umständen. Das sollte dieses Mal nicht geschehen, es durfte nicht geschehen! Ich freute mich so sehr, den

Sohn von Nicolas austragen und gebären zu dürfen. UNSEREN Sohn, die Krönung unserer Liebe.

Doch wir waren in dieser Nacht nicht die einzigen, die sich ihrer Lust hingaben. Aus den Gemächern von Vasco und Angela drang lautes Stöhnen, lustvolles Schreien und das Quietschen ihres Bettes.

„Himmel, wir müssen Angela und Vasco unbedingt ein neues Bett besorgen. Das klingt ja furchtbar", lachte ich.

Nicolas erwiderte meine Fröhlichkeit, dann wurde er ernst.

„Morgen Nacht musst du Abschied nehmen, Kim. Cedric und Michael gehen zurück nach Amerika. Jacques hat unser Anwesen bereits verlassen. Die Gründe hierfür sind dir sicherlich bekannt."

Er sah mir tief in die Augen, dann strich er sanft über mein Gesicht. Ich nickte traurig, denn ich verabscheute Abschiede. Im Falle von Jacques hielt ich es allerdings für besser. Trotz all meiner Liebe für Nicolas spürte ich die enorme Anziehungskraft, die Jacques auf mich ausübte.

Dieser Vampir, mein gefallener Engel, war eine ständige Bedrohung, was meine recht altmodische Vorstellung von Treue und Moral betraf. Ihn für längere Zeit nicht zu sehen, war sicherlich besser – für uns alle!

Plötzlich drehte sich Nicolas zur Seite und zog mich mit sich. Mein Kopf lag auf seiner starken, glatten Brust, während er gedankenverloren an die Decke starrte. Für einen Moment schwiegen wir, ehe Nicolas mit seiner unverwechselbar erotischen Stimme die Stille durchbrach:

„Kim, da ist noch etwas, was ich dir sagen sollte. Eine Abmachung zwischen Jacques und mir. Für den Fall, dass mir etwas zustoßen sollte ... wenn ich sterben würde. RICHTIG sterben, wenn du verstehst, was ich meine?"

Ich hob meinen Kopf und sah ihn entsetzt an. Dann schüttelte ich energisch meinen Rotschopf:

„Daran möchte ich gar nicht denken, Nicolas! Warum auch? Wir sind doch unsterblich, schon vergessen? Außerdem brauchst du diesbezüglich keine Vorkehrungen zu treffen. Ich kann alleine auf mich aufpassen!"

Trotzig erhob ich mich aus dem gemeinsamen Bett und zog meinen Morgenmantel über. Diese Unterhaltung gefiel mir irgendwie gar nicht ...

„Dass wir nicht ganz und gar unsterblich sind, weißt du genau, Kim! Denke bitte an Tiana und Atheka. Und das sind nur einige Beispiele. Ich habe im Laufe meines langen Vampirlebens sehr viele Artgenossen sterben sehen. Es gibt keine Garantien, für keinen von uns! Und dann möchte ich wissen, dass jemand euch beide beschützt. Dich und unseren Sohn. Kannst du das nicht verstehen?"

Nicolas hatte sich nun ebenfalls aus dem Bett erhoben und stellte sich hinter mich. Seine starken Arme legten sich um meinen Oberkörper und pressten mich eng an sich. Fast war es so, als wollte er mich schon jetzt vor allem bewahren, was mir Schaden zufügen konnte.

„Ich liebe dich über alles. Aber ich kann nur dann glücklich mit dir leben, wenn ich um deine Sicherheit weiß. Auch nach meinem Tod – sollte er jemals eintreten. Daher habe ich mit Jacques eine Vereinbarung getroffen, die bindend ist. Wenn ich sterbe, wird er dein neuer Gefährte. Mit allen Rechten und allen Pflichten, wenn du verstehst, was ich meine?"

Was hatte Nicolas eben gesagt? Hatte ich mich verhört oder war das ein schlechter Scherz? Abrupt entzog ich mich seiner Umarmung und drehte mich zu ihm um. Ich starrte ihn ungläubig an.

„Das kann nicht dein Ernst sein, oder? Was ist mit mir? Habe ich kein Mitspracherecht? Was ist, wenn ich mich ihm verweigere? Du kannst mich nicht zwingen und er kann es auch nicht."

Wütend stemmte ich meine Hände in die Hüften. Nicolas erwiderte diese Geste mit einem sanften, aber auch traurigen Lächeln.

„Doch Liebling, das kann ich. Und du hast kein Recht, dich ihm zu verweigern. Ich weiß, dir fällt es schwer, das zu verstehen. Aber wir sind Vampire, Kim. Für uns gelten andere Gesetze. Oft sind das sehr strenge Gesetze. Doch sich diesen zu widersetzen, wäre der sichere Tod. Lass es bitte nicht soweit kommen, ja? Wir haben Feinde, überall. Besonders ich. Meine Macht ist einigen anderen Vampiren ein Dorn im Auge. Zum Beispiel Ricardo Conti, um nur einen Widersacher zu nennen. Er lebt in Rom, aber ich weiß, dass er mich beobachtet. Er wartet nur darauf, dass ich einen Fehler mache, damit er mich vernichten und die Macht in Europa an sich reißen kann. Das sind alles Dinge, die du noch lernen musst, mein Engel."

Ich ließ es zu, dass mich Nicolas erneut in die Arme nahm, und zärtlich küsste. Obwohl ich noch immer nicht glauben konnte, was er mir gerade eröffnet hatte, tat es unsagbar gut, seine tiefe Liebe zu spüren.

Er sorgte sich um mich. Das konnte ich ihm keinesfalls zum Vorwurf machen. Dass diese Vampirgesetze, jedenfalls einige davon, recht altmodisch und überholt waren, dafür konnte er ja nichts.

„Diese seltsamen Regelungen sind doch garantiert von Männern beschlossen worden, oder? Anders kann man sich diesen Schwachsinn nicht erklären. Und Jacques war sofort damit einverstanden? Aber was ist, wenn er zu dem Zeitpunkt bereits eine Gefährtin hat? Führen wir dann eine Beziehung zu dritt, oder darf er die abgelegte Frau einfach enthaupten?"

Ich konnte mir diese Art von Sarkasmus einfach nicht verkneifen. Nicolas lachte laut auf. Es dauerte einen Moment, bis er sich beruhigt hatte.

„Himmel Kim, an deinen Humor muss man sich wirklich erst gewöhnen. Nein, es wird nichts und niemand enthauptet. Jacques hat sich mit dieser Abmachung dazu verpflichtet, keine andere Gefährtin zu wählen. Er wird alleine leben – bis zu meinem Tode, oder für alle Ewigkeiten. Du siehst, dieses Gesetz trifft nicht nur dich! Aber wir beide wissen, was Jacques für dich fühlt, nicht wahr? Ehe du fragst, diese Abmachung wird unwirksam, sollte Jacques mich töten. Oder sollte er jemanden damit beauftragen, mich zu töten. So, und ich denke, damit haken wir das Thema ab. Ich lebe – und seit ich DICH kenne und liebe, noch viel intensiver als zuvor. Davon gebe ich freiwillig nichts her. Bald wird unser Sohn geboren. Ein weiterer Grund, am Leben zu bleiben oder was meinst du?"

Ich lächelte glücklich und ließ mich von Nicolas zu unserem Bett tragen, wo wir uns noch einmal leidenschaftlich liebten.

Ich vergaß diese dämliche Abmachung zwischen Jacques und meinem Auserwählten, denn ich war fest davon überzeugt, dass wir ewig leben würden, gemeinsam! Nichts und niemand würde uns jemals wieder voneinander trennen, auch nicht der Tod!

Ich hatte endlich die Familie gefunden, nach der ich mich so sehr gesehnt hatte. Und diese Familie waren nicht nur Nicolas und unser künftiger Sohn. Nein, es waren auch Angela und Vasco. Genauso wie Cedric, Jacques und Michael. Und all die anderen Geschöpfe der Nacht, die uns freundlich gesinnt waren. Nur das zählte – und meine tiefe Liebe zu Nicolas. Daran würde ich festhalten - für jetzt und für alle Ewigkeiten ...

Ich möchte all denen, die an mich und meine Geschichte geglaubt haben, von ganzem Herzen danken. Ganz besonders aber danke ich dem AAVAA-Verlag, der meinen Traum vom eigenen Buch hat Wirklichkeit werden lassen. Ihr seid einfach großartig!

Diana Scott

Geboren in Süddeutschland, im Jahre 1966. Dort geht sie auch zur Schule, und absolviert eine kaufmännische Ausbildung. Sie ist schon damals von den Geschöpfen der Nacht fasziniert: Vampire. Eines der ersten Bücher das sie liest, ist „Dracula" von Bram Stoker. Inzwischen macht es ihr noch mehr Freude, selbst zu schreiben - natürlich Vampirgeschichten. Gänsehautfeeling, knisternde Erotik - aber auch eine wohl dosierte Portion Humor, gehören für die Autorin unbedingt dazu, wenn sie schreibt.

Inzwischen gibt es zwei ihrer Werke in Buchform zu lesen: im Jahre 2010 erscheinen ihre Kurzgeschichten „Tödliche Träume" und „Geisterbahn" in zwei Anthologien. „Traue niemals einem Vampir" ist ihr erstes Buch – eine Fortsetzung ist bereits in Planung.

Seit dem Jahr 2009, lebt die Autorin mit ihrer Familie in Berlin.

Homepage der Autorin: http://www.dianascott.de

Alle im AAVAA Verlag erschienenen Bücher sind in den Formaten Taschenbuch, Mini-Taschenbuch, Taschenbuch mit extra großer Schrift sowie als eBook erhältlich.

Bestellen Sie bequem und deutschlandweit versandkostenfrei über unsere Website:

www.aavaa.de

Wir freuen uns auf Ihren Besuch und informieren Sie gern über unser ständig wachsendes Sortiment.

Auf der nächsten Seite eine kleine Vorstellung weiterer Romane, die im AAVAA Verlag erschienen sind:

Carolina Hein
Das erste Element erwacht
Roman

Der Weg der Drachen

VANESSA DUNGS
ABTRÜNNIG

Silke van Impel
COMPAGNONS DE SANG
GEFÄHRTEN DES BLUTES

Wolfgang Schwerdt
Die Drachenwächterin
Das magische Drachenauge
Fantasie / Märchen

Bianca Kaletta
Im Kino der
nie gesehenen Bilder
FILMTHEATER

Die Gier nach Reichtum
Helastrilogie I
Hans Lebek
Science Fiction
AAVAA

Michael Kusserow
Das goldene Mädchen
Ein surrealistisches Großstadtmärchen

GALGENMÄNNCHEN
Roman

HEXENTOCHTER

Sigrid Lenz
DIE MACHT DER FURCHT

Hans Lebek
THE MALTA MYSTERY
Thriller

Sigrid Lenz
DER GALOPPIERENDE WAHNSINN
Roman

Barbara Aichinger
Liebesroman
AAVAA

Second Life
Thriller
AAVAA
Hans Lebek
Translation by
Josie Le Blond

BJÖRN HARMENING
Der Zeitenjäger
Band 1

Sigrid Lenz
ILLUSIONEN
Roman

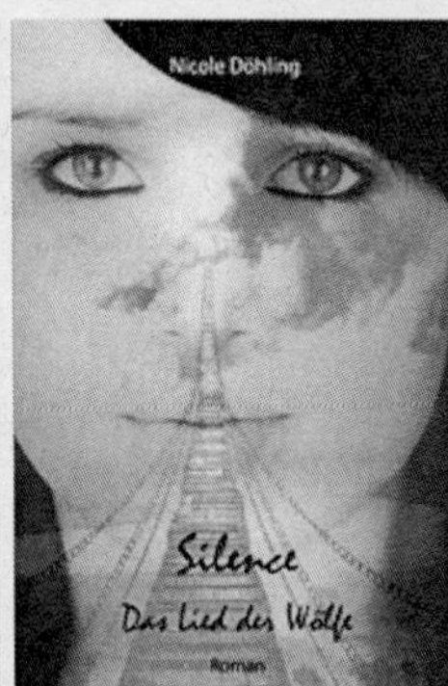
Nicole Döhling
Silence
Das Lied der Wölfe
Roman

AAVAA

VERLAG

www.aavaa.de